W0230737

Das Buch

Lara und Thomas stehen fassungslos vor den Trümmern ihrer Zeit. Die erbarmungslos vorangetriebene Energiewende spaltet das Land in Arm und Reich, das Stromnetz ist zusammengebrochen. Hunger, Gewalt und Mord sind an der Tagesordnung, alle sind auf der Flucht. Doch gibt es einen vermeintlich sicheren Ort, eine Festung, die schon vor dem Zusammenbruch erbaut wurde und unabhängig von den katastrophalen Zuständen im Land zu sein scheint. Diesen Ort zu erreichen, ist das Ziel des jungen Paares, die einzige Hoffnung eines gesamten Dorfes und die letzte Chance eines Mannes, wieder mit seiner Familie vereint zu sein.

Die Autorin

Sandra Toth wurde 1987 in einer kleinen Stadt am Niederrhein geboren. Bereits im Kindesalter entwickelte sie eine ausgeprägte Leidenschaft für Sprache und Schrift und verfasste viele unveröffentlichte Kurzgeschichten und Gedichte. Nach einer schweren und langjährigen Krankheit fand sie ihr Glück in ihrem Seelenverwandten und heutigen Ehemann. „Finsterzeit – Das Dorf" ist ihr Debut und der erste Band einer Trilogie, die im FeuerWerke Verlag erscheint.

Finsterzeit – Das Dorf

(Band 1)

Ein Roman von Sandra Toth

Mehr zum Autor finden Sie auf
www.facebook.com/Autorin-Sandra-Toth und
www.feuerwerkeverlag.de/sandra-toth/

Abonnieren Sie auch unseren Verlags- und Autoren-
Newsletter und erfahren Sie so als Erster von unseren
Neuerscheinungen, Autorennews und exklusiven **Buch-
Gewinnspielen**: www.feuerwerkeverlag.de/newsletter

Originalausgabe Juni 2020
© FeuerWerke Verlag, alle Rechte vorbehalten
Maracuja GmbH, Laerheider Weg 13, 47669 Wachtendonk
Herstellung: Books on Demand GmbH (Printed in Europe)
Umschlaggestaltung: Chris Gilcher – Buchcoverdesign.de
Bildrechte: Adobe Stock 154742900, 224299506,
225484256, 231381163, 236051572
Typo: TeX Gyre Bonum, GUST Font License
Lektorat: Claudia Grundschok, Berlin

ISBN: 978-3-945362-75-4

Für meine Kinder,
meine Herzen außerhalb meines Körpers.

Kapitelübersicht

1. Auf der Flucht

Lara

„WEITER! Lara bitte, steh auf! Lauf!"

Aus schmutzverklebten Augen sah sie zu Thomas auf, der verzweifelt versuchte, Lara hochzuziehen. Sie war gestürzt. Über eines der unzähligen Hasenlöcher in diesem brachliegenden Acker. Und dabei gab es gar keine Hasen mehr in dieser Gegend. Oder Kaninchen. Oder Weizen, der hier vor nicht allzu langer Zeit noch der ganze Stolz eines Landwirts gewesen sein dürfte.

Lara konnte sie hören. Sie waren schnell, sie waren laut, sie waren gefährlich, und sie holten auf. Noch waren sie in weiter Ferne, aber das würde bei diesem Tempo nicht mehr lange der Fall sein. Und so, wie diese Gruppe hinter ihnen herhetzte, konnte es keinen Zweifel an ihrer Boshaftigkeit geben.

Wie in Trance versuchte Lara aufzustehen, aber ihr Rucksack schien auf einmal zehn Zentner zu wiegen und drückte sie auf den Boden. Der Rucksack, dessen spärlicher Inhalt für die Verfolger Grund genug gewesen wäre, sie zu töten. Eine Zahnbürste, etwas Wasser, eine Decke, ein paar Kleidungsstücke und weitere Nichtigkeiten waren inzwischen kostbar wie Gold und reichten aus, dafür ermordet zu werden. Kalter Schlamm drang in ihre Augen, sie schmeckte die Erde auf ihren Lippen, und plötzlich überkam sie ein intensiver Hass auf alles, einfach alles. Sie hasste die Verfolger. Sie hasste ihren Rucksack. Sie hasste es, am Boden zu liegen. Sie hasste die verkommene Welt. Und Hasenlöcher. Und Hasen. Und den Landwirt, der hier einmal stolz mit seinem Traktor entlanggefahren war, wahrscheinlich zusammen mit seinem Enkelkind und dem Dackel. Jetzt hasste sie auch diesen Dackel. Am meisten aber hasste sie in diesem Moment Thomas. Thomas, der in den letzten Tagen, ach was, Wochen – oder Monaten? – alles getan hatte, um sie am Leben zu halten. Der Mann, der, ohne zu zögern, für sie sterben würde. Ein Mann, der nicht nur sie, sondern auch ihren treuen Hund *Katze* in eine mögliche Zukunft führte. Andere hätten ihn schon getötet und gegessen. Oder mit seinem Fleisch gehandelt, aber Thomas beschützte und versorgte sie beide.

Wieder hörte sie die Schreie der Verfolger. Soweit sie sehen konnte, war es eine Gruppe von Männern, die mit Knüppeln bewaffnet waren. Schusswaffen traf man Gott sei Dank noch selten an. Zumindest in Deutschland. Und hätten die Verfolger Schusswaffen gehabt, dann wären sie und Thomas und Katze jetzt wahrscheinlich schon tot. Es war erschreckend, wie schnell der Mensch zum Tier wurde, wenn ihm Nahrung und Wasser fehlten. Obwohl Lara sich fragte, ob die Menschen vor dem Zusammenbruch wirklich besser gewesen waren. Auch da hatte es viele Scheusale gegeben, nur eben auf eine andere Art.

Nach dem Zusammenbruch, der der Beginn der sogenannten Finsterzeit war, hatten sich mehrere Menschengruppen zusammengeschlossen und versuchten, auf ehrbare Weise am Leben zu bleiben. Sie halfen einander, wachten gegenseitig auf ihr Hab und Gut und teilten, was sich teilen ließ. Während die Männer auf die Jagd gingen, sammelten die Frauen, und die Kinder wurden alle zusammen in einem der Häuser betreut. Doch Jagd bedeutete meist Plünderung, und Sammeln war im Prinzip das Gleiche, weil es anders kaum ging. Manche versuchten, in den Gärten etwas anzubauen, aber viele von ihnen würden tot sein, noch bevor sie die ersten Früchte ernten konnten.

Die Gärten, die schon vor dem Zusammenbruch in voller Frucht gestanden hatten, waren von herumziehenden Horden bereits ausgeraubt und dann in Panik und Wut zerstört worden. Kaum eine Gruppe gönnte der anderen etwas. Was man nicht tragen konnte, wurde vergraben oder zerstört, damit es niemand sonst kriegen konnte.

In ihrem eigenen Garten hatte Lara einst in mühsamer Arbeit einen wunderbaren Nutzgarten angelegt, und Jahr für Jahr war es ihr eine große Freude gewesen, ihre Schätze zu ernten und zu genießen. Irgendwie – aber vielleicht war es auch nur Einbildung – schmeckten die Sachen aus ihrem Garten besser als die aus den Supermärkten. Ihr ganzer Stolz war jedoch ihre kleine Naturapotheke, wie sie den kleinen Bereich liebevoll genannt hatte, in dem in mehreren Hochbeeten zarte Kräuter und Heilpflanzen wuchsen. Wohltuende Arzneien hatte sie daraus hergestellt. Salbei gegen Erkältungen, Waldmeister gegen Muskelkrämpfe, Kamille gegen Magenbeschwerden und vieles mehr, was eine wirksame Alternative zu den klassischen Medikamenten aus der Apotheke darstellte.

Aber ihr Garten war – genau wie die Supermärkte – Opfer der Finsterzeit geworden. Ebenso ihr Haus. Dieses wunderschöne alte Haus, das ihr von ihrer Großmutter vererbt worden war, nachdem Lara sie jahrelang als einzige Hinterbliebene bis zum Tod gepflegt hatte. Sie hatte es nach und nach in ihr Zuhause verwandelt. In ihren persönlichen Traum. Doch in diesem Feuer konnte nichts übrig geblieben sein. Und warum? Weil Diebe beim Anblick ihres Gartens – der von anderen Plünderern bereit zerstört worden war – annahmen, alle Früchte befänden sich im Haus. Hätten sie geklopft und gefragt, hätte Lara ihnen etwas zu essen gegeben. Aber sie hatten nicht geklopft, sie hatten es einfach in Brand gesetzt. Wäre Thomas nicht gewesen, wäre sie mit ihm verbrannt. Und wenn sie ihre jetzige Lage betrachtete, wäre es vielleicht auch besser so gewesen.

Sie wollte nicht mehr laufen, sie wollte nicht mehr im Laub schlafen und sich im Bach waschen. Sie wollte ihren Verfolgern nicht mehr entkommen müssen, und in diesem Moment wollte sie nicht einmal mehr leben. Sollten sie doch kommen und sie töten. Wahrscheinlich würden sie sie missbrauchen, aber was machte das für einen Unterschied? Wofür sollte sie noch aufstehen und weiterlaufen?

„Katze braucht dich. Ich brauche dich! Bitte!"

Sie spürte, wie der verhasste Thomas sie am verhassten Rucksack hochzog und auf ihre verhassten Beine stellte. Immer wieder vergaß sie, wie kräftig er war. Mit seiner schlanken, hochgewachsenen Statur wirkte er irgendwie schlaksig und ungelenk, und das ließ sie oft vergessen, dass unter dem dreckigen Pullover und der zerschlissenen Jeans ein wundervoller Körper mit geschmeidigen Muskeln steckte. Genau dieser Körper war es nun, der sie unsanft hinter sich her ins mögliche Überleben zerrte. Sie stolperte mehr, als dass sie lief, und Katze jaulte herzzerreißend neben ihr auf. Er konnte es nicht leiden, wenn sein Frauchen so behandelt wurde, und wollte sie instinktiv verteidigen. Aber offenbar verstand er schnell, dass dies der einzige Weg war, um am Leben zu bleiben, denn er fiel Thomas nicht an, sondern lief stattdessen schließlich sogar ein wenig voraus. Sie waren schon mehrmals verfolgt worden und hatten sich in ihrer Angst meist auf Katzes Instinkte verlassen. Er schien von allen dreien am besten zu wissen, wohin sie fliehen mussten, um sich in Sicherheit zu bringen. Und so war es auch dieses Mal wieder: Er lief vor und die Menschen liefen hinterher. Oder besser gesagt: Thomas lief hinterher und zerrte Lara einfach mit sich mit.

Quer über das Feld und das nächste und noch eines hin zum Wald. Die Bäume würden ihnen Deckung geben, und vielleicht würden sie einen Unterschlupf finden oder einen Baum entdecken, auf den sie klettern konnten. Thomas hatte eigens zu diesem Zweck einen Gurt dabei, in dem Katze sich tragen ließ. Lara war es ein Rätsel, wie er mit dem dreißig Kilogramm schweren Hund auf dem Rücken so schnell einen Baum erklimmen konnte und ihr mit ihrem fünfzehn Kilogramm schweren Rucksack auch noch hoch half. Ohne sie wäre er besser dran. Ohne sie wäre er schon längst am Ziel angelangt. Nicht nur, weil Katze und Lara ihn ständig unterwegs aufhielten, sondern auch, weil er direkt nach dem Anschlag hatte aufbrechen wollen.

Damals gab es noch so etwas wie eine Zivilisation, viele Autos hatten noch Benzin und es fuhren sogar noch einige Züge. Es war leichter, von A nach B zu kommen, und auch wesentlich ungefährlicher. Aber Lara war stur und wollte ihr Haus nicht verlassen. Sie hatte ja alles, was sie brauchte: Obst, Gemüse, Fisch im Schwimmteich, Hasen und Hühner,

Medizin. Im Jahr zuvor hatte sie viel eingekocht, und ihre Vorräte stapelten sich im Keller bis unter die Decke. Und um Wasser brauchte man sich nicht zu sorgen, höchstens um dessen Sauberkeit. Alles scheiterte eines Tages an der mangelnden Fähigkeit, diese Kostbarkeiten zu beschützen.

Thomas hatte das von Anfang an gewusst. Aber er war bei ihr geblieben, und er hatte sie Tag für Tag aufs Neue beschworen, endlich mit ihm aufzubrechen. Er war so vernünftig, so rational, während Lara sich häufig vorkam wie ein emotionales, stures Kind. Aber es war ihr Zuhause. Das erste, welches sie je hatte. Und wahrscheinlich auch das letzte, denn dort hatte sie ihr Herz gelassen. Trotz allem wusste sie schon damals in irgendeiner Weise, dass es unvernünftig war zu bleiben und dass sie zusehen mussten wegzukommen. Hin zu der Festung, wie Thomas sein Ziel nannte.

Lara wusste nicht viel über diesen Ort, nur dass sein offenbar paranoider und wohlhabender Großvater irgendwo im Nirgendwo eine riesige Anlage hatte erbauen lassen, die völlig unabhängig von Land und Staat zu betreiben war. Eigener Strom, eigenes Wasser, eigene Land- und Viehwirtschaft. Es war also möglich, innerhalb dieser Anlage zu leben, ohne je mit einem Menschen außerhalb sprechen zu müssen. Lara war zwar schleierhaft, wie das funktionieren sollte, wie man in der heutigen Zeit einen solchen Schatz überhaupt schützen konnte, aber sie verstand so vieles nicht mehr. Thomas hatte auch wenig darüber gesprochen. Damals, als sie noch sorgenfrei im Supermarkt unwichtige Dinge wie Schokoriegel oder Kaffee hatten kaufen können, war es ihm einfach nur peinlich, einen so abgedrehten Großvater zu haben, der glaubte, das Ende der zivilisierten Welt stünde kurz bevor. Soweit Lara wusste, wollte er immer, dass Thomas, dessen Eltern und Schwestern und noch andere Bekannte und ausgewählte Angestellte mit ihm dort einziehen. Thomas' Familie war irgendwann in so großer Sorge wegen der immer psychotischer werdenden Ideen des Großvaters, dass sie schließlich versuchten, ihn in die Psychiatrie einweisen zu lassen. Zu diesem Zeitpunkt hatte er schon sein gesamtes Vermögen in die Anlage investiert.

Das alles kam Lara so unendlich lang her vor, obwohl kaum mehr als ein paar Monate vergangen sein konnten. Es war ihr absolut unerklärlich, wie ein zivilisiertes Land so schnell in sich zusammenbrechen konnte, Freunde zu Feinden wurden, Bäcker zu Mördern und Lehrerinnen zu Huren. Und wofür? Für ein Stück Fleisch, einen Apfel oder eine Zwiebel. Für ein Kleidungsstück oder ein Paar Schuhe. Der Hunger und die Not trieben sie an, aber andere trachteten mit ihren gefüllten Kellern auch nach etwas ganz anderem. Einfache Büroangestellte oder Verkäufer von Elektrowaren hatten plötzlich die Möglichkeit, *jemand* zu sein, und sie nutzten ihre Chance. Machttrunken und geblendet davon, dass Menschen für eine Dose Erbsen alles für sie taten, verwandelten sie sich in Monster. Monster, denen ein einzelnes Leben nichts mehr bedeutete. Viele von ihnen waren so verwirrt, dass sie sich ein ganz neues Reich erträumten, welches sie von ihrem Garagenhof aus aufbauen würden. Sie selbst an der Spitze der Herrschaft. An der Spitze einer neuen Regierung, eines neuen Landes. Denn die bisherige Regierung oder gar das bisherige Land schien es nicht mehr zu geben.

Derartige Gedanken kannte Lara nicht. Und ganz besonders in diesem Moment nicht. Genau genommen gab es in diesem Moment gar keinen Gedanken mehr für sie. Sie nahm alles wie durch Watte wahr, die ganze Welt wirkte unwirklich und fremd, als wäre sie selbst kein Teil mehr von ihr. So gut es ging, versuchte sie, einen Fuß vor den anderen zu setzen, während sie sich immer wieder fragte, warum. Sie wollte nicht mehr. Sie wollte nur noch tot sein.

Ein Ast schlug ihr in den Magen, als Thomas sie rücksichtslos durch das Unterholz zerrte. Von Katze war keine Spur zu sehen, aber sie wusste, dass er nicht weit weg sein konnte. Er entfernte sich nie weit von ihr. Wahrscheinlich konnte sie ihn nur vor lauter Blatt- und Holzwerk nicht sehen. Blätter! Hölzer! Schlagartig war Lara wieder wach. Sie hatten es tatsächlich bis zum Wald geschafft, und der Atem, der ihr wegen des Schlags in den Magen wegblieb, verriet ihr, dass sie noch lebte. Sie stürzte erneut und krümmte sich über ihrem Arm, den sie mit schmerzverzerrtem Gesicht in ihren Bauch drückte, aber sie sprang schnell wieder auf ihre Füße. Sie lebten. Und nun, hier im Wald, hatten sie eine echte Chance, dass es auch dabei blieb.

Getragen von neuem Lebensmut, durchpumpt von frischem Adrenalin und beflügelt vom Wunder des Waldes, den sie irgendwie erreicht hatten, preschte sie hinter Thomas her, der nun etwas sorgfältiger Äste und Blätter beiseiteschob, um sie nicht erneut gegen Lara schlagen zu lassen. Und offenbar hatte er bemerkt, dass sie wieder bei sich war, denn endlich ließ er sie los und sie kamen besser voran.

Nach einigen Metern tauchte er vor ihr unter einem dichten Busch hinweg und war von jetzt auf gleich verschwunden. Als Lara – etwas weniger schnell als Thomas - hinterherkroch, wusste sie, warum er plötzlich weg war: Unter dem Busch war ein Loch im Boden. Offenbar von irgendeinem Tier gegraben, Lara kannte sich damit nicht aus, aber es wirkte verlassen. Sie ließ sich hinuntergleiten, warf sich in derselben Bewegung halb herum auf den Bauch und rappelte sich, so schnell es ging, auf, um zusammen mit Thomas die Äste des Busches nach unten zu ziehen und miteinander zu verzurren. Mit einem Gurt, den Thomas aus seinem Rucksack gezogen hatte, sicherten sie dieses natürliche Tor, so gut es in der Hektik möglich war. Eine feuchte Nase berührte Lara in diesem Moment an ihrem Rücken, und trotz der Angst atmete sie für den Bruchteil einer Sekunde auf. Katze war da, dem Himmel sei Dank!

Die Minuten, in denen sie still dalagen und einfach nur lauschten, kamen Lara wie Stunden vor. Ihr Herz klopfte schnell und laut, und ihr Atem ging so rasselnd, dass sie glaubte, einfach jeder im Umkreis von fünfhundert Metern musste sie hören können. Sie starrte den Ausgang des Bodenlochs an. Sie waren verloren, wenn die Verfolger sie hier entdeckten. Flach auf dem Boden ausgestreckt hatten sie nicht den Hauch einer Chance, einem Angriff etwas entgegenzusetzen.

Aus den Augenwinkeln bemerkte sie, wie Thomas etwas aus der Tasche zog, die er mit einem Gurt um den Oberschenkel gezurrt hatte. Und ohne hinzusehen, wusste sie, was es war: sein Buschmesser. Lara durchfuhr die schiere Panik, sie begann zu zittern und bildete sich ein, damit das Laub unter sich zum Rascheln zu bringen. Dann spürte sie Thomas' Hand auf ihrem Nacken, schwer und warm und stark. Und auch wenn sie wusste, dass er allein sie nicht würde beschützen können, beruhigte sie seine Berührung so sehr, dass sich ihr Atem verlangsamte.

Konzentriert lauschten sie in den Wald hinein. Und nach scheinbar nicht enden wollenden Augenblicken hörten sie es: schwere Schritte, brechende Äste, laute Rufe und Schreie. Sie waren da. Ganz in ihrer Nähe.

„Hier müssen sie irgendwo sein!"

„Die Feiglinge haben sich versteckt!"

„Sucht sie!"

Jeder einzelne Ruf traf wie ein Stromschlag in Laras Eingeweide und ließ sie zusammenzucken. Sie konnte sich nicht mehr erinnern, ob sie Hunde gesehen hatte. Wenn ja, dann waren sie verloren. Die Schritte und Rufe kamen näher, und Lara hielt den Atem nun wirklich an, aus Angst, ihre Verfolger könnten ihn hören. Sie spürte, wie sich Thomas' muskulöser Körper neben ihr spannte. Aus dem Augenwinkel sah sie das Messer. Seine Finger hielten es so fest umklammert, dass die Knöchel weiß hervortraten. Es war seltsam, aber Lara hatte keine richtige Angst, wenn er bei ihr war. Sie wusste, dass dieser Mann, der viel zu oft unterschätzt wurde, sie beschützen würde. Er würde nicht zulassen, dass ihr etwas zustieß.

So lagen sie da, im Dreck, im Schutz eines Erdloches mit einem Schutzschild in Form eines einfachen Busches, und in Lara breitete sich ausgerechnet jetzt ein wohliges Gefühl von Geborgenheit aus, weil sie über ihren stillen Begleiter nachdachte. Sie wusste nicht mehr genau, wann es passiert war, aber irgendwann hatte sie sich in ihn verliebt. Nicht mit einem Knall und rosafarbenen Herzen, die durch die Luft flogen. Aber langsam, über die Monate hinweg, in denen sie nebeneinander gewohnt hatten, und ehe sie sich versah, konnte sie nicht mehr ohne ihn sein. Kaum, dass er sich auf den Weg zur Uni gemacht hatte, vermisste sie ihn. Kaum, dass er Feierabend von seinem Studentenjob hatte, stand sie am Fenster und wartete, ob er auch heil zu Hause ankam. Sobald er in die Straße einbog, duckte sie sich natürlich schnell unter das Fenster, er sollte sie ja nicht für eine verrückte Stalkerin halten.

Sie wusste nicht genau, wie er zu ihr stand. Genau genommen wusste sie nicht einmal, wie sie zu ihm stand. Aber irgendwie glaubte – oder hoffte? – sie, dass auch er sich in sie verliebt hatte. Darüber gesprochen hatten sie nie, und in Gedanken verfluchte sie sich, weil sie es nicht gewagt hatte, das Thema anzuschneiden, als die Welt noch in Ordnung war. Sie wollte nicht vor Dreck starren, wenn sie ihm ihre Gefühle gestand. Oder ihn einfach küsste. In ihrem Kopf sah sie dabei umwerfend aus. Mal war es ein stürmischer Kuss, bei dem er sie gegen die Wand drückte, mal ein zaghafter Kuss, den sie ihm stahl, während er mal wieder irgendwas für sie reparierte. Mal war sie kokett und witzig, selbstbewusst und unwiderstehlich. Mal war sie klein und verletzlich, schüchtern und ängstlich. In so vielen verschiedenen Szenarien hatte sie ihn schon geküsst. Nur noch nie in der Realität. Und diese Realität riss sie just in diesem Moment jäh aus ihren Gedanken: Keine fünf Meter von ihrer verschwitzten Nasenspitze entfernt tauchte dieser Stiefel in ihrem Sichtfeld auf.

2. Gefährliche neue Welt

Lara

WÄHREND Laras sämtliche Nerven zu zerreißen drohten, hörte sie, wie Katze sich regte. Nur ein bisschen, aber sie war sicher, dass ihre Verfolger das Rascheln gehört hatten. Stumm drehte sie den Kopf in Richtung des Hundes und hob die Hand. Das Zeichen für *Bleib,* und das beherrschte er gut. Er regte sich dann keinen Millimeter mehr, und an seiner Haltung erkannte sie, dass er sie verstanden hatte. Aus Angst, noch ein Geräusch zu machen, wagte sie es nicht, ihren Kopf wieder zurückzudrehen. In dieser Haltung traf sie auf Thomas' Blick. Erschrocken stellte sie fest, dass er nicht den Ausgang, sondern sie beobachtete, und in dieser Sekunde wusste sie auch, warum er das Messer wirklich gezogen hatte.

Die Erkenntnis schleuderte sie zurück zu dem Tag, an dem sie das erste Mal mit eigenen Augen hatte mitansehen müssen, wie gefährlich die neue Welt tatsächlich geworden war. Es war am zweiten Tag ihrer Flucht gewesen, als sie sich auf einer entlegenen Landstraße einem alten Bauernhof näherten. Schon von Weitem hatten sie die schrecklichen Schreie der Frauen und das laute Weinen der Kinder gehört. Thomas hatte ihr befohlen, sich hinter einem Gerätehaus in Deckung zu bringen, und war ohne sie weitergegangen.

Doch Lara, die zunächst versucht hatte, seiner Anweisung nachzukommen, war ihm nach wenigen Sekunden gefolgt. Zu groß wogen die Ängste um ihren Begleiter und auch um sich selbst. Sie hatte sich aus ihrem Versteck geschlichen und konnte gerade noch sehen, wie Thomas sich an der Wand des Wohnhauses entlangdrückte und um die nächste Ecke verschwand. Schnell, aber leise, war sie ihm gefolgt und drückte sich ebenfalls eng an die Mauern. Rau und hart hatte sie den Klinker in ihrem Rücken gespürt, während sie unablässig die Schreie der Menschen hörte. Doch plötzlich veränderten sich diese Geräusche. Und auch ohne freie Sicht auf den Hof zu haben, wusste sie, dass es sich nun um den Lärm eines Kampfes handelte. Panische Angst um Thomas hatte ihr Herz ergriffen und sie kopflos losrennen lassen. Um die erste Ecke des Hauses und dann um die nächste, bis ihr Blick frei wurde auf den Innenhof. Und was sie dort sah, war schlimmer als alles, was sie in ihrem Leben bisher hatte erleben müssen: An einem Mast sah sie zwei Männer, die aufgehängt worden waren. Sie regten sich nicht mehr. Weitere Männer saßen darunter und waren offenbar gefesselt. In der anderen Ecke des Hofes standen die Frauen und Kinder, die sie schon von Weitem gehört hatten. Und in der Mitte war Thomas. Kämpfend. Mordend. Leben rettend.

Lara hatte einen Augenblick gebraucht, um das Bild zu verarbeiten. Nur einen Augenblick, denn Thomas brauchte Hilfe. Niemals hätte er es allein gegen die vielen Männer geschafft, die überaus brutal zu sein schienen. Sie hatte nach ihrem Taschenmesser gegriffen, allen Mut zusammengenommen und war dann in einem großen Bogen auf die am Boden sitzenden Männer zugerannt. In Windeseile hatte sie die Schnüre und Kabelbinder aufgeschnitten, mit denen sie gefesselt worden waren, und schrie ihnen zu, ihrem Thomas zu helfen. Sofort waren die Männer auf den Beinen, während Thomas sich noch immer gegen die große Zahl an Widersachern zur Wehr setzte. Lara sah schockiert dabei zu, wie er im Alleingang mehrere von ihnen niederstreckte. Noch nie hatte sie ihn kämpfen sehen. Sie wusste zwar, dass er von Kindesalter an verschiedene Kampfsportarten betrieben hatte, doch das hier, mit dem Buschmesser in der Hand, war etwas ganz anderes.

Die Männer, die sie wenige Augenblicke zuvor befreit hatte, stürmten auf den Kampf zu, doch schienen sie keine Chance zu haben. Sie waren Familienväter, Bauern, normale Menschen. Lara sah, wie zwei von ihnen sofort zu Boden gingen und weitere zurückgedrängt wurden. Doch dann plötzlich war Thomas' Stimme zu hören, die harte Befehle über den Lärm hinwegbrüllte und den erwachsenen Männern die Anweisung gab, sich hinter ihm zu postieren. Und wie durch ein Wunder hörten sie auf ihn. Thomas brüllte weitere Befehle und innerhalb weniger Sekunden hatte sich die Kampfdynamik geändert: Geschlossen, Seite an Seite, mit Thomas als Anführer, hatten sie die Angreifer in eine Ecke gedrängt, die nun nach und nach zu Boden gingen. Lara musste entsetzt mitansehen, wie jeder einzelne von ihnen getötet wurde, bis irgendwann eine unwirkliche Stille auf dem Hof einkehrte.

Nach dem Kampf waren sie damals über Nacht bei den Menschen geblieben. Thomas half, die Getöteten zu beerdigen, und Lara versorgte so gut es ging die Wunden. Sie fand im Garten ein wenig Bärlauch und kochte daraus Brei für die Verbände, in der Hoffnung, auf diese Weise schlimme Infektionen verhindern zu können. Und das, was die Menschen ihr dort an diesem Tag erzählten, hatte ihr erneut das Blut in den Adern gefrieren lassen. Von aggressiven Horden berichteten sie, die nicht nur stahlen, plünderten und mordeten, sondern auch die Frauen und Kinder missbrauchten. Nicht selten, so sagten sie, kam es vor, dass man diese dann noch mit ins Lager nahm, damit die Kollegen dort auch *ihren Spaß* haben konnten. Auf diese Weise hatten die Leute hier bereits viele ihrer Nachbarn und Freunde verloren. In jener Nacht hatte Thomas ihr sein Versprechen gegeben. Niemals würde er zulassen, dass ihr dieses Schicksal zuteilwerden würde.

Angestrengt zwang Lara ihre Gedanken zurück in die Gegenwart der Höhle, in der sie nun lagen, und versuchte, die grausamen Erinnerungen fortzuschieben, die mit eiskalten Krallen nach ihrem Herzen gegriffen hatten, während nur wenige Meter von ihr entfernt die Verfolger nach ihnen suchten. Sie blickte in Thomas' Augen und sah dort sowohl Schmerz als auch Entschlossenheit. In diesem Moment wurde ihr klar, dass er das Versprechen, das er ihr damals auf dem Bauernhof gegeben hatte, wirklich halten würde. Und während der Gestank der Verfolger nach Urin und Schweiß immer stärker wurde, überstreckte Lara ihren Kopf, damit er im Notfall ihre Kehle besser würde erreichen können.

3. In der Festung

Walter

„ER wird es schaffen. Du kennst doch Thomas.
Wahrscheinlich rettet er irgendwo noch eine holde Jungfrau,
kämpft mit einem Drachen und kommt als Herrscher einer
neuen Welt auf einem glitzernden Schlachtross hier
angetrabt." Walter knuffte seine Frau liebevoll in die Seite
und gab ihr einen kleinen Klaps auf den Hintern. Er wusste
genau, dass sie das nicht mochte. Und er wusste auch, dass
er sie damit – wenn auch nur kurz – aus ihren grausigen
Gedanken holte. Er liebte Mathilda mehr als alles andere auf
der Welt, und genau aus diesem Grunde ertrug er es nicht,
sie so zu sehen. Sie aß nicht, trank wenig und verließ kaum
noch ihre Stube.

„Aber er ist doch mein Sohn!", rief sie, während eine
einzelne Träne ihre Wange hinunterlief. Mit sanftem Druck
schob sie die Hand weg, die Walter auf ihre Schulter gelegt
hatte.

„Und meiner auch. Und genau deswegen wird er es
schaffen. Und jetzt komm, versuch wenigstens, ein bisschen
zu essen." Damit drückte er sie sanft, aber bestimmt auf
ihren Stuhl und schob ihr auffordernd den Eintopf hin.

Das Essen war nicht mehr so wie früher, aber es war noch
immer gut und nahrhaft. Walters Vater hatte hier wahrlich

ein Wunder geschaffen. Damals, als die Welt noch in Ordnung war und er diesen Ort zu errichten begann, dachten sie, Friedrich verliere seinen Verstand. Aus Sorge um ihn hatten sie ihn zu einer Therapie überreden wollen, doch Thomas' Großvater weigerte sich, und Walter hatte sich irgendwann gezwungen gesehen, ihn einweisen zu lassen. Er hatte seinem Vater damals nur helfen wollen, denn wer hatte ahnen können, dass er mit seinen finsteren Vorahnungen recht behalten würde?

Das Leben in der *Festung* war anders. Das Essen anders, der Tag anders, die Menschen anders. Aber die ganze Welt war inzwischen anders, und so war Walter froh, dass Mathilda und er zusammen mit ihren Töchtern hier in Sicherheit waren. Wären sie noch da draußen, wären sie vielleicht schon tot. Bei diesem Gedanken schnürte sich einmal mehr sein Magen zusammen, denn sein Sohn war noch immer unterwegs und seit Wochen – oder waren es schon Monate? - hatten sie nichts mehr von ihm gehört. Wie auch? Die Menschen außerhalb hatten keinen Zugang zu Strom. Telefone funktionierten nicht mehr. Wie auch so vieles andere nicht mehr funktionierte. Allem voran der Gerechtigkeitssinn und die Moral. Sie bekamen hier drinnen zwar nicht viel mit, aber sie hatten von den Plünderungen und Morden gehört.

Der Zusammenbruch war gekommen, als sich Walter und seine Frau ganz in der Nähe der Festung im Urlaub befunden hatten. Innerhalb weniger Tage war eingetreten, was Friedrich prophezeit hatte, und so holten sie ihn aus der Anstalt und fuhren mit ihm und weiteren Familienmitgliedern zur Festung. Mit dabei etliche Auserwählte, die Friedrich im Vorfeld als Arbeiter für die

Festung auserkoren hatte. Zu dieser Zeit hatten sie das letzte Mal von ihrem Sohn gehört, der sich über sechshundert Kilometer entfernt in ihrer Heimatstadt befunden hatte. Damals funktionierten noch ein paar Festnetztelefone, auch wenn der Empfang schlecht und das Netz überlastet gewesen war. Sie konnten nicht alles verstehen, aber Thomas sagte unmissverständlich, dass er, sobald es möglich war, losziehen würde.

Walter wusste, wie klug sein Sohn war. Er wusste, dass er die Straßen und Siedlungen meiden würde. Er würde sein Essen rationieren und auf der Hut sein. Außerdem war er stark, durch jahrelanges Training gut ausgebildet und widerstandsfähig. Aber er war auch ein Romantiker. Und so fürchtete Walter, dass er das Mädchen mitnehmen würde. Ein Mädchen, das er und Mathilda nicht kannten, obwohl sich die beiden schon seit Langem trafen. Thomas strahlte, wenn er von ihr erzählte, scharrte mit den Füßen, wenn er vor einer Verabredung mit ihr bei seinen Eltern war. Mädchen – dieses Wort ließ Walter schmunzeln. Sie war kein Mädchen mehr, sondern eine Frau. Aber so wie Thomas für ihn immer sein Junge sein würde und nie ein Mann, so würden alle Damen, die er mitbrachte, auch immer Mädchen bleiben. So wie seine Töchter auch immer *seine* Mädchen bleiben würden. Und wie sollte Thomas anders sein. Er selbst, Walter, war ja nicht besser. Und wäre er damals in dieser Situation gewesen, so hätte er Mathilda ebenfalls mitgenommen, auch als sie noch gar kein Paar gewesen waren. Denn er liebte sie bereits, lange bevor sie ihn überhaupt bemerkt hatte.

Auch Thomas und das Mädchen, von der Walter bis jetzt nicht einmal den Namen kannte, waren noch kein Paar. Seit einer Ewigkeit tänzelten sie umeinander herum und verbrachten Zeit miteinander, wann immer es ging. „Es ist für sie sehr schwierig. Sie hat viel hinter sich", sagte Thomas einmal zu ihm, als sie darüber sprachen. Der Ausdruck seiner Augen ließ keinen Zweifel daran, wie viel er für sie empfand, und so konnte Walter ihm nicht böse sein, wenn er sie mitbrachte. Doch es beunruhigte ihn auch. Er hatte nichts gegen ihre Anwesenheit hier, sondern fürchtete vielmehr, dass sie seinen Sohn aufhalten oder in Schwierigkeiten bringen könnte. Zudem wusste Walter nicht, was sie beruflich machte oder über welche Talente sie verfügte. Wenn sie nichts vorbringen konnte, was für die Festung von Interesse war, so würde Friedrich sie nicht aufnehmen. Viele Partner, Freunde und Angehörige waren bereits abgewiesen worden, weil sie keine „interessanten Fähigkeiten" besaßen, wie sein Vater zu sagen pflegte. Es war grausam, aber auf eine bizarre Weise auch vernünftig, denn selbst die Festung konnte nicht unendlich viele Seelen versorgen. Und Walter war froh, dass nicht er diese Entscheidungen treffen musste, trotzdem war er über seinen Vater immer wieder schockiert. Es schien fast so, als genösse Friedrich diese Macht. Die Macht über Leben und Tod. Und Walter machte sich in Thomas' Fall ganz besonders Sorgen, denn sollte das Mädchen nicht aufgenommen werden, dann würde auch Thomas nicht hier sein wollen. Er würde bei ihr bleiben und sie mit seinem Leben beschützen. Und das durfte Walter auf keinen Fall zulassen.

Wenn Thomas überhaupt noch lebte.

Eiskalt ergriff ihn dieser Gedanke. Vor Mathilda war er unerschütterlich im festen Glauben daran, dass ihr Sohn wohlauf und auf dem Weg hierher war. Aber insgeheim drohten die Zweifel, sein Herz zu zerreißen. Die Ungewissheit war das Schlimmste. Dazu kam das Wissen, dass Mathilda es nicht überstehen würde, ihren Sohn zu verlieren.

Aus all diesem Schmerz heraus beobachtete Walter, wie seine Frau tapfer den Eintopf aß und sogar noch ein Stück von dem Brot hinunterbrachte. „Ich muss doch gesund sein, wenn er hier ankommt", sagte sie mit Tränen in den Augen, als sie seinen Blick bemerkte.

„Genau", erwiderte Walter. Seine düsteren Gedanken schmeckten wie Essig auf seiner Zunge.

4. Das Dorf

Viktor

„WIR sind nun einhundertdreizehn. Einundsechzig Männer und zweiundfünfzig Frauen. Zudem noch sechzehn Senioren und zwölf Kinder." Louis klang erschöpft. Sein großer Kopf ruhte auf seinen starken Händen. Er wirkte blass und kraftlos, und sein sorgenvolles Gesicht ließ ihn älter wirken, als er war.

Viktor bot wahrscheinlich selbst kein besseres Bild. Sieben Tage hatten sie gebraucht, um hierherzugelangen. Unterwegs war ihre Gruppe gewachsen, denn immer mehr Fremde hatten sich ihnen angeschlossen. Alle auf der Suche nach Sicherheit und Zukunft. Sie folgten ihm, hörten auf sein Wort und vertrauten auf seine Entscheidungen. Und das, obwohl er selbst nicht so genau gewusst hatte, was er hier erwartete. Er wollte nur seine eigene Familie vor dem schützen, was in der neuen Welt am gefährlichsten war: vor den Menschen.

Die Zivilisation hatte der modernen Gesellschaft einst eine Art Maulkorb angelegt. Man hielt sich damals an Regeln und Gesetze und konnte auf diese Weise zusammen in großen Städten leben, doch mit dem Zusammenbruch verschwanden Anstand und Moral fast vollständig. Dieser Wandel hatte sich so rasend schnell vollzogen, dass es kaum möglich gewesen war, sich auf diese Veränderungen einzustellen. Bereits am ersten Tag nach dem Zusammenbruch hatte es in dem Supermarkt fünfhundert Meter von Viktors ehemaligem Haus entfernt Tote gegeben, weil sich einige Irre um Dosenobst geprügelt hatten. Damals war noch die Polizei gekommen, es wurden Menschen verhaftet und Zeugen verhört. Die Leichen wurden abgeholt und gelbes Flatterband im Supermarkt gespannt. Keine vierzehn Tage später konnte man von Glück reden, wenn bei einem Mord noch die Polizei kam. Wie hätte man sie auch rufen können, wenn die Telefone nicht mehr funktionierten? Nur wenige Tage darauf waren die so sehr zivilisierten Menschen so weit, dass Morde keinen mehr aus der Fassung brachten, Hilferufe waren keinen Blick mehr wert und Leichen gehörten zum täglichen Erscheinungsbild. Sie wurden einfach an den Straßenrand gelegt, wo sie wilde Hunde und Ratten anzogen.

Überall in der Stadt hatten sich kleinere und größere Gruppen gebildet, die versuchten, sich untereinander zu beschützen. Es dauerte nicht lange, bis es zu brutalen Kämpfen zwischen diesen Gruppen kam, was die Lage weiter anspannte. Auch Viktor und seine Leute hatten vor ihrem Aufbruch eine solche Gruppe gegründet. Sein Bruder, einige Freunde und deren Familien waren in Viktors Haus eingezogen. Sie hatten die Fenster und Türen verriegelt und gewartet, dass die Regierung ihnen helfen würde. Aber es kam keine Hilfe. Und so wurden ihre Vorräte schnell knapp. Mit Knüppeln, Äxten und Brechstangen bewaffnet machten sich die Männer bald schon auf den Weg, um in ihrer Umgebung etwas Essbares zu finden, was aber immer aussichtsloser und gefährlicher wurde.

Als sie zwischen die Fronten eines Kampfes zweier größerer Gruppen gerieten, hatte Viktor dabei zusehen müssen, wie sein jüngerer Sohn Lukas erschossen wurde. Durch sinnlose Gewalt musste er sterben, eine Gewalt, der sie nur begegnet waren, weil sie zur falschen Zeit am falschen Ort gewesen waren. Viktor selbst trug schwerste Verletzungen im Gesicht davon, die ihn auf ewig entstellen würden. An diesem Tag war ihm endgültig klar geworden, dass er seine Familie aus der Stadt herausführen musste. Was genau passiert war, warum die Regierung nicht half, wusste er nicht, doch ihm war schnell klar, dass sie von nun an auf sich allein gestellt waren.

Als möglicher Zufluchtsort kam ihm nur das alte Anwesen seiner Eltern in den Bergen in den Sinn, es schien ihm der beste Ort zu sein, um sich dem neuen Leben zu stellen. Und da waren sie nun. Als Lukas und dessen älterer Bruder Elias noch Kinder gewesen waren, waren sie oft hierhergekommen. Viktor liebte die Abgeschiedenheit und den Frieden, die diesen Ort immer ausgemacht hatten, heute aber war es hier überfüllt und laut. Kein Wunder, denn sie waren zu viele. Viel zu viele. Aber für kein Geld der Welt würde er auch nur einen von ihnen wegschicken. Sie brauchten ihn, sie brauchten Hoffnung, und auf eine sonderbare Art und Weise brauchte er auch sie.

Als sie loszogen, waren sie eine Gruppe von fünfzehn Menschen gewesen. In den ersten Etappen hatten sie weitere Freunde und Angehörige aufgelesen, sodass ihre Zahl schnell auf über fünfzig gestiegen war. Und unterwegs waren sie immer wieder auf kleine Gruppen anderer Flüchtlinge getroffen, allesamt auf der Suche nach einem zumindest halbwegs sicheren Ort. Gegen Ende des ersten

Tages nach ihrem Aufbruch hatten sie eine Gruppe junger Männer getroffen, die Viktor um etwas zu essen gebeten hatten. Sie waren bis an die Zähne bewaffnet, aber in ihren Augen blitzte die gleiche nackte Angst wie in den Augen seiner Gefolgsleute. Sie hätten sich mit ihrer Ausrüstung gewaltsam nehmen können, was sie brauchten, doch stattdessen erbaten sie sich Lebensmittel, ohne dabei auch nur den Hauch einer Drohung auszusenden. Viktor begriff, dass diese Männer ihnen Schutz geben konnten. Und er wiederum konnte ihnen im Gegenzug Hoffnung schenken. So schlossen sich die Männer der Gruppe an, auch wenn sich die meisten von Viktors Leuten vor ihnen fürchteten. Schon wenige Stunden später hatten sie sich als rettende Schutzengel erwiesen, denn bereits in der nächsten Nacht waren sie von Plünderern angegriffen worden.

Viktor hatte die Männer nie gefragt, woher sie kamen, wie sie an die Waffen gekommen waren, warum sie sich so gut verteidigen konnten. Und es war ihm auch egal. Er wusste nur, dass er ihnen sein und das Leben seiner Familie zu verdanken hatte. Sie waren da und beschützten sie. Im Tausch dafür bekamen sie die Aufnahme in Viktors Gruppe. Und ihr Anführer Louis wurde in kürzester Zeit zu Viktors Vertrautem, obwohl sie einander kaum kannten.

„Wir müssen uns irgendwie organisieren."

Elias' Stimme zerrte Viktor jäh aus seinen Erinnerungen zurück in die Gegenwart. Sein Sohn wirkte als Einziger wach und ausgeruht. Er strahlte eine Ruhe und Zuverlässigkeit aus, die Viktor nicht einordnen konnte. Waren es Kraft und Stolz oder Leichtsinn, was ihm diese Energie verlieh? Liebte er die Aufregung der letzten Tage, war er dafür einfach geboren? Müde sah Viktor zu ihm auf und zog fragend die Augenbraue hoch.

Elias ließ sich nicht beirren. „Wir werden nicht lange mit Beeren, Nüssen und Gänseblümchen über die Runden kommen. In Opas alten Büchern steht so einiges über das Fallenstellen und Jagen. Wir sollten versuchen, uns diese Fähigkeiten anzueignen. Außerdem sollten wir die Ställe nutzen. Auf dem Weg hierher habe ich ein paar Wildschweine gesehen, vielleicht gelingt es uns ja, sie zu fangen. Mit den Hasen und Hühnern, die wir unterwegs gefunden haben, stehen wir dann schon nicht mehr ganz so schlecht da. Und wir brauchen eine Krankenstation. Und eine Sammelstelle für Kleidung und Ähnliches. Suchtrupps könnten ausziehen und sich die Nachbarhäuser vornehmen. Sie wirken verlassen, wahrscheinlich sind die Bewohner schon verhungert. Sie könnten uns als Unterkünfte dienlich sein."

Elias hatte sich in Fahrt geredet, seine Gedanken schienen sich zu überschlagen, und schon bald konnte Viktor ihm nicht mehr folgen. Sie waren erst vor ein paar Minuten angekommen, und bis jetzt hatte er selbst sich keinerlei Gedanken darüber gemacht, was zu tun wäre, wenn sie ihr Ziel erreicht hatten. Einzig und allein dem Ankommen selbst hatten seine Sorgen gegolten. Und so verstand er einfach nicht, was Elias da erzählte. Sich organisieren? Krankenstation? Fallenstellen? Alles in ihm schrie nur nach Schlaf, und so wollte er schon auffahren und seinen Sohn zum Schweigen bringen, doch ein Blick auf Louis ließ ihn innehalten, denn dieser hörte dem jungen Mann anerkennend zu.

Langsam sank Viktor in seinem Stuhl zurück und sah stumm zu, wie Elias und Louis Pläne machten, Listen erstellten und diskutierten. Auch wenn Viktor ihnen nicht folgen konnte, so kam er nicht umhin, den beiden Männern Respekt zu zollen für ihr Talent, innerhalb weniger Stunden zu Herren der Lage zu werden.

5. In der Höhle

Lara

WAREN es Minuten oder Stunden? Es machte für Lara keinen Unterschied. Zeit war kein wichtiger Begriff mehr. Lediglich die Worte *hell* und *dunkel* hatten noch eine Bedeutung. Doch diese Momente, in denen sie dalagen und lauschten, kamen ihr wie eine Ewigkeit vor.

Irgendwann entspannte Thomas sich, nahm seine Hand von ihrem Rücken und flüsterte: „Ich glaube, sie sind weg."

Zaghaft, noch immer darauf bedacht, kein Geräusch zu machen, drehte sie ihren Kopf nach vorn und erlöste so ihren Nacken aus seiner misslichen Lage. Ebenso vorsichtig stemmte sie sich auf ihre Hände und krabbelte rückwärts tiefer in den Bau hinein. Die Knie an den Oberkörper gezogen, kauerte sie sich neben Katze und kraulte ihn hinter seinem rechten Ohr.

Lara fürchtete nun einen scharfen Verweis. Immerhin hatte ihre Lethargie auf dem Feld sie alle in Gefahr gebracht. Anstatt weiterzurennen, hatte sie aufgegeben und Thomas gezwungen, sie hinter sich herzuschleifen, was nicht nur Zeit, sondern auch Kraft gekostet hatte. Fair war das nicht gewesen. Sie wusste genau, dass er sie niemals zurücklassen würde. Sie nicht und ihren geliebten Hund genauso wenig. Und so hatte sie nicht nur ihr eigenes

Leben, sondern auch das von Thomas aufs Spiel gesetzt. Sie senkte ihren Blick und wartete auf die Predigt, die sie wohl mehr als verdient hatte.

„Ist alles okay? Hast du dich verletzt?"

Wie bitte?

„Fehlt dir was? Süße, sag doch was!"

Wie hatte er sie gerade genannt? Süße? Der erwartete Verweis blieb also aus. Dafür bekam sie einen neuen Kosenamen geschenkt. Zaghaft hob Lara den Blick und sah die Sorge in seinen tiefbraunen Augen.

„Ist alles gut bei dir?"

Seine dunkle Stimme ließ einen wohligen Schauer über ihren Rücken fahren. Er sorgte sich um sie. In seinem Blick und seiner Stimme war nichts Enttäuschtes, nichts Böses. Nur Sorge. Eine Sorge, die weit über Freundschaft hinausging. Es war die Sorge um jemanden, den man mehr als alles auf der Welt liebte. Lara bekam diesen Gedanken kaum zu fassen, geschweige denn konnte sie ihm glauben. Sie nickte bloß und merkte, wie sich ihre Verwirrung auf ihrem Gesicht widerspiegelte. Thomas deutete das offenbar als Angst, denn er nahm sie fest in die Arme, strich sanft über ihr Haar und redete beruhigend auf sie ein. Sofort erfüllte sie sein Geruch mit Geborgenheit, und seine Berührung ließ sie erschaudern. Sie konnte nichts gegen die heißen Tränen tun, die plötzlich ihre Wangen hinunterliefen.

Seit dem Zusammenbruch war es das erste Mal, dass sie weinte. Zunächst zaghaft, mit leisen, kleinen Klagerufen, doch kurz darauf schon schüttelten sie mächtige Krämpfe. Sie weinte ihren Zorn hinaus. Ihre Angst. Ihre Verzweiflung. Sie weinte um ihr Zuhause. Ihre Nachbarn. Einfach alles, was sich aufgestaut hatte, bahnte sich in diesem Moment der Geborgenheit den Weg nach draußen und damit hinein in die Arme ihres starken Begleiters. Und Thomas ließ es geschehen. Er versuchte nicht, sie zu beruhigen oder sie zur Vernunft zu bringen. Das Einzige, was er tat, war, sie näher an sich zu ziehen und ihr Gesicht an seiner Brust zu verbergen. Auf diese Weise drangen ihre klagenden Wehrufe nur noch dumpf aus ihrem Mund.

Eine Ewigkeit lang saßen sie so da. Bis Lara nicht mehr weinen konnte, bis keine Tränen mehr da waren, die sie hätte hervorbringen können. Ein Gefühl von Leere machte sich in ihr breit und erfüllte sie mit einer tiefen Traurigkeit. Trotzdem fühlte sie sich besser, ganz so, als hätten nicht nur die Tränen ihren Körper verlassen.

Wie aus weiter Ferne drang seine Stimme an ihr Ohr: „Endlich. Ich dachte schon, es würde nie passieren."

„Was würde nie passieren?" Stilecht, wie eine richtige Dame, wischte sie sich die Tränen mit ihrem Ärmel ab und zog charmant die Nase hoch.

Sanft schob er sie ein Stück von sich weg, um ihr in die Augen sehen zu können. „Dass du weinst, Lara", sagte er, während er liebevoll eine Strähne hinter ihr Ohr strich. Noch einen Moment lang hielt er sie fest und sein Blick schien tief in ihre Seele zu reichen, bevor er sich schließlich abwandte und sich am Eingang zu schaffen machte. Gekonnt zog er weitere Äste und Blätter vor den Eingang und verzurrte alles fest mit dem Gurt an dem starken Wurzelwerk, das aus den Wänden der Höhle herauswuchs.

Erst jetzt fiel Lara auf, wie geräumig es hier drinnen war. Es war kein schlichtes Erdloch oder ein einfacher Tierbau, sondern eine richtige Höhle, die offenbar künstlich vergrößert worden war. Einfache Holzbalken verstärkten die

Wände, und in der Ecke lagen einige Decken und Plastiktüten. An den Wänden sah sie im schummrigen Licht Kinderbilder, die dort in liebevoller Kleinarbeit mit Wachsmalern und Filzstiften hingezaubert worden waren.

„Scheint eine Räuberhöhle zu sein", sagte Thomas lächelnd, als er sich ebenfalls umsah. Und er hatte recht: Das hier war vor nicht allzu langer Zeit wahrscheinlich der liebste Spielplatz von Kindern gewesen. Vielleicht mühsam mit einem liebenden Vater zusammen erschaffen und gehütet wie der eigene Augapfel. Lara schossen Bilder in den Kopf von Kindern, die *Räuber und Gendarm* spielten. Sie konnte helles Kinderlachen hören, und sie stellte sich vor, wie die Mutter der Kinder in den Wald hinausrief, dass das Essen fertig war. Die Szenen zeichneten sich deutlich vor ihrem inneren Auge ab, und sie machten Lara traurig. Wo waren die Kinder nun wohl? Lebten sie? Konnten ihre Eltern sie noch versorgen? Im Stillen schickte sie den Familien ein großes Dankeschön, denn wer auch immer sie waren, sie hatten ihr und Thomas das Leben gerettet, indem sie diesen Ort erschaffen hatten.

Thomas krabbelte tiefer in die Höhle hinein und machte sich an seinem Gepäck zu schaffen. Sorgfältig faltete er erst eine der Planen auf dem Boden aus und hängte die andere vor den Eingang, darauf bedacht, dass sie von außen nicht zu sehen war und garantiert kein Licht mehr rein- oder rausließ. Dann erst drehte er an der mit einem Dynamo betriebenen Campinglampe, und es wurde heller in der Höhle. Stumm reichte er die Lampe an Lara, die brav weiterkurbelte, während Thomas auf dem Boden der Höhle Isoliermatten und Decken ausbreitete. Schließlich kramte er ihre Essensreserven hervor und winkte Lara zu sich. Noch immer wortlos bedeutete er ihr, sich hinzusetzen, und reichte ihr getrocknete Rindfleischstreifen und Vollkornkräcker. Dann angelte er die Trinkflasche aus ihrem Rucksack und hielt sie ihr hin. Sie hatte keinen Hunger. Auch keinen Durst, aber die Diskussion vor ein paar Tagen hatte ihr gezeigt, dass Thomas ihr notfalls das Essen mit Gewalt eintrichtern würde, und so kaute sie lustlos auf dem salzigen Trockenfleisch herum, während ihre Gedanken wieder in die Vergangenheit abdrifteten.

Es war der Tag des Zusammenbruchs gewesen, als Thomas vor ihrer Tür gestanden hatte, um sie mit zur Festung zu nehmen. Die Menschen waren verunsichert gewesen, aber noch nicht in Panik. Man versuchte, einander zu beruhigen, und ging noch fest davon aus, dass diese Ausnahmesituation bald Vergangenheit sein würde. Lara machte sich ein wenig über ihn lustig, da auch sie der Meinung war, dass sich das Problem bald erledigt haben würde. Thomas aber war nicht nach Späßen zumute. Es war das erste Mal, dass er in diesem scharfen Tonfall mit ihr sprach, und das hatte sie so wütend gemacht, dass sie einfach die Tür vor seiner Nase zugeschlagen hatte und zurück in ihr Haus gestapft war. Er hämmerte ausdauernd und offenbar wütend an ihre Tür, aber sie ignorierte ihn. Jetzt, während sie in einem Erdloch auf Trockenfleisch herumkaute, wünschte sie sich, sie hätte auf ihn gehört. Ihm geglaubt. So wäre ihnen vieles erspart geblieben. Und wieder einmal fragte sie sich, warum sie ihm so wichtig war, dass er nicht einfach ohne sie hatte losziehen können.

Irgendwann hatte er damals mit dem Klopfen aufgehört und war gegangen, aber nach einigen Stunden kehrte er zurück und begann von Neuem. Lara hatte ihren Ärger über seinen scharfen Tonfall inzwischen überwunden und ihm die Tür geöffnet. Er hatte Unmengen an Batterien, Taschenlampen, Wasserkanistern, Konserven, Trockenfleisch und -obst und mehr noch dabei und ignorierte kurzerhand ihren Protest, als er alles in ihr Haus schaffte. „Du wirst ja doch nicht vernünftig sein", grummelte er bloß. Erst als Lara eine der Konserven nach ihm warf und ihn härter als gewollt an der Schulter traf, fuhr er herum, packte sie, schüttelte sie sogar und schrie: „Das ist kein normaler Stromausfall! Versteh das doch endlich!"

Lara indessen hatte es einfach nicht verstehen wollen. Und daran hatte sich bis jetzt nichts geändert. Natürlich hatte sie damals von den geplanten Anschlägen der *Greens* gehört – wahrhaben aber wollte sie es trotzdem nicht.

Das Land war schon lange Zeit vor dem Zusammenbruch gespalten gewesen. Im Rahmen der Energiewende und dem wahnhaften Wunsch, die Welt zu retten, waren alle Kraftwerke abgeschaltet worden. Da aber noch nicht genügend alternative Stromquellen verfügbar waren, um alle Haushalte zu versorgen, war der Strom rationiert worden. Alle Städte und Stadtteile wurden in Bereiche unterteilt. Von eins bis sechs. In den Bereichen mit der Nummer eins gab es rund um die Uhr Strom. Im Regelfall waren dies die Villengegenden, Behördengebäude und Krankenhäuser. In den Bereichen mit der Nummer sechs hingegen, bevölkerungsarme Randbezirke waren das, gab es nur für zwei Stunden täglich Strom. Die Menschen versuchten, in besser versorgte Bereiche zu ziehen, aber da so viele das wollten, erhielten nur die reichen Bürger ein Haus in einer der begehrten Wohngegenden, denn die Grundstückspreise dort waren regelrecht explodiert. Laras

Haus befand sich im Bereich vier, und so hatte sie immerhin noch sechs Stunden am Tag Strom zur Verfügung.

Die Energieversorgung wurde im Rahmen der Einsparungen so teuer, dass viele Haushalte es sich nicht einmal mehr leisten konnten, ihre Kühlschränke zu betreiben. Die neuen Geräte benötigten zwar nur wenig Energie, verfügten sogar über einen internen Speicher und hätten mit zwei Stunden täglicher Stromzufuhr funktionieren können. Doch solche Geräte konnten sich nur Gutverdiener leisten. So kam es, dass die Leute häufiger einkaufen mussten, weil sie frische Waren nicht zu lagern wussten. Durch die hohen Strompreise und die Rationierungen wurden öffentliche Verkehrsmittel und Benzin jedoch nahezu unerschwinglich, und die Einkäufe mussten zu Fuß oder mit dem Fahrrad erledigt werden. Damit standen die Menschen in den Randbezirken erneut vor einem fast unlösbaren Problem. Die nächste Spannung entstand an den Kassen der Geschäfte, denn nicht nur Benzin war teurer geworden, schließlich wurde für die Herstellung sämtlicher Waren Strom gebraucht. Und so kam es, dass man zwei Wochen vor dem Zusammenbruch sechzehn Euro für eine Tafel Schokolade zahlen musste.

Das Volk hatte sich in zwei Lager gespalten: Einerseits gab es die Vertreter des radikalen Umweltschutzes (dies waren mittlerweile fast ausschließlich reiche Leute), die sich die *Greens* nannten. Ihnen gegenüber stand *Das Volk*, die Gegner der Rationierungen und Einsparungen. Bei Letzteren richtete sich nur ein Teil des Protestes gegen die Energiewende selbst, es ging eher um die radikale Umsetzung.

Im Grunde war es mehr oder weniger ein Kampf von Arm gegen Reich, denn in den letzten Jahrzehnten hatte sich der Mittelstand praktisch aufgelöst. Der Druck, den der reiche Teil der Bevölkerung auf die Regierung ausüben konnte, war enorm, und nichts schien den Greens zu genügen. Sie forderten mehr und mehr, ohne dabei aber selbst auf Gartenlampen, Fernseher und Whirlpools zu verzichten. Sie waren an die Macht gekommen und kosteten das aus.

Bald schon brodelten die ersten Aufstände in den Randbezirken. Die rebellische Stimmung schwappte über bis in die Dreierbereiche, und schnell stand den Greens *Das Volk* gegenüber. Und sie waren viele. Genau genommen waren sie die absolute Mehrheit, und auf diese Weise hatten auch sie Macht.

Die Regierung versuchte noch, die Rationierungen und Einsparungen zu lockern, subventionierte Grundnahrungsmittel und ruderte so ein wenig zurück bei der radikalen Umsetzung der Energiewende. Doch längst hatten sich auf beiden Seiten radikale Gruppen gebildet, es war zu spät. Auf der Seite des Volkes konzentrierten sich die Extremen auf gewaltsame Sturmangriffe auf die Einser-Bezirke. Sie versuchten, das Volk mit Versprechungen rund um Nahrung und Kleidung zu radikalisieren und für ihre Sache zu rekrutieren, fanden aber nur wenige Unterstützer. Die meisten hatten schon jetzt nur noch damit zu tun, ihre Familien zu ernähren.

Auf der Seite der Greens hingegen änderte sich nicht viel. Abgesehen davon, dass sich eine kleine Gruppe bildete, die *wirklich* die Natur retten wollte und bereit war, das mit Gewalt umzusetzen. Sie verabscheuten die Greens, die in ihren prunkvollen Villen verschwenderische Dinnerpartys gaben und kein einziges Element der *wahren Berufung und Aufgabe* umsetzten. Und genau diese kleine Gruppe war es, die den Zusammenbruch herbeiführte: In ihren Reihen waren exzellente Forscher und Techniker, die einen Weg fanden, das gesamte Stromnetz mit nur einem einzigen Anschlag dauerhaft zu zerstören.

Lara hatte keine Ahnung, wie das funktioniert hatte, von Technik verstand sie nichts. Zudem gab es seither auch keine Nachrichten mehr. Alle Neuigkeiten wurden von Mund zu Mund weitergetragen und hatten oft weder Hand noch Fuß. Die meisten sprachen von einer enormen Überspannung im Stromnetz, aber Lara wusste eben nicht, was genau das bedeuten sollte.

Sie hatte damals auch keine Ahnung, was Thomas dazu brachte, Trockenfleisch und Wasserkanister in ihrem Keller zu unzähligen Konserven zu gesellen und ihre Fenster mit Brettern zu verriegeln. Sie traute sich nicht mehr, ihm zu widersprechen. Er war herrisch und streng, er wirkte gestresst und angespannt, und er hatte definitiv den längeren Atem. Irgendwann hatte sie sich ihrem Schicksal gefügt, dachte aber nicht im Traum daran, ihn bei seinem völlig wahnhaften Plan zu unterstützen. Denn immerhin hatte sie zu diesem Zeitpunkt nach wie vor fest daran geglaubt, dass bald alles wieder so sein würde wie vor dem Zusammenbruch.

Während sie nun in der feuchten Höhle angewidert auf dem salzigen Fleisch herumkaute, welches in ihrem Mund immer mehr zu werden schien, wurde ihr wieder einmal klar, wie sehr sie sich damals geirrt hatte. Erneut tat es ihr leid, dass sie ihn und sich und Katze in diese fast hoffnungslose Situation gebracht hatte. Und wieder einmal schwor sie sich, von nun an *immer* auf Thomas zu hören, obwohl sie tief in sich spürte, dass sie diesen Schwur niemals würde halten können.

„Wo bist du gerade?"

Seine Stimme ließ sie aus ihren Gedanken hochfahren. Sie hatte ein schlechtes Gewissen, weil sie ihm nicht geholfen hatte, ihr Lager aufzuschlagen. Aber in seinen Augen konnte sie lesen, dass es ihn nicht weiter störte. Er kurbelte an der Lampe, und es wurde wieder heller in ihrer Höhle. Das sanfte Schummerlicht tauchte sein Gesicht in weiche Schatten und verlieh ihm noch markantere Gesichtszüge. Er war wirklich attraktiv. Aber nicht so wie die Popstars und Models. Seine Attraktivität war nicht die einer Nullachtfünfzehn-Schönheit von der Stange, die nur noch künstlich wirkte, sondern sie war *echt*. Besser konnte Lara es nicht beschreiben. Er hatte ein kantiges Kinn und eine Narbe auf der Stirn, die einmal eine schwere Verletzung gewesen sein musste, aber er hatte ihr nie erzählt, wie es dazu gekommen war. Und sie hatte ihn auch nie gefragt, sie spürte einfach, dass er nicht darüber sprechen wollte.

„Hier bin ich. Wo soll ich sonst sein?"

„Ich meine nicht körperlich, sondern wohin du mit deinen Gedanken verschwunden bist."

„Ach so." Mehr fiel ihr nicht zu antworten ein, denn letztlich wusste sie nicht einmal mehr, woran sie gerade gedacht hatte.

„Na ja, egal. Immerhin hast du wenigstens mal was gegessen." Er lachte heiser, und ein spöttisches Grinsen huschte über seine Lippen. Erschrocken bemerkte Lara in diesem Moment, dass sie nicht nur ihre eigene Ration Trockenfleisch runtergewürgt hatte, sondern auch seine.

„Oh!", stieß sie hervor. „Das habe ich gar nicht gemerkt. Es tut mir leid!" Schuldbewusst reichte sie ihm den letzten Streifen und schaute auf den Boden. Es war ihr unendlich peinlich.

„Das ist doch nicht schlimm", erwiderte er und hatte offenbar Mühe, nicht laut loszulachen. Er sei froh, brachte er noch hervor, dass sie nach den Mini-Portionen der letzten Tage endlich mal wieder richtig gegessen hatte.

„Ich finde das nicht witzig. Du hättest mich aus meinen Gedanken holen sollen!", erwiderte sie energisch, musste sich aber zusammenreißen, wegen seines lustig verzogenen Gesichts nicht ebenfalls loszulachen.

„Wenn es hilft", sagte er noch immer spöttisch, „dann sorge ich dafür, dass wir jeden Tag gejagt werden. Denn offenbar lässt es dich vergessen, wie widerlich der Fraß da ist."

Jetzt platzte aus beiden endgültig lautes Gelächter hervor. Sie kugelten sich bald schon über den Boden und hielten sich die Bäuche vor Lachkrämpfen. Nichts an ihrer Lage war wirklich lustig, nichts konnte ihre Lachanfälle erklären, aber es tat gut. Und vielleicht – so dachte Lara für sich – war es nur die Freude, überlebt zu haben. Denn insgeheim hatten sie wohl beide nicht daran geglaubt.

In einem Anfall von Übermut stürzte Lara sich auf Thomas, gab sich sehr böse und kitzelte ihren Begleiter, der qualvoll das Gesicht verzog und es geschehen ließ. Bis er offenbar fand, dass es genügte und ihre Handgelenke packte. Mit sanfter Gewalt und unglaublich schnell warf er sie von sich ab und war in der nächsten Sekunde auch schon über ihr. Sein Körper drückte sie auf den Boden und hielt sie dort unerbittlich fest. Normalerweise wäre Lara jetzt in

Panik ausgebrochen. Sie konnte es nicht ausstehen, wenn man sie körperlich einschränkte, aber aus irgendeinem Grund war seine Nähe nicht unangenehm. Vielmehr genoss sie es. Und als Thomas merkte, wie schwer ihr das Atmen fiel, stützte er sich auf seinen Armen hoch, gerade so viel, dass sie wieder Luft holen konnte.

Die aufgekratzte, fröhliche Stimmung war schlagartig verschwunden. Sie lagen ganz ruhig, und es schwirrte eine spürbare Spannung durch die Luft, an der rein gar nichts unangenehm war. Seine Lippen waren nahe an ihren, und Lara hätte sich nur ein wenig aufrichten müssen, um sie zu berühren. Sie spürte, dass er es wollte. Sie spürte, dass sie selbst es wollte, aber keiner von ihnen unternahm einen Versuch. Sie lagen nur da und genossen den Augenblick, der nicht intimer und intensiver sein konnte, auch ohne einen Kuss.

Thomas verlagerte ein wenig sein Gewicht und streichelte ihr sanft über die Stirn. Dabei strich er eine Strähne ihres braunen Haares nach hinten. „Tut es sehr weh?"

„Was?"

„Deine Stirn. Du hast dich verletzt."

Prüfend strich er über ihre Haut, und erst jetzt bemerkte sie das leichte Brennen. Einer der Äste musste sie dort gestreift haben, und sie hatte es nicht einmal gespürt. An ihren erschrocken aufgerissenen Augen erkannte er wohl, dass die Verletzung ihr bisher nicht aufgefallen war, und erneut war sein Blick voller Sorge. Er hauchte einen leichten Kuss auf ihre Nasenspitze, ein Akt der Vertrautheit, die es zuvor nicht gegeben hatte, und rollte sich von ihr hinunter. Kurz darauf kniete er seitlich neben ihr, ließ etwas Wasser über ihre Stirn laufen und versorgte ihre Wunde, so gut es ging. Schließlich zog er Lara hoch und betrachtete zufrieden sein Werk.

„Nicht so perfekt wie die Wundversorgungen, die du machst, aber es wird reichen. Morgen wird dir der Schädel brummen, keine Angst, es ist nichts Schlimmes."

„Danke", murmelte Lara, nach wie vor benommen von der zärtlichen Geste. Noch immer spürte sie seine weichen Lippen auf ihrer Nasenspitze. Ihre Gedanken rasten. Natürlich hatte es während der langen Zeit, in der sie sich nun kannten, mehrere Momente gegeben, die annähernd romantisch oder intim gewesen waren, aber irgendwie erschienen sie ihr bisher trotzdem eher freundschaftlich. Dieser Moment hier in der dreckigen Höhle war anders. Tiefer. Bedeutender. In ihrem Bauch breitete sich eine wohlige Wärme aus, als ihr klar wurde, dass sie mit ihren Gefühlen nicht allein war. Und das bisher Offensichtliche wurde zu einer inneren Gewissheit: Thomas empfand für sie so wie sie für ihn.

Erneut kurbelte er an der Lampe und sah sie weiterhin besorgt an. „Was war heute mit dir los?"

Lara hatte Schwierigkeiten, dem plötzlichen Themenwechsel zu folgen. Und weil es in solchen Momenten manchmal die beste Strategie war, stellte sie sich dumm, um ein paar Sekunden Zeit zu schinden. „Ich weiß nicht, was du meinst." Mit einer abrupten Bewegung richtete sie sich auf und lehnte sich gegen die von Kinderhänden in einer besseren Zeit bemalte Wand.

„Du weißt genau, was ich meine. Heute auf dem Feld. Was war da mit dir los?" Er robbte zur gegenüberliegenden Wand, die Lara auf einmal kilometerweit entfernt schien, um sich ebenfalls anzulehnen.

„Ich ... ich weiß nicht", wich sie aus und wagte es nicht, ihn anzusehen. Sie schämte sich der Gedanken, die sie auf dem Feld gehabt hatte. Ihr Wunsch, einfach tot zu sein. Ihre Gleichgültigkeit. Und er sprach – wie so oft – aus, was sie dachte:

„Du hattest dich aufgegeben."

Es klang nicht vorwurfsvoll oder enttäuscht. Alles, was sie spürte, war seine unendlich tiefe Traurigkeit. Und als sie nichts erwiderte, fuhr er fort:

„Ich möchte dich nie wieder so erleben. Solange wir atmen, gibt es Hoffnung, und solange ich lebe, werde ich dich beschützen. Lara, ich brauche dich. Und Katze braucht dich auch. Ich weiß, es ist hart, aber es ist nicht mehr so weit bis zur Festung. Ein paar Tage noch. Nur noch ein paar Tage die Zähne zusammenbeißen, und dann sind wir in Sicherheit."

Auch jetzt konnte Lara nichts erwidern. Sie wusste, dass er recht hatte, aber das konnte sie nicht aussprechen. Sie verstand ja selbst nicht, was mit ihr los war. So wie sie auf dem Feld gewesen war, kannte sie sich nicht. Egal, welche Steine sich ihr in den Weg gelegt hatten, sie hatte sie immer alle zur Seite geräumt. Und jeder einzelne von ihnen hatte sie stärker werden lassen. Nie war sie an einem Punkt gewesen, an dem sie ihre Kraft verloren hatte. Bis heute.

„Du möchtest also nicht darüber reden?" Jetzt schwang eindeutig Enttäuschung in seiner Stimme mit. Lara wollte das nicht, sie wollte ihn nicht enttäuschen, aber sie konnte nach wie vor nichts sagen. Und so saßen sie schweigend einander gegenüber, und sie konnte seinen Schmerz über die Zurückweisung fast mit den Fingern greifen, so deutlich lag er in der Luft.

Als Thomas schließlich verkündete, es sei Zeit, ein wenig zu schlafen, wusste Lara nicht mehr, wie lange sie einander still gegenübergesessen hatten. Dankbar, endlich die Augen schließen zu dürfen und nicht mehr seinen Blicken ausweichen zu müssen, krabbelte sie in ihren Schlafsack und rollte sich sofort auf die Seite und damit von ihm weg. Eine neue Zurückweisung, die ihn bestimmt noch mehr verletzte, aber sie wollte auf keinen Fall, dass er die Tränen sah, die jetzt ihre Wangen hinunterliefen. Doch anstatt sich ebenfalls von ihr abzuwenden, tat er etwas, was er noch nie getan hatte: Er schlang seinen linken Arm um sie und zog sie zu sich heran, bis ihr gesamter Körper ganz nahe an seinem lag, und dann küsste er sie sanft auf den Hinterkopf. „Gute Nacht", flüsterte er noch in ihr Haar hinein und ließ Lara mit ihren Gedanken, ihren plötzlich versiegten Tränen und dem unbeschreiblichen Kribbeln im Bauch allein.

6. Die Vollstreckung

Walter

„WIE in Gottes Namen willst du das denn machen? Meinst du ernsthaft, er ist so blöd, sich finden zu lassen? Außerdem hat er keine Ahnung, welches Fahrzeug wir hier haben, er kennt es nicht. Das heißt: Selbst wenn wir überhaupt in seine Nähe kämen, würde er sich, sobald er uns sieht, verstecken. Völlig egal, wo er ist." Walter wurde langsam wütend auf Mathilda. Merkte sie denn nicht, dass Thomas' Abwesenheit ihn genauso schmerzte und sorgte wie sie? Und wieso in aller Welt verstand sie nicht, dass er nichts, absolut gar nichts für ihren Sohn tun konnte?

„Aber vielleicht ist er ja noch in seinem Haus!" Mathildas Stimme war ein leises Winseln. Er merkte, dass sie stärker klingen wollte, gefasster, aber sie war nur noch ein Häufchen Elend, und sie so zu sehen, schmerzte ihn mehr als alles andere auf dieser Welt. Er konnte ihr nicht helfen. Ihr nicht und Thomas auch nicht. Ihm waren die Hände gebunden, und für den stolzen Mann, der er war, war das kaum zu ertragen. Er versuchte stets, stark zu sein für seine Frau und für seine Kinder, aber er ahnte, dass er das bald nicht mehr schaffen würde. Zu schwer wog die Angst um seinen Sohn und auch um seine sorgenvolle Frau.

„Papa?" Zögerlich öffnete Sylvia, seine älteste Tochter, die Tür zu der hübsch eingerichteten Stube. Wieder einmal ärgerte sich Walter über die unverhältnismäßig gute Unterkunft, während die Erntehelfer in Baracken schliefen. Im Winter würden die Menschen draußen erbärmlich frieren, weil es in ihren Wohnungen keine Heizungen gab, aber sein Vater legte Wert darauf, auch hier in der Festung die unterschiedlichen Stellungen der Bewohner zu unterstreichen. Da es kein Geld mehr gab, also zumindest keines, mit dem man noch irgendwas hätte kaufen können, ließ er ihnen einfacheres Essen zubereiten und hatte sie in diesen Baracken untergebracht. Sie hatten zwar Zugang zu Medikamenten und Kleidung, aber das nur im Tausch für ihre ohnehin schon ärmlichen Mahlzeiten. Walter fürchtete, dass sich der Aufstand der *unteren Schichten* – er hasste diese Formulierung – in der Festung wiederholen könnte, so wie es kurz vor dem Zusammenbruch in der Welt da draußen auch geschehen war. Zwar hatten er, seine Frau und seine Kinder nichts zu befürchten, denn sie behandelten jeden hier mit Respekt und versorgten die anderen oft hinter Friedrichs Rücken mit Dingen, die die Arbeiter dringend brauchten, doch seinen Vater würden sie womöglich töten. Und das Schlimmste: Walter könnte es ihnen nicht mal verübeln. Noch lagen keine rebellischen Spannungen in der Luft. Diejenigen, die in der Festung aufgenommen worden waren, waren froh, überhaupt noch am Leben zu sein, und von den Erlebnissen viel zu traumatisiert, um irgendetwas anderes zu empfinden als Dankbarkeit. Aber das würde nicht ewig funktionieren.

Friedrich hatte hier für ein Wunder gesorgt und Großes geleistet, indem er all diesen Menschen ein Überleben ermöglichte, doch ihm schien diese Macht allmählich zu Kopf zu steigen. Er führte seine Festung militärisch, streng und grausam. Mit jedem Tag schien sich sein Wahnsinn zu steigern, und mit der steigenden Machtgier seines Vaters stieg das Leid der Bewohner.

„Papa?" Sylvias Stimme holte ihn zurück in das Hier und Jetzt. Es schmerzte ihn, ihre Angst um die eigene Mutter in ihren Augen zu lesen, aber wie er in den vergangenen Tagen ja schon gemerkt hatte, gab es nichts, was er tun konnte.

„Ja, Schatz?" Er versuchte, all seine Wärme und Güte in die Stimme zu legen, erschrak aber selbst, als er hörte, wie erschöpft und müde er klang. Wenn er nicht bald etwas Schlaf bekam, dann würde es nicht mehr lange dauern, bis er kaum weniger elend als seine Frau wäre.

„Es … es geht um Jan. Opa … er will ihn …" Mehr musste Sylvia nicht sagen. Schon war Walter auf den Beinen, raunte seiner Tochter zu, bei ihrer Mutter zu bleiben, und stürmte hinaus, runter in den Hof.

Jan. Der kleine Junge der Prosters. Ehemalige Nachbarn von ihm und Mathilda und sehr gute Freunde der Familie. Der Junge hatte ein paar Tage zuvor ein Extra-Brötchen von Walters jüngster Tochter Madleen erhalten, damit er es gegen ein paar neue Schuhe eintauschen konnte. Auf dem Weg zu den Baracken war es aber aus seiner Tasche und unglücklicherweise genau vor Friedrichs Füße gefallen. Seither saß Jan im Verlies, wie Friedrich den Verschlag nannte, um auf sein Urteil zu warten. Friedrich nahm an, Jan hätte das Brötchen gestohlen, und so versuchte Walter seither, seinen Vater von der Unschuld des Jungen zu überzeugen, was sich aber als unmöglich herausstellte. Zuvor hatte es noch keinen Fall von *Ungehorsam* – noch so ein dämlicher Begriff – gegeben, und daher war noch nicht klar, wie Friedrich damit umgehen würde. Walter wusste nur, dass sein Vater einen eindrucksvollen Präzedenzfall schaffen wollte. Etwas Großes und Beeindruckendes. Etwas, das die anderen Bewohner von Straftaten abhalten sollte.

So schnell Walter konnte, stürmte er die Treppen hinab. Er nahm immer zwei Stufen auf einmal, und irgendwann fiel er mehr hinunter, als dass er lief, aber Jan war wichtiger als ein riskierter Bruch. In dem Moment, in dem er die große Eingangshalle durchquerte, hörte er Jans gellenden Schrei. Gefolgt von einem herzzerreißenden Schrei von dessen Mutter.

Er hat doch wohl nicht … Walter hatte keine Möglichkeit, seinen Gedanken zu beenden, denn als er den Hof betrat, übertraf das bereits vollstreckte Urteil seine schlimmsten Befürchtungen.

„So wurden die Dinge in der guten alten Zeit gelöst", säuselte der Alte, als er mit einem pervers gewinnenden Lächeln an Walter vorbeiging.

Friedrich hatte dem Jungen die Hand abgehackt.

7. Neue Verantwortung

Viktor

BEREITS einen Tag nach ihrer Ankunft in den Bergen hatten sich Elias und Louis daran gemacht, ihre Pläne zu verwirklichen, und Viktor blieb nur übrig, still zu staunen. Die durch das Schicksal wild zusammengewürfelten Menschen verbanden sich in Windeseile zu einer Gemeinschaft, die sich Hand in Hand der Realität stellte. Elias hatte sie in verschiedene Gruppen eingeteilt. Es gab Bauarbeiter, Sammler, Jäger, Sicherheitsleute, Bauern und noch einige mehr. Viktor verbrachte mehrere Stunden damit, irritiert von Ort zu Ort zu wandern, um das rege Treiben zu beobachten. Ungläubig sah er mit an, wie innerhalb kürzester Zeit Hühner und Kaninchen in Ställe verfrachtet und Hausdächer notdürftig geflickt wurden. Hier und dort riss man Zäune und Mauern ein, um sie kurz darauf an anderer Stelle wieder zu errichten, wodurch bereits am ersten Tag ein Schutzwall entstanden war. Waffen wurden zusammengetragen und Knüppel und Bögen aus gefällten Bäumen geschnitzt. Offenbar konnte jeder Einzelne in der Gemeinschaft etwas, das einen wichtigen Beitrag zu leisten vermochte. Das Wissen wurde weitergegeben, helfende Hände in aller Schnelle angelernt. Viktor konnte nicht fassen, was hier geschah, und fühlte ehrerbietigen Respekt.

Irgendwann spürte er, wie sein Sohn neben ihn trat. Durch einen Schleier dumpfer Empfindungen hindurch hörte er ihn fragen: „Geht es dir besser, Vater?"

Viktor wusste nicht, was diese Frage zu bedeuten hatte, deshalb brummte er nur irgendwas Unverständliches und scharrte mit seinem Stiefel im Sand.

„Ich hoffe, dir gefällt, was du siehst, Viktor. Wir konnten ja bisher nicht recht mit dir reden, und ich hoffe, du fühlst dich nicht überrumpelt. Gestern Abend hatten wir den Eindruck, dass du mit deiner Kraft am Ende warst, und so haben wir einfach das Ruder übernommen und wichtige Entscheidungen getroffen." Auch Louis war neben ihn getreten, und Viktor hatte es nicht einmal gemerkt.

„Ich habe keine Ahnung, wovon ihr sprecht."

Louis' Blick zeigte Verwirrung, und auch Elias wirkte irritiert, als er fortfuhr: „Na ja, es sind deine Leute. Du hast uns hierhergeführt. Du warst es, der uns immer weiter angetrieben und die Vorräte verteilt hat. Dir verdanken alle Menschen hier ihr Leben."

„Und die Chance, auch weiterhin in Würde leben zu können", fügte Louis unvermittelt hinzu.

In diesem Moment begriff Viktor, dass man ihn für den Anführer hielt, und diese Erkenntnis traf ihn so plötzlich und so heftig, dass er zusammenzuckte. Er war der Chef, und man war ihm dankbar. Aber wofür? Hatte er nicht nur versucht, seine Familie und seine Freunde zu retten? Er hatte nie vorgehabt, eine Gemeinschaft zu gründen.

„Mag ja sein, dass das dein erster Gedanke war, aber du hast etwas Großes erschaffen, Viktor. Eine Chance für uns alle."

Viktor schrak zusammen, denn durch Louis' Antwort begriff er, dass er seine Gedanken laut ausgesprochen hatte. In Elias' Augen sah er so etwas wie … War sein Sohn etwa stolz auf seinen alten Herrn? Wenn ja, dann wohl das erste Mal seit Jahren.

„Ja, Paps. Louis hat recht. Du hast uns mit deinem Plan hierherzukommen eine neue Chance gegeben."

Paps? So hatte Elias ihn schon ewig nicht mehr genannt. Ein warmes Gefühl durchströmte Viktor. Er konnte nicht anders, als seinen Arm väterlich um die Schultern seines Sohnes zu legen, der es mit einem Lächeln zuließ. Und der Respekt, den sein Sohn ihm plötzlich entgegenbrachte, verlieh Viktor Kraft. Kraft, sich seiner neuen Lebensaufgabe zu widmen. Er straffte seine Schultern und trat seiner Aufgabe entgegen.

8. Ein neuer Morgen

Lara

WIE aus weiter Ferne drang Vogelgezwitscher an ihr Ohr. Vor ihrem Bauch hatte sich etwas Pelziges zusammengerollt, das sie als Katze identifizierte. Müde hob sie die verklebten Lider. Schlagartig kribbelte wieder ihr gesamter Bauch, denn sie sah direkt in die braunen Augen von Thomas. Sein Blick war liebevoll und wirkte so wach, so klar, dass sie sofort begriff, dass er sie schon länger beobachtete. Lara lauschte kurz in sich hinein, ob es ihr peinlich war, entschied sich dann aber – als sie in ihrem müden Geist keine Antwort finden konnte – dagegen und streckte sich ausgiebig, wobei sie übertriebene quietschende und scheinbar angestrengte Geräusche von sich gab. Katze schloss sich ihr an, streckte sich ebenfalls ausgiebig und rollte sich dabei fast unauffällig auf den Rücken, um sich genüsslich den Bauch von Thomas kraulen zu lassen. Lara betrachtete kurz ihren verwöhnten Hund, knurrte, rollte sich in die gleiche Stellung und sah Thomas auffordernd und mit einem breiten Grinsen an. Er lachte. Wenn auch nur kurz, aber dieses Lachen verriet ihr, dass er das Thema aus der letzten Nacht nicht wieder aufnehmen würde. Und dafür war sie ihm unendlich dankbar, denn sie hätte ihm auch heute nicht erklären können, was mit ihr auf dem Feld passiert war.

Noch immer steif vom Schlaf und träge im Geist strampelte sich Lara aus ihrem Schlafsack und durchsuchte ihre Tasche nach ihrem dürftigen „Kosmetikbeutel". Der Plastikbeutel verdiente diesen Namen nicht, aber immerhin enthielt er eine Zahnbürste, Zahnpasta, Mundwasser, einen Kamm und ein Stück Seife. Meist wanderten sie innerhalb eines Tages von einem See zum nächsten oder zu einem Bach oder Fluss. Thomas hatte eine Karte dabei und legte die Tagesetappen fest, sodass sie ihr Lager fast immer an irgendeinem Gewässer aufschlagen konnten. Aber dieses Lager hier hatten sie nicht freiwillig gewählt. Und so betrachtete sie ein wenig enttäuscht ihre Pflegeprodukte, denn sie hatte kein Wasser, um sie zu benutzen. Das Wasser, das sich noch in ihren Trinkflaschen befand, war zu kostbar.

„Heute Nacht hat es geregnet, und ich habe uns draußen etwas Wasser in der Plane auffangen können."

Laras Gesicht erhellte sich schlagartig. Sie war wirklich alles andere als eitel, aber der Gedanke, mehrere Stunden mit dem fiesen Geschmack des Schlafs auf der Zunge durch die Gegend zu ziehen, hatte doch erheblich an ihrer Laune genagt. Schnell raffte sie ihre Siebensachen zusammen und krabbelte nach draußen.

Die Luft war herrlich frisch, und ihr fiel erst jetzt auf, wie stickig es in ihrer lebensrettenden Höhle geworden war. Sie konnte förmlich riechen, dass es wieder warm werden würde. Es war Mai, und die Temperaturen krabbelten tagsüber auf angenehme zwanzig Grad. Das Wandern war bei diesem Wetter angenehm, und nachts brauchten sie sich keine Sorgen zu machen zu erfrieren. Hinter sich hörte sie Thomas in der Höhle hantieren, und sie beeilte sich nun plötzlich, zu der Plane hinüberzugehen, in der tatsächlich etwas Wasser war, das sie zum Waschen nutzen konnte.

Sehnsüchtig dachte sie an ihre große bodentiefe Regendusche, die sie sich mühsam von ihrem Ausbildungsgehalt zusammengespart hatte und die nun kaum mehr als ein Aschehaufen sein dürfte, und begann, sich, so gut es eben ging, zu waschen. Die Seife prickelte auf ihrer Haut, und es tat gut, sich endlich wieder die Zähne zu putzen. Damals war es völlig normal gewesen, sich morgens und abends zu waschen, aber in der Zeit nach dem Zusammenbruch waren diese Dinge zum puren Luxus geworden.

Als sie fertig war, betrachtete sie prüfend ihre Kleidung. Ihr Shirt hatte bei ihrer halsbrecherischen Flucht durch das Unterholz einen großen Riss am Bauch davongetragen, und auch in ihrer Hose klaffte ein Riss am Knie. Außerdem war ihre Kleidung völlig verdreckt. Und das, obwohl sie ihre Sachen erst vorgestern im See gewaschen hatten. In ihrem Reisegepäck befand sich eine weitere Garderobe zum Wechseln, und sie dachte kurz daran, diese anzuziehen, aber das würde Thomas ohnehin nicht gestatten. Er würde sie auffordern, das Shirt zu flicken und die unversehrte Kleidung für den Notfall aufzubewahren. Dann würde er ihr wieder eine lange Rede darüber halten, dass sie ja nicht wüssten, wie lange sie noch damit auskommen mussten, und so weiter und so weiter.

Seine Stimme riss sie aus ihren Gedanken. „Heute Abend kommen wir an einem Bachlauf vorbei. Dort werden wir bestimmt waschen können. Soll ich das flicken?" Nach einer kurzen Pause mit einem verschmitzten Lächeln fügte er noch hinzu: „Obwohl mir gefällt, was ich sehe."

Lara grinste und tat im nächsten Moment so, als wäre sie prüde. Thomas hatte sie schon mehrfach komplett nackt gesehen, das blieb nicht aus, wenn sie ihre Kleider wuschen, aber er hatte kein einziges Mal eine anzügliche Bemerkung gemacht. Lara streckte ihm nur die Zunge raus und warf ihr Handtuch nach ihm. Sie war ihm dankbar, dass er sie mit dem gestrigen Vorfall in Ruhe ließ.

„Nee, geht schon", grummelte sie, als sie an ihm vorbei zu ihrem Rucksack ging, um das Nähzeug rauszuholen. Mit ein paar groben Stichen flickte sie ihr Shirt und stellte einmal mehr fest, dass sie einfach kein Talent zum Nähen hatte.

Thomas packte währenddessen ihre restlichen Habseligkeiten ein und wühlte kurz in den Vorräten. Heute gab es eingeschweißtes Brot aus einer besseren Zeit und dazu etwas Trockenobst. Die karge Mahlzeit reichte gerade aus, Laras Hunger erst so richtig anzufachen. Aber auch daran, so versuchte sie sich einzureden, würde sie sich noch gewöhnen. Sie pflegten, mehrere Pausen am Tag einzulegen, und aßen in jeder Pause eine Kleinigkeit. So wendeten sie den gröbsten Hunger ab und versorgten ihre knurrenden Mägen immer mit dem Nötigsten. Bei fast jeder Mahlzeit versuchte Thomas, sie damit aufzuheitern, dass es in der Festung schon bald besser sein würde. Lara konnte aber, was das Essen anging, kaum noch optimistisch sein. Und je mehr Trockenfleisch und -obst und Kräcker und konserviertes Brot sie zu sich nahm, umso weniger wollte sie es essen. Thomas hatte recht: In den letzten Tagen hatte sie wirklich wenig gegessen und kaum die kleinen ihr zugeteilten Rationen verputzt. Ihre Rippen stachen schon hervor, und ihr Gesicht war eingefallen. Ihre Hose musste sie mit einem Gürtel schnüren, obwohl sie vor Kurzem noch zu eng gewesen war. Klar, sie wollte immer ein wenig abnehmen, aber nicht auf diese Weise und nicht so viel.

An diesem Tag verzichtete Thomas auf den Versuch, sie aufzuheitern, und beließ es bei einem schmallippigen Lächeln. „Wir haben nur noch zwei Tagesetappen vor uns", sagte er. „Ich schätze, dass wir je vier Stunden unterwegs sein werden. Länger möchte ich nicht laufen, da uns ein anstrengender Anstieg bevorsteht. Der Marsch durch den Wald wird uns viel Kraft kosten."

Lara wurde übel bei dem Gedanken daran, wieder stundenlang durch die Gegend zu wandern. Sie war nie sonderlich sportlich gewesen, und außer bei den ausgiebigen Spaziergängen mit Katze hatte sie, wann immer es möglich war, ihr Auto bemüht. Doch es half nichts. Ihr Zuhause gab es nicht mehr, und zurzeit war es kaum möglich, zu zweit zu überleben. Die Festung war im Moment ihre einzige Chance, und dabei wussten sie nicht mal, ob es die Festung überhaupt noch gab.

Kurz nach dem Zusammenbruch hatte Thomas seine Eltern noch erreichen können, und sie berichteten ihm, dass sie auf den Weg dorthin waren. Sie befanden sich zu diesem Zeitpunkt an der Ostsee, zusammen mit Thomas' Schwestern. Doch seither hatte es keine Möglichkeit mehr gegeben, noch einmal mit ihnen zu sprechen, und so wanderten Lara und er ins Ungewisse. Vielleicht war die Festung ja auch schon von Plünderern eingenommen worden. Vielleicht war Thomas' Familie tot. Vielleicht würden sie es gar nicht bis dorthin schaffen. Und wenn doch? Was würde dann geschehen? Je näher sie der Festung kamen, desto drängender wurden diese Gedanken. Übermorgen endlich würden sie Gewissheit haben. Aber was sollten sie tun, wenn dort nichts mehr war?

Lara resignierte mitunter bei ihren Grübeleien. Thomas selbst hatte gesagt, dass er keine Ahnung habe, was sie erwarten würde, aber dass es eine Chance sei und sie verpflichtet wären, diese zu nutzen. Er sorgte sich sehr um seine Familie, das wusste Lara. Und wieder einmal wurde ihr klar, wie viel sie von ihm verlangt hatte, als sie sich so vehement geweigert hatte, ihr Haus zu verlassen.

9. Im Festungshof

Walter

„OH mein Gott!" Was Walter empfand, ging weit, sehr weit über blankes Entsetzen hinaus. Mehrere Augenblicke verharrte er völlig starr an derselben Stelle. Die Welt um ihn herum wirkte völlig verzerrt, unwirklich und irgendwie *langsamer*. Er sah Jan, aus dessen Armstumpf eine unfassbare Menge Blut floss. Er sah dessen Mutter, die sich schützend über ihn geworfen hatte, als könne sie noch abwenden, was bereits unwiderruflich geschehen war.

„Oh mein Gott!" Jetzt schrie Walter diese Worte hinaus und rannte zu dem Jungen und seiner Mutter. Aus den Augenwinkeln heraus nahm er wahr, wie mehr und mehr Bewohner der Festung hinzukamen. Offenbar hatte Friedrich den Jungen aus dem Verlies zerren lassen und seine Gräueltat ohne Zögern vollzogen, sonst hätten andere Bewohner ganz sicher versucht, das Entsetzliche zu verhindern.

Mit wenigen kraftvollen Schritten war er neben dem Jungen, riss sich sein Hemd vom Leib und wickelte es, so gut es ging, um den Stumpf. Dann nahm er seinen Gürtel und schnürte Jans Arm damit ab. Aber es war so viel Blut. Zu viel Blut. Und wieder einmal fühlte Walter sich von einer solchen Hilflosigkeit befallen, dass es ihm regelrecht

Schmerzen bereitete. Er sah den Jungen mit seinen vor Schreck geweiteten Augen, in denen zu erkennen war, dass er noch nicht verstanden hatte, was geschehen war. Und nicht zum ersten Mal flehte Walter einen Gott an, an den er nicht glaubte. Konnte dieser Gott das arme Kind nicht endlich ohnmächtig werden lassen, damit es die Schmerzen nicht mehr ertragen musste? Er sah dessen Mutter, die ihren einzigen Sohn an die Brust drückte und ihn hin und her wiegte. Und er sah die anderen Bewohner. Menschen, denen das blanke Entsetzen im Gesicht stand. Und Angst. Aber die gefährliche Art der Angst. Angst, aus der jederzeit Wut werden konnte.

Wo war Jans Vater? Walter sah ihn nicht in der Menschenmenge und hoffte inständig, dass er unten beim Brunnen war, dass er dort seiner üblichen Aufgabe nachkam. So würde er nicht hören, was hier oben vor sich ging, was Walter wiederum einige wertvolle Minuten verschaffen würde, um die Lage beruhigen zu können.

Mechanisch, ohne genau zu wissen, woher die innere Ruhe kam, begann er, Befehle zu erteilen:

„Du! Hol die Liege! Du, nimm seine Mutter. Sie muss ihn loslassen!"

In leiserem Tonfall nahm er einen der Soldaten zur Seite und redete auf ihn ein, damit er versuchte, die Menge zu beruhigen. Ohne Gewalt. Walter wusste nicht, ob es nicht schon zu spät war, aber es durfte jetzt nicht zu blinder Wut und zu Raserei kommen. Ein solcher Aufstand würde nur für Zerstörung sorgen, und sie würden wichtige Ressourcen verlieren, die sie zum Überleben dringend benötigten. Ein Aufstand würde, und das wäre das Schlimmste, zudem für viele Tote sorgen. Vor allem auf Seite der Arbeiter. Denn die Soldaten standen geschlossen hinter Friedrich. Und sie waren diejenigen mit den Waffen.

10. Dankbarkeit

Viktor

„Ist schon ein Trupp zu den umliegenden Häusern unterwegs?" Viktor hatte keine Ahnung, was wann, wie und wo bereits organisiert oder erledigt worden war, und so sprach er einfach aus, was ihm als Erstes in den Sinn kam. Seine Stimme war fest, aber im Inneren war er nervös, weil er nicht wusste, ob er seiner neuen Aufgabe gewachsen sein würde.

„Nein. Bisher haben wir nur an der Basis gearbeitet. Sollen wir einen Trupp zusammenstellen?" Elias klang aufgeregt. Offenbar war er begeistert, seinen selbstsicheren und entschlossenen Vater wiederzuhaben.

„Nun, ich würde sagen, dass hier alles auf dem besten Weg ist. Aber wir brauchen alles, was wir kriegen können. Ihr habt die Häuser gesehen. Ich glaube nicht, dass es hier irgendwer geschafft hat. Dazu sind die Menschen, die hier wohnten, zu alt gewesen. Lasst uns sehen, was wir finden können." Er legte alle Kraft und Überzeugung in seine Stimme. Aber im Inneren durchfuhr ihn eine schmerzende Traurigkeit, wenn er an die Nachbarhäuser dachte. Er kannte ihre Bewohner. Er war unter ihnen aufgewachsen.

Das Dorf, in dem sie sich befanden und in dem sein Elternhaus stand, zählte keine zwanzig Häuser und lag tief im Wald verborgen. Er war – wie alle anderen Kinder hier – weggezogen, als die Schulzeit vorbei gewesen war. Die Gegend hatte keine Zukunft mehr gehabt, nachdem das Sägewerk geschlossen worden war. Einige waren geblieben – zum Beispiel Viktors Eltern –, andere waren fortgegangen. Ihre Häuser ließen sich kaum verkaufen, da niemand so verrückt gewesen wäre, in diese gottverlassene Gegend zu investieren. Diejenigen, die geblieben waren, waren enge Freunde seiner Eltern gewesen. Allesamt im gleichen Alter wie sie. Von einigen hatte er schon vor dem Zusammenbruch erfahren, dass sie tot waren, bei anderen glaubte er einfach nicht, dass sie es geschafft haben könnten. Und so zog sich sein Magen zusammen bei dem Gedanken, ihre Häuser zu durchwühlen. Gleichzeitig empfand er eine tiefe Dankbarkeit, denn er wusste genau, dass sie es nicht anders gewollt hätten.

In nur wenigen Minuten hatte Louis einen Trupp kräftiger Männer zusammengestellt. Sie zogen einen großen, alten Karren, mit dem früher einmal Vieh transportiert worden war. Louis verteilte einige Waffen und noch ein paar Befehle, und schon waren sie unterwegs. Viktors Verdacht bestätigte sich, denn sie trafen auf keine einzige lebendige Menschenseele. Doch fanden sie wichtige Utensilien wie Wäsche, Decken, Laken, einige Arzneien, weitere Waffen wie Schrotflinten und Messer. Hinter mehreren Häusern entdeckten sie Obstbäume und Gemüsegärten, und auf einer Weide trotteten tatsächlich einige Rinder. Zwei der Männer machten sich sofort daran, sie in die Ställe zu treiben. Sie waren ein unglaublich kostbarer Fund. Zu kostbar, um sie weiterhin ungeschützt grasen zu lassen.

Das Dorf war gespenstisch still. Viele Häuser standen offen, aber keines davon schien gewaltsam geöffnet worden zu sein. In mehreren Häusern fanden sie Leichen. Teilweise waren die Menschen hier wohl verhungert. Und viele – das wusste Viktor von früher – waren auf Pflege angewiesen gewesen. Und auf Medikamente. Als beides fehlte, konnten sie nicht überleben. Andere hatten sich das Leben genommen.

Viktor wies an, die Toten zu beerdigen, und zwei der Männer gingen zur Basis zurück, um sich Hilfe dafür zu holen. Der Gestank in den Häusern war erbärmlich. Der süße Geruch der Verwesung schien sich wie ein widerliches Parfüm in ihren Haaren und Kleidern zu verfangen, doch sie machten weiter und trugen Decke für Decke und Taschenlampe für Taschenlampe zusammen. Einer der Männer trug die Häuser in eine Karte ein, zusammen mit Informationen rund um Zimmerzahlen, Gartenschätze und Ähnliches.

Viktor bereitete das alles unendlich viel Schmerz. Er kannte jedes einzelne Gesicht der Menschen, die sorgfältig in Laken eingeschlagen und zur Beerdigung vorbereitet wurden. Zwar hatte Louis ihm angeboten, die Führung zu übernehmen und die Männer anzuleiten, damit er zurückgehen könne, aber Viktor hatte abgelehnt.

Als sie das letzte Haus verließen, war es bereits tiefe Nacht, und Viktor war froh, endlich diese grauenhafte Tätigkeit einstellen zu dürfen. Er rief den Männern zu, dass sie zurück zur Basis gehen sollten. In ihren Blicken las er das gleiche Entsetzen, das er in seinem Herzen fühlte. Schweigend traten sie ihren Rückweg an, und noch einmal dankte Viktor im Stillen jedem Einzelnen der ehemaligen Bewohner für ihre reichen Gaben.

11. Die Lichtung

Lara

DIE Sonne stand bereits hoch oben, als Thomas die erste Rast erlaubte. Lara hatte keine Ahnung, wie lange sie an diesem Tag schon unterwegs waren. Hätte man ihr gesagt, sie wären seit fünf Tagen ohne Unterbrechung auf den Beinen gewesen, so hätte sie es geglaubt. Die meiste Zeit über waren sie durch Wälder gelaufen und hatten Wege und Pfade gemieden. Das machte das Vorankommen sehr anstrengend, und sie waren nicht besonders schnell unterwegs. Ständig mussten sie unter Buschwerk und tief hängenden Ästen hinwegtauchen, manchmal mussten sie sogar kehrtmachen, weil die Wege unpassierbar waren. Zwar hatte Thomas die Trinkflaschen mit dem Regenwasser aus der Plane randvoll gefüllt, aber Lara hatte das Gefühl, dass sie einen ganzen See hätte austrinken können und dann noch immer Durst haben würde.

Noch schwerer als der Durst wog ihre körperliche Erschöpfung. Und so verschwendete sie nun auch keine Zeit damit, einen geeigneten Sitzplatz zu finden, sondern ließ sich einfach dort, wo sie war, niedersinken und legte sich flach auf den Boden. Eine große Zunge schleckte sofort quer über ihr Gesicht. Und einmal mehr gestand sie ihrem Hund, wie sehr sie ihn hasste, da er noch immer fröhlich und fit und zum Spielen aufgelegt war. Sie brummte noch etwas Unverständliches und schob ihren pelzigen Vierbeiner zur Seite, doch Katze hatte keine Lust, sein Frauchen in Frieden zu lassen, und Lara musste schließlich über seine Faxen lachen. Knurrend hüpfte er vor ihr in der Gegend rum, sein unmissverständliches Zeichen für „Los! Spiel mit mir!". Lara griff nach einem Ast und schleuderte ihn quer durch den Wald. „Na los, du blöder Hund!", rief sie.

Jetzt erst sah sie sich um. Sie hatten sich am Rande einer kleinen Lichtung niedergelassen, an deren oberen Ende sich ein kleiner Bachlauf schlängelte. In ihrem Rücken und an der Seite befand sich dichtes, schützendes Unterholz. Zu einer anderen Zeit wäre dies ein wahrlich schöner Ort. Aus den Augenwinkeln nahm sie Thomas' Hand war, die er ihr freundlich anbot, um ihr beim Aufsetzen behilflich zu sein. Sie nahm sein Angebot dankbar an. So saßen sie nun, schweigend, mit leicht rasselndem Atem und taten nichts, außer einfach *da* zu sein.

„Es tut mir leid." Nach einer Ewigkeit der traumhaften Stille drang durch das Vogelgezwitscher des Waldes Thomas' Stimme an Laras Ohr. Sie hing Gedanken nach, hätte aber nicht sagen können, welchen.

„Was tut dir leid?"

„Dass ich dir das alles abverlange." Er seufzte tief und sah sie traurig an, bevor er weitersprach: „Ich weiß ja selbst nicht, was uns dort erwartet. Aber wenn es nur eine minimale Chance gibt, irgendwo ein besseres Leben zu führen, so müssen wir sie nutzen. Und außerdem ist es meine Familie."

Vor dem letzten Satz hatte er eine kleine Pause gemacht und seinen Blick wieder abgewendet. Lara kannte ihn so nicht. Zu Hause hatte sie ihn als äußerst fröhlichen Menschen erleben dürfen, der immer einen Scherz auf Lager hatte und stets den nächsten Streich plante. Sie liebte sein verschmitztes Lächeln, bevor er irgendeinen Unfug begann. Doch seit dem Zusammenbruch war er ernster geworden. Stiller. Aber konnte sie es ihm verdenken? Sie selbst hatte einen großen Teil ihrer positiven Einstellung verloren, und erst einen Tag zuvor hatte sie sogar ihren Überlebenswillen verloren.

Es war ein hartes Leben, das sie – wie alle anderen Menschen auch – seit dem Zusammenbruch führten, und niemand wusste, wie es weitergehen würde. Thomas tat ihr leid. Sie wusste nicht, was es bedeutete, sich um seine Familie zu sorgen. Ihre eigenen Eltern waren gestorben, als sie noch ein Kind gewesen war. Aufgewachsen war sie bei ihrer Großmutter, ihrer einzigen damals noch vorhandenen Verwandten. Aber auch ihre Oma war gestorben, und sie erinnerte sich gut daran, wie es war, sie zu verlieren. Doch der Schmerz, den sie damals als Sechzehnjährige empfunden hatte, ließ sich nicht mit dem Schmerz vergleichen, den Thomas gerade ertragen musste. Sie hatte damals *gewusst,* dass ihre Oma sterben würde, sie hatte Zeit gehabt, sich von ihr zu verabschieden, und sie konnte sie beim Sterben begleiten. Thomas hingegen wusste nicht einmal, ob seine Familie noch lebte. Er war nicht bei ihnen, um ihnen beizustehen. Seine einzige Chance, Gewissheit zu erlangen, bestand darin, sie zu finden. Und egal, was ihn erwartete … jede Gewissheit, und sei es der Tod all seiner Lieben, würde besser zu ertragen sein als diese bange Unwissenheit.

Da sie einfach nicht wusste, was sie sagen sollte, ließ sie ihren Kopf gegen seine Schulter sinken und vergrub ihre Finger in den seinen. Es war absurd, dass er sich bei ihr entschuldigte. Ihm allein hatte sie zu verdanken, dass sie noch lebte. Dass sie hier war. Dass Katze noch da war. Dass sie noch immer Nahrung und Wasser hatten. Und genau das sprach sie nun auch aus. Doch er bestritt alles bloß, faselte etwas davon, dass das selbstverständlich und nichts Besonderes sei. Eine tiefe Traurigkeit hatte offenbar von ihm Besitz ergriffen.

„Du bist zu stolz. Wäre ich nicht gewesen, dann wärst du schon lange bei ihnen. Du hättest ohne mich losziehen sollen."

Sie hatte Sätze wie diesen schon oft gesagt, und jedes Mal meinte sie es auch so. Bisher hatte er immer damit reagiert, dass er es verneinte und sich schnell einem anderen Thema zuwandte. Doch heute befreite er fast schon aggressiv seine Finger und sprang mit einem Satz auf seine Füße. Mit einem kräftigen Schritt brachte er eine symbolisch unüberwindbare Distanz zwischen sie beide und funkelte sie aus bösen Augen an, bevor er sie anfuhr: „Ich will nicht mehr, dass du so einen Mist sagst! Als ob ich dich dir selbst überlassen könnte. Ich *kann* dich gar nicht zurücklassen, selbst wenn ich es wollte. Und ich *will* dich auch gar nicht zurücklassen." Inzwischen stapfte er wütend vor ihr auf und ab. „Du tust mir keinen Gefallen, wenn du immer wieder darauf rumreitest, dass ich zwischen dir und meiner Familie wählen musste und mich für dich entschieden habe. Eine Entscheidung, die ich immer und immer wieder genauso fällen würde. Jeden Tag aufs Neue!"

Lara erschrak. So hatte sie es noch gar nicht betrachtet. Und trotzdem: Unmittelbar nach dem Zusammenbruch wäre es – verglichen mit heute – ein Leichtes gewesen, zur Festung zu gelangen. Er hätte längst bei seiner Familie sein können. Für sie sorgen und sie beschützen können. Aber er hatte sich für sie entschieden. Und sie glaubte ihm, dass er diese Entscheidung jeden Tag wieder treffen würde. So sprach sie das Einzige aus, was ihr in diesem Moment einfiel: „Es tut mir leid." Aber offenbar war es genau das Falsche, denn er warf ihr erneut einen wütenden Blick zu, bevor er hinter dem dichten Buschwerk verschwand und Katze mitnahm.

Lara blieb allein zurück, verwirrt und verunsichert von dem plötzlichen Stimmungswandel. Gefühle, die sie nicht kannte. Der frühe Tod ihrer Eltern hatte ihr ein Leben eingebracht, das sie lehrte, sich selbst zu vertrauen. Und auch wenn ihre Großmutter sie damals liebevoll aufgenommen hatte, so kehrte sich ihr Verhältnis allzu schnell um. Das hohe Alter brachte ihr Demenz und körperliche Schwäche, und Lara hatte sie pflegen müssen. Viel zu früh schon hatte Lara Verantwortung getragen, unter der manch ein Erwachsener zusammengebrochen wäre. Sie aber war jeden Tag erneut aufgestanden und lernte auf diesem harten Weg der frühen Verluste und Kämpfe, sich auf ihre Intuition und auf die eigenen Fähigkeiten zu verlassen. Und auch wenn sie schüchtern war und ihre Kompetenzen nicht gern zeigte, weil sie fürchtete, als überheblich wahrgenommen zu werden, glaubte sie stets zu wissen, wer sie war, und akzeptierte ihre Gefühle als wahr und richtig. Doch nun plötzlich traute sie ihnen nicht mehr. Sie fühlte sich zwar schuldig, wusste aber nicht, was sie falsch gemacht hatte. Sie war einerseits sicher, keinen Fehler gemacht zu haben, spürte aber doch, dass sie eine Grenze überschritten hatte, und sie schaffte es nicht, eine Brücke über diese Widersprüche zu bauen. Es war ein wenig wie an dem Tag, als er sie gepackt und geschüttelt hatte, weil sie sich weigerte, mit ihm zu gehen. Auch damals fühlte sie solch stark gegensätzliche Emotionen, die nicht zu ihrem eigentlichen Wesen zu passen schienen. Damals, als sie vielleicht ihr Todesurteil unterschrieben hatte. Und vielleicht auch das seiner Familie.

„Quatsch!", versuchte sie, sich zu beruhigen. Jetzt wurde sie wütend auf sich selbst. Wie sollte man wissen, ob sie nicht gestorben wären, wenn sie direkt aufgebrochen wären? Vielleicht hatte ihnen ihr Zögern auch das Leben gerettet! Und wie es seiner Familie ging, konnte ja zu diesem Zeitpunkt auch keiner wissen! Im nächsten Moment schoss Lara ein grausamer Gedanke durch den Kopf: *Was ist, wenn ... wenn sie bereits tot sind?* Auf einem Schlag wurde ihr klar, dass sie dann nie wieder mit ihrem Gewissen im Reinen sein würde. Dass sie sich dann auf ewig schuldig fühlen würde. Und sie schämte sich, dass dies ihre stärkste Befürchtung war und nicht die, dass Thomas den Tod seiner Liebsten eventuell nicht überstehen würde.

Lara hasste sich dafür, doch konnte sie nichts dagegen tun: Sie war plötzlich wütend auf Thomas, weil er mit seinem Gefühlsausbruch diese ganzen Ideen in ihren Kopf gepflanzt hatte. Dort saßen sie nun und saugten wie Zecken an ihrem Gemüt. Es war egal, wie oft sie sich sagte, dass sie das alles ja nicht hätte ahnen können und dass ja bis jetzt noch gar nichts feststand. So fielen ihre Gedanken in ihrem Kopf von einer Ecke in die andere, und plötzlich ergriff sie eine so intensive Unruhe, dass sie nicht mehr sitzen konnte. Ihre Beine waren noch immer müde vom Gehen, und ihre Füße taten ihr weh, aber sie konnte nicht mehr ruhig bleiben und sich erholen. Wütend stapfte sie auf und ab und kickte Steine, Äste und was sich sonst noch so auf dem Boden befand gegen die Bäume. Wo blieb Thomas? In diesem Moment hätte sie ihn allzu gern mit ihrem Ärger konfrontiert und überlegte sich im Stillen und manchmal auch nicht ganz so Stillen diverse Beschimpfungen für ihn. Sie ermahnte sich, sich zu beruhigen, rief sich in Erinnerung, dass sie mit ihren neunzehn Jahren doch durchaus in der Lage sein müsste, eine andere Strategie zu finden. Doch der Erfolg ihrer Bemühungen war mäßig. Irgendwann resignierte sie, ließ sich in das kühle Gras sinken und wartete darauf, dass er zu ihr zurückkam.

Doch Thomas blieb lange weg. Zu lange. Und allmählich wurde Lara wieder unruhig, wenn auch diesmal aus anderen Gründen. Er stellte immer recht straffe Zeitpläne auf, um täglich rechtzeitig am Etappenziel anzukommen, und diese Rast hier währte schon zu lange. Sie hätte gern nach ihm gesucht, wagte es aber nicht, die Lagerstätte zu verlassen, aus Angst, ihn dann gar nicht mehr wiederzufinden. Ebenso wenig traute sie sich, seinen Namen zu rufen, denn schließlich könnten sich andere Menschen in der Nähe befinden und sie hören. Und so blieb sie, wo sie war, und versuchte erneut, sich zu beruhigen. Wäre doch wenigstens Katze hier. Lara kam sich mit einem Mal schrecklich einsam vor. Wie lange war er jetzt weg? Dreißig Minuten? Vierzig Minuten? Auf keinen Fall weniger. So lange hatte er sie, seit er ihren Keller mit Katastrophenvorräten gefüllt hatte, nie allein gelassen. In ihrem Magen rumorte eine

Übelkeit, die aus der Sorge entstand, und die Ruhelosigkeit hielt an.

Auch in der nächsten halben Stunde kam er nicht zurück, und Lara wurde langsam, aber sicher von Panik ergriffen. Sie hatte noch nie darüber nachgedacht, wie sie allein weiterleben sollte. Fernab ihrer Heimat und weit weg von jedem Menschen, den sie kannte. Wobei selbst ihre alten Freunde ihr heute nicht helfen könnten, da sie sich selbst schon kaum zu versorgen wussten. Thomas' Anwesenheit war für Lara zu einer Selbstverständlichkeit geworden. Zudem hatte sie nie in Betracht gezogen, dass ihm etwas zustoßen konnte. Vielleicht, weil er diese enorme Stärke ausstrahlte und die Fähigkeit besaß, sie sicher zu führen, wenn sie Führung brauchte. Vielleicht aber auch, weil dieser Gedanke einfach zu schrecklich war. Thomas hatte ihr mehrfach erklärt, wie sie sich zu verhalten hatte, wenn sie einander verlieren würden. Aber sie hatte immer nur halb zugehört, da sie nie geglaubt hatte, dass so etwas wirklich passieren könnte. Jetzt versuchte sie, sich in Erinnerung zu rufen, was sie vereinbart hatten. „Geh zurück zu unserer letzten Raststätte, versteck dich dort und warte auf mich!" Akribisch trug er deshalb auf ihrer und seiner eigenen Karte jede Raststätte, jeden Lagerplatz und jeden Weg ein, den sie nahmen. Rasch überzeugte sie sich, dass er auch diese Raststätte vermerkt hatte, und sah sich um, auf der Suche nach einem geeigneten Versteck.

Und plötzlich hörte sie etwas. Thomas! Sie wollte herumfahren und ihm entgegenlaufen, aber dann fiel ihr etwas auf: Die Geräusche waren zu laut. Das konnte nicht Thomas sein. Wenige Atemzüge später begriff sie, dass es mehrere Menschen sein mussten. Panik überkam sie. Sonst rannten sie jetzt los, versteckten sich irgendwo, vertrauten auf Katzes Instinkte, den besten Fluchtweg und ein geeignetes Versteck zu finden. Aber auch Katze war nicht da. Lara war auf sich allein gestellt. Hektisch sah sie sich um und entschied sich fast wahllos für einen Baum, der sich hoch in den Himmel streckte und eine dichte Krone besaß. So schnell es ihr möglich war, kletterte sie hoch und hangelte sich auf eine breite Astgabel, die stark genug wirkte, dass sie sich auf ihr verstecken konnte. Sie holte das Tarnnetz, das sie irgendwo unterwegs gefunden hatten, aus ihrem Rucksack hervor, schwang es über den Ast und um sich und ihren Rucksack herum. Ihr Herz raste, und sie wusste, dass sie kein gutes Versteck gefunden hatte. Einen unsteten Blick würde sie vielleicht trügen können, weil die Sonne sehr grell durch das Blattwerk schien und jeden, der von unten hochsah, blenden würde. Aber wenn sie jemand hier *suchen* würde, so würde ihr auch das ärmliche Tarnnetz nicht mehr helfen können.

12. Friedrichs Büro

Walter

„HAST du jetzt komplett den Verstand verloren?", schrie
Walter. Es war das erste Mal, dass er so mit seinem Vater
sprach. Seine Hände zitterten, und kalter Schweiß stand auf
seiner Stirn. Er wusste genau, dass ein ruhigerer Tonfall ihn
weiter bringen würde als sein wütendes Geschrei, doch zu
sehr rumorte die grausame Strafe für Jan tief in seinen
Eingeweiden. Es fehlte nicht mehr viel, und er würde die
Kontrolle vollends über sich verlieren.

„Pass auf, was du sagst." Friedrich stand mit dem Rücken
zu seinem Sohn am Fenster und sah nach draußen. Seine
Stimme war leise, aber scharf und gefährlich.

„Er ist doch noch ein Kind! Wie konntest du ihm das
antun?" Walter wankte zwischen Fassungslosigkeit und
rasendem Zorn.

„Ich musste ein Exempel statuieren. Dem Kind eine
geringe Strafe zukommen zu lassen, hätte bei den Arbeitern
den Eindruck erweckt, sie könnten hier tun und lassen, was
sie wollen." Friedrich sah seinen Sohn noch immer nicht an,
aber seine Körperhaltung hatte sich verändert; er hatte sich
noch ein bisschen mehr aufgerichtet und die Schultern
gespannt, so als wäre er stolz auf seine Tat und zufrieden
mit seiner eingebildeten Weitsicht.

Für Walter war das zu viel. Mit zwei großen Schritten war er bei seinem Vater und riss ihn am Arm herum. Es dauerte nur einen Augenblick, und schon wurde Walter selbst von hinten gepackt und auf den Boden geworfen. Zwei der Soldaten hatten, als er in das Büro seines Vaters gestürmt war, neben der Tür Stellung bezogen und waren nun blitzschnell in Aktion getreten. Der harte Aufprall auf den Boden presste die Luft aus seinen Lungen, und ein scharfer Schmerz schoss seinen Rücken entlang. Er spürte einen harten metallischen Gegenstand, der gegen seine Stirn gedrückt wurde, und er musste nicht aufsehen, um zu wissen, dass es sich um eine Pistole handelte. Die Soldaten der Festung waren bestens mit der modernsten Technik ausgerüstet und allesamt bis an die Zähne bewaffnet. Durch den dumpfen Schleier seiner Angst hörte er wie aus weiter Ferne seinen Vater sagen: „Um Himmels willen, er ist mein Sohn!" Die Pistolenmündung drückte noch einmal stärker gegen seine Stirn. Eine unmissverständliche Warnung, aber Friedrichs Worte zeigten Wirkung; die Männer zogen sich wenige Schritte von ihm zurück, weit genug, um Walter aufstehen zu lassen, nahe genug, um ihn jederzeit von einem neuen Angriff abhalten zu können.

Er wollte sich noch immer auf seinen Vater stürzen, hielt sich aber zurück. Friedrich jedoch sah die lodernde Wut in Walters Augen und wich zwei Schritte vor ihm zurück. Mit kaum hörbarer Stimme fuhr er fort: „Ich weiß, wie das auf dich wirken muss, aber ich muss hier harte Entscheidungen treffen, um unser aller Leben zu retten."

„Aber nicht so!" Walter sprach nun auch leiser, aber seine Stimme hatte nichts Verzeihendes oder Tröstliches. „Du wolltest hier einen Raum schaffen, in dem die Menschen überleben können!"

„Aber sie leben doch alle. Und sie leben nur noch dank mir. Wären sie dort draußen, wären die meisten von ihnen tot! Die heutigen Menschen wissen doch gar nichts mehr vom Jagen oder Sammeln oder wie man mit wenigen Mitteln überlebt. Das muss ich ihnen beibringen! Und solange sie sich an die Regeln halten, führen sie ein gutes Leben." Friedrich kramte eine Zigarre hervor, zündete sie aber nicht an, als er Walters drohenden Blick sah.

„Ein gutes Leben, dass ich nicht lache! Du pferchst sie in stinkende Verschläge ein. Das Vieh hat bessere Unterkünfte als die Menschen, die dir täglich das Essen zubereiten und mit ihrer Fertigkeit das Land bestellen! Wie soll das im Winter werden? Die Dächer sind nicht dicht, und es gibt keine Heizung. Und die Decken, die du ihnen zugeteilt hast, reichen in kühlen Sommernächten kaum aus, sie ausreichend zu wärmen. Sie sind unzufrieden. Und heute hast du einem Kind die Hand abgeschlagen, weil es ein Brötchen von meiner Tochter erhalten hat", presste Walter durch wutverzerrte Lippen hervor. Er wusste, dass seine Worte nichts ändern würden, aber er musste es versuchen.

Sein Vater winkte nur ab und lächelte sanftmütig „Walter, Junge, ich bin um einiges erfahrener als du. Und glaub mir: Eine strenge Hand heute erlaubt eine sanfte Hand morgen." Friedrich entzündete seine Zigarre und blies zufrieden den blauen Dunst in die Luft. Er seufzte kurz auf und sank in seinen opulenten Schreibtischstuhl.

„Sie werden sich gegen dich auflehnen", sagte Walter in einem letzten, verzweifelten Versuch. „Ich habe ihren Hass gesehen, als du schon längst wieder im Haus warst."

„Sollen sie es doch versuchen", bekam er als Antwort. „Meine Soldaten wissen, auf wessen Seite sie stehen." Und damit hatte er recht. Er hatte seine „Soldaten" wirklich gut im Griff, was vor allem daran lag, dass sie genug zu essen, gute Kleidung und ordentliche Unterkünfte erhielten. Außerdem genossen sie die Macht, die sie durch ihre Waffen und Uniformen gegenüber den *unteren Schichten* hatten. Und Macht war es, was den Menschen am meisten veränderte. Sie brachte das Schlimmste zutage, was in der menschlichen Seele verborgen war.

Walter wusste, wann ein Kampf verloren war, und er wusste außerdem, dass er hier und heute nicht weiterkommen würde. Traurig senkte er den Blick und wandte sich zum Gehen. Während er auf die Tür zusteuerte, hörte er seinen Vater sagen: „Und eins noch: Ich dulde es nicht, dass ihr die unteren Schichten mit extra Rationen versorgt. Sag das deinen Töchtern. Und deiner Frau." Und als Walter bereits das kühle Metall der Türklinke auf seiner Handfläche spüren konnte, fügte Friedrich hinzu: „Und, mein Junge, stelle sicher, dass meine Soldaten sich nie wieder genötigt fühlen, eingreifen zu müssen, wenn du bei mir bist. Versteh das als eindeutige Warnung. Ab sofort genießt auch du keine Sonderstellung mehr in diesen Mauern. Sohn hin oder her. Ich hoffe, du hast das verstanden."

Walter hatte sie sehr gut verstanden, diese unmissverständliche Warnung. Und obwohl es sein eigener Vater war, der ihn derart bedrohte, wusste er, dass er es ernst nehmen musste.

Als er die Tür zu seiner Familienunterkunft öffnete, flog ihm seine weinende Tochter direkt in die Arme. Sie schluchzte hemmungslos an seiner Schulter und bebte am ganzen Körper. Weiter hinten im Raum sah er seine Frau, deren Augen weit aufgerissen waren und starr widerspiegelten, welche Angst in ihrem Inneren wütete. „Was passiert jetzt, Papa?"

Walter brach das Herz, als er die Sorge und die Angst in der Stimme seiner Ältesten hörte. Und es brach ihm noch mehr das Herz, als er nichts darauf antworten konnte. Friedrichs grausame Tat würde nicht folgenlos bleiben, dessen war er sicher. Aber welcher Art diese Folgen sein würden, das konnte er nicht einmal erahnen. Und so sprach er einfach die Wahrheit aus: „Ich weiß es nicht, mein Schatz. Ich weiß es wirklich nicht." Friedrichs Akt der Grausamkeit hatte sich tief in sein Innerstes gegraben. Zu der Sorge um seinen Sohn und um Mathilda gesellte sich nun die Sorge um Jan. Der Junge hatte viel Blut verloren und kämpfte mit seinem Leben. Ob er es schaffen würde, vermochte niemand zu sagen.

Walter spürte, wie seine Beine schwach wurden. Sanft löste er sich von Sylvia und ließ sich auf das Sofa gleiten. Sein Gesicht verbarg er in seinen Händen und das Zittern seiner Knie war nicht zu übersehen. Es kehrte ein bedrücktes Schweigen ein, und tiefste Verzweiflung legte sich in die Ecken.

Es war Nacht geworden, als er sanft über das Haar der kleinen Madleen streichelte, die sich auf dem Sofa zu einem Ball zusammengerollt hatte und endlich – wenn auch unruhig – schlief. Seiner Frau waren auf dem Sessel die Augen zugefallen. Nur seine Älteste sah mit wachem und traurigem Blick hinaus in die Dunkelheit. Ihre Hände zitterten, und es kam in unregelmäßigen Abständen ein Schluchzen über ihre Lippen.

Da er nicht wusste, wie er Sylvia beruhigen konnte, fragte er nur: „Schach?", und zuckte hilflos mit den Achseln. Sie verstand und nickte stumm. Und so gingen sie hinüber in die Stube, kramten das Spielbrett hervor und setzten sich an den schweren Eichentisch.

Nachdem er sie zweimal hatte gewinnen lassen und sie sich mit einem Kuss auf die Wange und einem wissenden Lächeln, das wohl seinem schlechten Spiel galt, verabschiedete, um in ihr Zimmer zu gehen, klopfte es zaghaft an der Tür. Stirnrunzelnd blickte Walter auf die Uhr. Zu so später Stunde konnte es sich um keine guten Nachrichten handeln. Sein Magen verkrampfte sich, denn ohne die Tür geöffnet zu haben, wusste er es plötzlich. Nach kurzem Zögern ergriff er die Klinke. Hinter der hübsch gearbeiteten, massiven Tür stand ein Mann aus der Bäckerei. Seine Augen waren glasig, und er schien selbst nicht zu begreifen, was er Walter zu sagen hatte.

„Jan ist tot", waren seine fast tonlosen Worte.

13. Zukunftspläne

Viktor

„ICH habe einen Weg gefunden, sie wieder zum Laufen zu bringen."

Viktor sah auf. Seit Stunden brütete er mit seinem Sohn über der Karte, die sie bei ihrem gestrigen Beutezug durch das Dorf angefertigt hatten. Sie wollten die Gemeinschaft bestmöglich in den Häusern unterbringen.

„Wie bitte?" Er hatte keine Ahnung, wovon der junge Mann vor ihm, der den Namen Philipp trug, sprach. Fröhlich grinsend stand er im Türrahmen, und er sah aus, als sei ihm gerade ein ganz besonderer Streich gelungen.

„Die Fotovoltaik-Anlage. Merkt ihr nicht, dass das Licht an ist?" Seine Stimme hatte einen leicht spöttischen Unterton, und als er sah, wie Elias und Viktor gleichzeitig ungläubig auf die Deckenlampe starrten, begann es ihn vor Lachen zu schütteln. Er war unverkennbar stolz auf seine Leistung.

„Das ist …" Mehr wusste Viktor nicht zu sagen. Aber Elias beendete seinen Satz: „… unfassbar." Und das war es wirklich. Fotovoltaik an sich war zwar keine Seltenheit mehr, ganz im Gegenteil, denn seit dem Beginn der Energiewende besaß fast jedes Haus eine, doch seit dem Zusammenbruch, mit dem sämtliche Elektrizität verschwunden war, funktionierten auch diese Dinger nicht mehr. Ungläubig starrten sie mit offenen Mündern auf Philipp, den das Lachen immer noch im Griff hatte. „Ihr seht so doof aus wie Esel!", brachte er hervor und klatschte sich auf die Oberschenkel vor Freude, während Elias ungläubig zum Lichtschalter stürmte, um das Licht immer wieder an- und auszuschalten. Dann erst stimmten er und Viktor in das Lachen ein, wenn auch ein wenig zurückhaltender.

Nachdem Philipp sich wieder beruhigt hatte, versuchte er, den beiden zu erklären, wie er dieses Wunder vollbracht hatte. Er fing mit dem Zusammenbruch an und faselte etwas von einer enormen Überspannung im gesamten Stromnetz, die alle elektronischen und am Netz befindlichen Geräte zerstört hatte, und endete damit, wie er Bauteile der Anlagen ausgetauscht und repariert hatte, da dies oder jenes den zerstörerischen Impulsen nicht ausgesetzt gewesen sei. Viktor verstand fast nichts davon. Er verstand nur, dass sie nun Strom hatten, zumindest solange die Sonne schien, zumindest in diesem Haus. Und mehr brauchte er auch nicht zu verstehen.

Viktor und Elias schoben die Euphorie über den Strom beiseite und widmeten sich wieder dem Lageplan. Sie versuchten, jedem Haus kräftige und weniger kräftige Bewohner zuzuteilen, damit im Notfall der Starke den Schwachen beschützen konnte. Außerdem bemühten sie sich, Familien nicht auseinanderzureißen, und nahmen sogar auf Sympathien Rücksicht, soweit sie ihnen bekannt waren. Nach mehreren Stunden waren sie zufrieden mit ihrem Werk und beschlossen, die Zuweisung nach dem Abendessen vorzunehmen. Bisher hatten die Bewohner sich in der großen Scheune niedergelassen, doch dieser Zustand konnte nicht von Dauer sein. Die Menschen brauchten die Möglichkeit, sich zurückzuziehen und in ihrer Privatsphäre einen gewissen Komfort zu genießen. Nur so würden sich die irgendwann womöglich aufkeimenden Streitereien und Auseinandersetzungen vermeiden lassen.

Bewaffnet mit dem neuen Verteilungsplan stapfte Viktor hinüber zu der kleinen Scheune, wo mehrere Frauen versuchten, Ordnung in die Schätze der Hausplünderungen zu bringen. Sie sollten auf die einzelnen Häuser verteilen, was es zu verteilen gab.

Seine Frau Hilde leitete die chaotisch anmutende Gruppe von Frauen, die wild durcheinanderredeten und aufgeregt hin- und herrannten. Viktor fühlte sich schlagartig fehl am Platz. Und so grummelte er bloß vor sich hin, scharrte mit den Füßen auf dem Boden und wartete, bis seine Frau endlich beide Hände frei hatte, um seine Liste zu übernehmen. Sie erkannte sofort, wie unwohl sich ihr Mann zwischen den Damen fühlte, und kostete es anscheinend aus, ihn noch ein wenig schmoren zu lassen. Aber natürlich gab es Wichtigeres zu tun, also nahm sie ihm den Zettel ab, hauchte einen Kuss auf seine Wange und schob ihn wieder nach draußen.

Wie sie es besprochen hatten, teilten Viktor und Elias am Abend die Häuser zu, und Hilde versorgte jeden mit Kleidung, Decken, Schuhen und anderen Utensilien wie Bürsten, Seifen und Taschenlampen. Viktor hatte ein Chaos erwartet, in dem die Zuteilung infrage gestellt werden würde, doch nichts dergleichen geschah. Alles, was er vernahm, war anerkennendes Gemurmel und stille Dankbarkeit.

In den nächsten Wochen hatte er alle Hände voll zu tun, genoss es aber, dabei zuzusehen, wie die Gemeinschaft stärker wurde und die Bewohner Hand in Hand arbeiteten. Es war ein respektvolles Miteinander, in dem der eine gab, was er entbehren konnte, und vom anderen erhielt, was jener zu teilen vermochte. Ja, sie hatten etwas Großes geschaffen. Ihre ausweglose Situation hatte sich in eine Chance gewandelt, und Viktor war stolz darauf. Er war stolz auf jeden Einzelnen. Insbesondere auf Elias und Louis, die täglich neue Ideen hatten, um das Leben zu vereinfachen. So leiteten sie zum Beispiel Wasser aus dem weiter oben gelegenen Bachlauf über ausgehöhlte Baumstämme und alte Rohre, die sie aus den Häusern entfernt hatten, in das Zentrum ihres Dorfes. Das Wasser war klar und frisch und wurde von zwei Frauen in einem großen Tank mithilfe von Stoff, Kohle, Sand und Kies aufbereitet, sodass es eine gute Trinkqualität hatte. In einem zweiten Tank war Wasser, mit dem sie sich und die Häuser reinigten und das Vieh und die Gärten tränkten.

Auf vielen verschiedenen Wegen sorgten sie für Nahrung. Es gab eine Truppe von Jägern, die äußerst erfolgreich war, andere sammelten im Wald Pilze, Beeren, Tannenspitzen und verschiedene Kräuter. Aber es gab viele Münder zu stopfen, sodass sie schnell mit der Kultivierung begannen. Solange sie im Wald noch Tiere jagen konnten, ließen sie ihre Hasen, Hühner und Rinder leben und sich eifrig paaren. In den einzelnen Gärten, die fast allesamt Nutzgärten waren, wurde bis auf die letzten Millimeter gepflanzt und gezüchtet. Sie begannen, Rehe und Eichhörnchen zu fangen, damit auch sie sich in den Ställen vermehren konnten. Sogar Mais versuchten sie auf einer höher gelegenen großen

Lichtung anzupflanzen. Aber ihr Landwirt, ein seltsamer alter Kauz, der am dritten Tag ihrer Wanderung zu ihnen gestoßen war, zweifelte an einer guten Ernte.

Viktors größte Sorge galt jedoch ihrer Verteidigung. In den Wochen, die sie nun hier waren, waren nur wenige Menschen an ihrem Dorf vorbeigekommen, entkräftet und auf der Suche nach einer Zuflucht. Sie alle waren geblieben. Doch wie lange würde es dauern, bis eine größere Gruppe aggressiver Plünderer auf sie stoßen würde? Die schrecklichen Bilder aus der Stadt kamen ihm immer wieder in den Sinn. Er hatte selbst erfahren müssen, zu welchen Taten die Menschen in dieser neuen Zeit bereit waren. Aus dem wenigen Material, das ihnen zur Verfügung stand, war um die Siedlung herum ein Schutzwall errichtet worden. Alte Zäune, Autos, Holzstämme und anderes, was sie entbehren konnten, hatten dafür gedient. Doch der Wall würde entschlossene Angreifer kaum lange aufhalten können. Ihnen blieb also nichts anderes übrig, als die Basis zu verlassen und in der Umgebung weiteres Material für ihren Wall zu sammeln. Und so kam Viktor eine große Industrieanlage in der Nähe in den Sinn, die schon seit Ewigkeiten nicht mehr betrieben wurde. Weil sein Vater dort gearbeitet hatte, kannte er das Gelände gut und wusste um den massiven Zaun und den Stacheldraht, der sich darauf befand. Außerdem würden sie in den Hallen bestimmt einiges für ihr Lager finden. Seine Männer waren jung und kräftig, und mit den Karren, die früher benutzt worden waren, um Baumstämme durch den dichten Wald zu befördern, würden sie eine Menge transportieren können. Aber er müsste die besten Kämpfer mitnehmen, um für ausreichenden Schutz auf ihrem Weg zu sorgen, und es gefiel ihm nicht, sie von der Basis abzuziehen. Immer wieder wog er alle Vor- und Nachteile seines Planes gegeneinander ab, bis er sich schließlich entschied, den Weg auf sich zu nehmen, um langfristig für mehr Sicherheit im Dorf sorgen zu können.

Zwei Tage später brachen sie auf. Viktor rechnete damit, dass sie vier Stunden brauchen würden, um das Industriegelände zu erreichen. Weitere sechs plante er ein, um mit ihren Zangen, Sägen und Seitenschneidern alles zu demontieren, was sie gebrauchen konnten. Wenn es die Lage zuließ, so wollte er in der Industrieanlage das Nachtlager aufschlagen. Für den Weg zurück würden sie länger brauchen, da die Wagen dann hoffentlich schwer beladen waren, außerdem ging es zurück bergauf. Also rechnete er mit acht Stunden für den Rückweg, wovon eine Stunde für die Rast angedacht war.

Mit diesem straffen Zeitplan im Hinterkopf, wohl wissend um die Gefahr, in die er sie alle brachte, und besorgt wegen der Dinge, die sie im Tal erwarten würden, machten er und die Männer sich auf den Weg. Der Abstieg in das Tal verlief ohne Zwischenfälle. Unterwegs trafen sie vier Menschen, die aber panisch flohen, als sie die Gruppe erblickten. Alles lief nach Plan, und auf dem Gelände angekommen, konnte er sich kaum bremsen vor Begeisterung, denn der gesamte Zaun war intakt. Besser noch waren aber die großen Spulen Stacheldraht, die sie in einer der Hallen fanden und sofort auf die Karren verluden. Es folgten weitere Stangen, Zaunelemente und andere Eisenstücke, von denen Louis behauptete, daraus Munition herstellen zu können. Und wieder einmal fragte sich Viktor, wer Louis überhaupt war.

Ihre Ausbeute war mehr als zufriedenstellend. Viktor war glücklich, dass sein Vorhaben bisher funktionierte, und noch glücklicher, dass sie weit und breit kein anderes Lager erblickten, und so beschlossen sie, in der Produktionshalle zu nächtigen. Dort konnten sie ihre Wagen hineinziehen und mit ihnen Tore und Türen versperren.

Auch die Nacht verlief reibungslos, sodass die Wachen, die Viktor aufgestellt hatte, nichts anderes taten, als sich zu langweilen. Und so konnten sie am Tag darauf wie geplant in den frühen Morgenstunden aufbrechen. Wie erwartet war der Anstieg zurück zur Basis beschwerlich, doch die Männer erwiesen sich als äußerst zäh. Wahrscheinlich hatten auch sie keine große Lust, eine weitere Nacht außerhalb der – verglichen mit dem Waldboden oder der Lagerhalle – komfortablen Basis zu verbringen, und so kamen sie langsam, aber sicher voran. Hin und wieder ärgerte sich Viktor über den Lärm, den die Männer dabei verursachten, aber er ließ sie gewähren in der Hoffnung, sie alle würden über gute Gespräche und Gelächter die Anstrengung vergessen.

Nach etwa vier Stunden erreichten sie eine Rasenfläche, die sich ein wenig abseits von der Straße befand. Viktor kannte dieses schöne Fleckchen Erde aus seiner Kinderzeit und ordnete eine Pause an. „Eine Stunde. Dann brechen wir wieder auf!", brüllte er, und kurz darauf ließen sich die Männer rund um ihn herum auf die Wiese sinken.

14. Versteckt

Lara

ANGST. Eine solch intensive und schwere Angst, dass sie sich tief in Laras Herz, ihren Magen, ihr Innerstes grub und jeden Atemzug zu einem bewussten Kraftakt werden ließ. Die Menschengruppe war nun ganz nahe. Und es waren viele. Sehr viele. Das verriet die Lautstärke, mit der sie sich durch den Wald bewegten. *Es könnten auch ganz normale Wanderer sein, so wie wir*, versuchte sie, sich zu beruhigen. Aber zu diesen Zeiten war jeder, dem sie begegneten, erst einmal ein Feind. Von Thomas und Katze war nach wie vor nichts zu sehen. *Vielleicht*, so dachte Lara, *hatte er sie gesehen und sich mit Katze versteckt*. Doch beruhigen konnte sie sich auch damit nicht. Die verzweifelte Sorge um ihren zwei- und ihren vierbeinigen Begleiter mischte sich mit der bodenlosen Angst um sich selbst. Sie betrachtete kurz ihre Situation und ärgerte sich über ihre Blödheit. Sie war nicht gut versteckt, und wenn man sie entdeckte, so würde sie ein leichtes Ziel bieten. Sie hatte keinen Schutz und nichts, um sich zu verteidigen. Thomas hatte ihr eine Pistole geben wollen, aber nach ihrer lautstarken Anklage, Verneinung und Beschimpfung hatte er sie wieder an sich genommen. Jetzt wünschte sie sich einmal mehr, auf ihn gehört zu haben.

Nach wie vor konnte sie die Menschen nicht sehen, aber sie kamen näher, offenbar wirklich ohne Sorge, dass man sie hörte. Und das war kein gutes Zeichen. Lara suchte den Boden unter sich ab, und ihr Magen zog sich zusammen; sie hatte Thomas' Gepäck liegen lassen! Direkt unter ihrem Baum lag sein Rucksack und schrie förmlich: „Hier ist sie! Dort oben!"

Ihr wurde gleichzeitig heiß und kalt. Sie begann zu zittern, und mit einem Schlag war ihr speiübel. Was sollte sie nur tun? Um noch einmal nach unten zu klettern, blieb ihr nicht genug Zeit, aber wenn sie hier oben blieb, dann käme auch das einem Todesurteil gleich. Und dass man sie verschleppen und töten würde, das wurde ihr in dem Moment klar, als die Meute die Lichtung betrat: Es waren über dreißig Männer, die jetzt auf der Rasenfläche erschienen und genau auf sie zusteuerten. Sie waren ausnahmslos bewaffnet.

Lara zog das Netz noch ein wenig enger um die Schultern, als könne es sie beschützen. Heiße Tränen rannen ihre Wangen hinab, und sie flehte um ihr Leben. Erneut spähte sie hinunter zu Thomas' Gepäck, und ihr Atem setzte einen Moment aus. Der Rucksack war weg! Thomas! Er war zurück. Er würde sie beschützen. Er würde alles wiedergutmachen. In einem Moment der offenbar kompletten Idiotie wollte sie nach ihm rufen und sich zu erkennen geben, doch als sie ihren Mund schon geöffnet hatte, fiel ihr die Dummheit ihres Vorhabens ein und sie schwieg. Aus Angst, ein Geräusch zu machen, vermied sie es, den Boden abzusuchen, aber die Gewissheit, nicht mehr allein zu sein, beruhigte sie. Den Gedanken, dass selbst Thomas sie nicht vor dieser Gruppe Männer – oder war es gar eine Armee? – beschützen könnte, ließ sie einfach nicht zu. Obwohl sie noch immer in äußerster Gefahr schwebte, entspannten sich ihre zum Zerreißen angespannten Nerven, und sie richtete ihren Blick wieder auf die Lichtung. Sie beobachtete, wie sich die Männer verteilten und ihr Gepäck abluden. Inständig betete Lara, dass sie hier nur eine kurze Rast machen und nicht ihr Nachtlager aufschlagen würden, denn das wäre ihr Todesurteil.

Angespannt beobachtete sie das Geschehen dort unten über eine Stunde lang, bis endlich wieder Bewegung in die Gruppe kam. Erleichtert stellte sie fest, dass sie sich zum Aufbruch bereit machten. Laras Glieder waren steif, und ihr Nacken schmerzte durch die unbequeme Sitzposition, aber aus Angst, auf sich aufmerksam zu machen, hatte sie es sich nicht gewagt, sich auch nur einen Millimeter zu rühren. Gebannt sah sie dabei zu, wie sich die Männer formierten und langsam, aber sicher die Lichtung verließen. Und dann ging plötzlich alles ganz schnell: Der Ast, auf dem sie über eine Stunde lang zuverlässig Halt gefunden hatte, knackte bedrohlich. Lara war sofort klar, dass er brechen würde. Eingewickelt in ihr Tarnnetz und mit dem Rucksack auf dem Bauch konnte sie sich auch nicht schnell genug auf einen der anderen Äste retten. Im nächsten Moment merkte sie auch schon, wie sie fiel. Es war seltsam, aber in der Sekunde des kurzen Falls aus vier Metern Höhe schien sich die Welt um sie herum langsamer zu drehen. Alles war auf sonderbare Art und Weise ruhiger, idyllischer und klarer denn je. Und Lara war sicher, dass sie sterben würde.

Der Aufprall war so hart, dass er ihr die Luft aus den Lungen presste. Ein scharfer Schmerz explodierte in ihrer Hüfte und schoss hoch bis in ihren Nacken. Sie spürte, dass sie das Bewusstsein verlieren würde, in demselben Moment, in dem sie sah, dass die Männer stehen blieben und in ihre Richtung sahen. Sie wollte aufspringen und fliehen, doch zog die Ohnmacht sie unbarmherzig in ihren Bann, und alles wurde schwarz.

Ich bin tot. Das war ihr erster Gedanke, als sie wieder zu sich kam. Der zweite war: *Warum habe ich im Tod Schmerzen?* Und dieser Gedanke machte sie wütend. Hatte sie nicht genug gelitten? Warum musste sie sogar jetzt noch Schmerzen ertragen? Dann erst bot sie ihrem verwirrten Kopf Einhalt und überdachte ihre Situation.

„Ich bin nicht tot", sagte sie laut und schlug die Augen auf.

Sie lag noch immer im Wald. Über ihr breitete sich die Dämmerung aus, und es roch nach Rauch und gebratenem Fleisch. Das war der Moment, in dem ihre Erinnerung zurückkam: die Männer! Sie schoss hoch und spürte sofort so starke Schmerzen, wie sie sie in ihrem Leben noch nie hatte erleiden müssen. Tränen schossen ihr in die Augen, und vor Qual nahm sie die Welt um sich herum nur durch einen Schleier wahr. Aus ihrem Mund drang ein unterdrückter Schrei, als es in ihrer Hüfte laut knackte. Aber all das war ihr egal. Sie konnte nur noch an die Männer denken und an Thomas. Was sie mit ihr vorhatten, ahnte sie, und sie wusste, dass sie auf schnellstem Wege für ihren Tod sorgen musste, denn der war gnädiger als alles, was diese Kerle ihr antun würden. Kampfbereit und mutig wie nie zuvor spannte sie ihren Körper an, doch ihr wurde sofort schwindlig. Sie stolperte nach vorn und erbrach sich erbärmlich über einem Busch. Wie durch einen Vorhang vernahm sie raues Gelächter und fuhr herum. Die Männer saßen ruhig rings um sie herum und auf der gesamten Lichtung verteilt, aber keiner machte Anstalten aufzustehen, um sie zu packen. Bitter dachte Lara, dass dies bei ihrer physischen Verfassung wohl auch kaum nötig sein dürfte.

„Beruhig dich, Kleines, dir passiert nichts." Ein großer bärtiger Mann mit einer fiesen Narbe im Gesicht kam auf sie zu. Die Autorität, die er ausstrahlte, war fast körperlich zu spüren. Instinktiv wich Lara einige Schritte vor ihm zurück, und er hob beschwichtigend die Hände. „Wir tun dir nichts. Du bist in Sicherheit." Seine Stimme war fest und sanft zugleich, und das wollte so gar nicht zu seinem einschüchternden Aussehen passen.

„Ja klar, bis ihr mich umbringt!", zischte sie, schwang sich herum und wollte losrennen, kopfüber in eine aussichtslose Flucht, doch bereits nach dem ersten Schritt rannte sie in starke Arme, die sie erbarmungslos festhielten. Sie schrie, schlug in wilder Panik um sich, und heiße Tränen der Verzweiflung bahnten sich ihren Weg über ihre glühenden Wangen. Der eiserne Griff um ihre Arme veränderte sich. Sie wurde nun gepackt und an den Körper gepresst, der ihr soeben den Fluchtweg verstellt hatte, und eine Hand streichelte ihr sanft über das Haar. Diese Geste ließ erneut die Übelkeit aufsteigen. So sollte es nicht enden! Sie wollte kämpfen!

Das Adrenalin in ihrem Blut und ihre zum Zerreißen angespannten Nerven ließen sie weiter auf ihren Gegner einschlagen, aber dieser presste sie noch mehr an sich, sodass sie keinen Raum hatte, um auszuholen, und so wurden aus ihren Schlägen aussichtslose Versuche, sich zu befreien. Plötzlich bemerkte sie die Totenstille um sich herum. Es gab kein Gelächter, keine Anfeuerungsrufe, die für ihren Peiniger bestimmt waren. Es gab nur diese schwere, bedeutungsvolle Totenstille. In Gedanken verabschiedete sie sich von Thomas. Im Geist strich sie ein letztes Mal über Katzes struppiges Fell. Die Tränen liefen ihr aus den Augenwinkeln und verzerrten die Welt um sie herum immer mehr. Geschlagen und ergeben holte sie tief Luft, um ihrem Schicksal entgegenzutreten, als ihre Nase sich plötzlich mit einem wohlbekannten Duft füllte. Es ergab überhaupt keinen Sinn, aber sie kannte diesen Geruch. Er hatte ihr lange Sicherheit und wohlige Wärme versprochen. Wie ein grausamer Streich des bevorstehenden Todes atmete sie genau in diesem Moment des Aufgebens diesen Duft ein, der ihr mehr als alles andere in dieser Welt bedeutete. Erneut atmete sie durch die Nase ein und langsam formten sich ihre wirren und verzweifelten Gedanken zu einem Bild. Thomas. Es war Thomas' Geruch, den sie einatmete, und jetzt lockerte ihr Gegenüber den Griff und sie hob ihr Kinn an. Sie erblickte die tiefbraunen Augen ihres Begleiters, und schlagartig wich alle Kraft aus ihrem Körper. Sie meinte noch ihren Namen zu hören, doch im selben Moment verlor sie erneut das Bewusstsein.

15. Mut, sich aufzulehnen

Walter

„NA, dann ist ja alles zufriedenstellend gelaufen. Das waren seine Worte." Harald stand mit betretener Miene mitten in Walters Stube und trat unbehaglich von einem Bein auf das andere. Er war einer der Boten. Zwar besaß die Festung Funkgeräte, doch die waren ausschließlich für die Soldaten bestimmt. Friedrich fürchtete, dass die „untere Schicht" die Technik nutzen würde, um sich gegen ihn zu formieren. Also stellte er Boten ab, die den ganzen Tag damit beschäftigt waren, Informationen und Befehle hin- und herzutragen. Nach Walters Ansicht ein äußerst unpraktisches Mittel, um zwischen den einzelnen Gewerken, die durchaus Hand in Hand arbeiten mussten, zu kommunizieren. Aber auch hier war jede Mühe, seinen Vater zu überzeugen, vergebens gewesen.

„Zufriedenstellend?" Fassungslos starrte er Harald an.

„Ja, Walter. Dein Vater sagte noch, dass der Junge ja ohnehin mehr Last als Kraft war und es so ein Maul weniger zu stopfen gäbe. Er habe auf diesem Wege erfolgreich zwei Fliegen mit einer Klappe geschlagen und wieder für *Zucht und Ordnung* gesorgt. Es tut mir leid, Walter, aber das hat er gesagt." Beschämt blickte er zu Boden. Walter konnte sich vorstellen, dass die Worte wie Essig in seinem Mund schmeckten. Wer würde schon gern eine solche Abscheulichkeit weitertragen müssen?

Er atmete tief ein und bat Harald, Platz zu nehmen. Dabei deutete er auf den Sessel vor sich. Doch der Bote zögerte, denn er wusste, dass Friedrich es nicht gern sah, wenn sich die untere Schicht mit der sogenannten Obrigkeit mischte. Und dass Walter und seine Familie mit so vielen Arbeitern in Freundschaft verbunden waren, war ihm erst recht ein Dorn im Auge. Doch Walter bekräftige nur seine Geste und lächelte freundlich. Er hasste die fast mit Händen greifbare Angst, die sein Vater in der Festung verbreitete.

Dabei könnte es so ideal sein, denn dank Friedrichs Vorarbeit waren sie wirklich gut organisiert. Die Anlage war unglaublich groß und durch kräftige, meterdicke Wände gut geschützt. Auf den Wällen patrouillierten sehr gute Sicherheitskräfte, die potenzielle Plünderer schon in kilometerweiter Entfernung sehen konnten. Das Land rund um die Festung war mit weiteren Fallen, Zäunen und – zu Walters Entsetzen – ferngesteuerten Granaten gespickt. Nichts und niemand würde die Festung bezwingen können. Und auch innerhalb der Mauern hatten sie mehr als genug. Neben zwei größeren Weizen- und Maisfeldern gab es ein großes Gewächshaus mit verschiedenen Obst- und Gemüsesorten. Direkt daneben war das Vieh untergebracht: Rinder, Schweine, Schafe, Hühner und Kaninchen versorgten sie mit Milch, Eiern und Fleisch. Alle Erträge konnten sie in der Bäckerei, der Küche, der Metzgerei und der Mühle selbst verarbeiten und zubereiten. Zurzeit zählten sie aufgerundet dreihundert Menschen innerhalb der Mauern, und sie würden mit der ersten Ernte mehr produzieren, als sie brauchten. Auf diese Weise würden sie viel einkochen und lagern können, für den Fall, dass sich ihre Lage verschlechtern sollte. Nein, innerhalb der Festung konnten sie wirklich über keinen Mangel klagen. Und doch hungerten viele der Arbeiter, da die kargen Getreidebreie und dünnen Suppen kaum genügten, um sie für ihre harte Arbeit zu kräftigen.

Als sein Vater damals anfing, das Land aufzukaufen und die Festung zu errichten, dachte Walter noch, dass er so wenigstens ein Hobby hatte, jetzt, wo seine Frau nicht mehr lebte. Aber dieser Gedanke war schnell der Sorge und dann der Furcht gewichen. Damals konnten sie dank ihres Vermögens noch sorgenfrei einkaufen gehen und waren einige der wenigen, die rund um die Uhr Strom hatten. Sie hatten ein gutes Leben geführt, wenngleich Walter die meisten seiner damaligen Nachbarn verabscheut hatte. Er hasste es, wie sie auf die anderen Bezirke hinabblickten und sich für etwas Besseres hielten. Sein Vater sprach damals schon ununterbrochen von der Festung und dem Ende der zivilisierten Welt. Er sprach davon, dass sie – die Familie Hoffst – eines Tages über das Land herrschen würden, da sie die Einzigen seien, die vorgesorgt hätten. Und dass sie alle, Walter, seine Frau und seine Kinder, ihm noch danken würden. Als er damit anfing, dass sie auf das Anwesen umziehen sollten, schien eine Art Wahnsinn Friedrichs Verstand zu ergreifen, und Walter sah sich gezwungen, alles für seine Einweisung vorzubereiten. Er hatte ja nicht ahnen können, dass Friedrich mit seiner Wahnvorstellung recht behalten würde.

Doch die Frage, ob er seinem Vater *dankbar* war, konnte Walter inzwischen nicht mehr beantworten. Hier in den Mauern der Festung hatten zunächst Erleichterung und

Hoffnung geherrscht, aber das war schnell der Angst und Beklemmung gewichen. Und die Sorge darum, wie es weitergehen sollte, nagte unerbittlich an Walter. Er fühlte sich wegen der Dinge, die in der Festung geschahen, in gewisser Weise schuldig, wenngleich es sein Vater war, der diese Verbrechen begann. Aber es war nun mal sein Vater.

Nach einem beruhigenden Lächeln von Walter nahm Harald endlich, wenn auch zögernd, Platz. Seine angespannten Gesichtszüge wichen einem Ausdruck nervöser Unruhe. Schon besser, dachte Walter und verfolgte den Blick seines Gegenübers hin zu der üppigen Obstschale auf dem Tisch. Walter und seine Familie erhielten täglich so viel Essen, dass etliches davon verdarb und den Schweinen vorgeworfen wurde. In Haralds Zügen hingegen spiegelten sich Hunger und Durst. Wieder einmal registrierte Walter, wie abgemagert die anderen Bewohner der Festung waren, und schob, ohne nachzudenken, die kostbaren Früchte zu Harald hinüber.

Das Ergebnis war nicht das, was Walter erwartet hatte: Panik spiegelte sich auf Haralds Gesicht wider, als er aufsprang und sich hastig mehrere Schritte entfernte. Er starrte auf den Obstkorb, als hätte er eine Giftschlange vor sich.

„Soll es mir wie Jan ergehen?", fuhr er Walter ungehalten an. Dann schien ihm sein eigener harscher Ton aufzufallen, denn er ruderte zurück, entschuldigte sich knapp und wandte sich zum Gehen. Den Blick hielt er dabei strikt auf den Boden gerichtet, so wie Friedrich es von der unteren Schicht verlangte, wenn sie mit der Obrigkeit zusammentraf. „Du hast doch gesehen, was eure Hilfe uns beschert", fügte er noch hinzu. „Es ist so schon schwer genug, aber die Güte Friedrichs, eine schuldhafte Familie in diesen Mauern zu behalten, wie es bei Jan und seiner Familie der Fall ist, wird sich nicht wiederholen." Harald war zwar stehen geblieben, umdrehen aber wollte er sich wohl nicht, und kurz darauf verschwand er durch die Tür.

Zurück blieb Walter. Irritiert, wütend, verzweifelt. Was hatte Harald eben gesagt? *Friedrichs Güte?* Hatten jetzt alle den Verstand verloren? Er hatte einen Jungen getötet. Er ließ die Menschen hungern, die sich ihm anvertraut hatten. Er war ein Scheusal. In diesem Moment begriff Walter, dass es keinen Aufstand geben würde. Friedrichs ekelhafter Plan, mit Gewalt seine Macht zu demonstrieren und zu festigen, hatte funktioniert. Hunger und Not der Arbeiter und die schreckliche Demonstration der Grausamkeit gegenüber Jan hatten den letzten Funken Kampfwillen gebrochen. Und mit einem Schlag wurde Walter klar: Er selbst musste ihn stoppen.

Er hatte sich nie direkt gegen seinen Vater gewendet, und sein Magen verkrampfte sich bei dem Gedanken an das, was nun geschehen musste. Er konnte und wollte nicht weiter mit ansehen, wie die Menschen um ihn herum leben mussten und wie sehr sie litten. Die Festung sollte ihnen eine Zukunft bieten, aber waren die Arbeiter hier wirklich noch besser dran als draußen in den Städten? Eine gefährliche und blinde Wut ergriff ihn und steigerte sich zu rasendem Zorn. Ohne weiter nachzudenken, riss er die Tür seiner Wohneinheit auf und schritt hinaus auf den Flur in Richtung des Büros seines Vaters. Hinter sich hörte er Mathilda seinen Namen rufen, aber er reagierte nicht. Würde er jetzt zurückgehen, würde er nie wieder den Mut finden, um sich seinem Vater zu stellen.

Energisch schritt er an den Wachen vorbei, die neben Friedrichs ausladender Bürotür Stellung bezogen hatten. Sie runzelten zwar missbilligend die Stirn, ließen ihn aber passieren. Walter bündelte all seinen Mut, riss die Tür entschieden auf und sagte in der gleichen Sekunde: „Vater. Hiermit entbinde ich dich deiner Funktion als Leiter der Festung."

Sein Vater blickte vom Schreibtisch auf und funkelte ihn belustigt an. „Woher kommt denn plötzlich der Mut, Sohnemann?" Unverhohlener Spott klang in seiner Stimme mit. Langsam legte er seinen Stift hin und deutete ohne weitere Umschweife auf den Stuhl vor seinen Schreibtisch, um auf die Person aufmerksam zu machen, die dort Platz genommen hatte. Walter war gar nicht aufgefallen, dass sich außer den Wachen noch jemand im Raum befand. Umso erschrockener war er, als er Harald dort sitzen sah. Dieser blickte starr zu Boden, so wie man es ihm und seinesgleichen befahl.

„Danke Harald, Sie können jetzt gehen. Ich werde Ihren Umzug in das Haupthaus später in die Wege leiten. Gehen Sie doch schon mal in die Küche und holen Sie sich Ihre Extraration ab. Ich lasse dort sofort Bescheid geben. Sie sind entlassen."

Mechanisch erhob sich Harald und schritt lautlos auf die Tür zu.

„Ach, und Harald", sprach Friedrich ihn noch einmal an. „Ich danke Ihnen sehr für ihren heroischen Mut. Die Festung braucht mehr Männer wie sie."

Harald nickte und verließ umgehend das Büro.

Walters Verstand arbeitete nur langsam. Was er soeben miterlebt hatte, wollte sich in seinem Kopf einfach nicht zu einem Ganzen zusammensetzen. Irritiert blickte er zwischen seinem Vater und der Tür, durch die Harald den Raum verlassen hatte, hin und her, bis er schließlich von Friedrichs düsterem Blick gefangen wurde. Eiskalt lief es seinen Rücken hinunter. So hatte ihn sein Vater noch nie angesehen. Walter wollte ansetzen, etwas zu sagen, doch Friedrich schnitt ihm mit einer herrischen Geste das Wort ab. „Schluss damit! Ich habe dir einen Befehl erteilt, und du hast nicht gehorcht. Du untergräbst meine Autorität und machst mich vor meinen Untertanen lächerlich!" Während er sprach, war er aufgestanden und seinem Sohn gefährlich nahe gekommen. Walter roch den Zigarrengeruch, den er nie hatte leiden können, und blickte in Augen, die ihm plötzlich fremd zu sein schienen.

„Ich weiß nicht, wovon du redest", setzte er unsicher an, und in diesem Moment schlug ihm sein Vater mit aller Kraft ins Gesicht. Die Ohrfeige kam so überraschend, dass Walter erschrocken zwei Schritte zurückwich. „Sei still! Du warst schon immer eine Enttäuschung, aber dass du den unteren Schichten trotz meines direkten Befehls weiterhin Essen anbietest, setzt deinem lebenslangen Ungehorsam die Krone auf. Deine nicht vorhandene Fähigkeit zu begreifen, wie gewichtig solche Gesten sind, bringt unser aller Überleben in Gefahr. Ich habe viel Geduld mit dir gehabt. Aber ich kann nicht länger erlauben, dass du meine Stellung untergräbst. Auch Vaterliebe hat ihre Grenzen." Angewidert drehte sich Friedrich von seinem Sohn weg. Dabei gab er einem der Soldaten ein Zeichen, und kurz danach explodierte ein grauenhafter Schmerz in Walters Schläfe, und er verlor noch im selben Augenblick das Bewusstsein.

16. Unerwartete Begegnung

Viktor

EIN herzzerreißender Schrei schierer Todesangst hallte quer über die Lichtung, als die ersten der Männer bereits die von Schlaglöchern übersäte Straße betreten hatten. Viktor fuhr herum. Gerade noch rechtzeitig, um zu sehen, wie eine junge Frau hart auf dem Boden aufschlug. Sie musste sich auf einem der Bäume vor ihnen versteckt haben.

Aus dem Nichts war in demselben Moment ihr stiller Begleiter aufgetaucht, der sich hinter der dichten Dornenhecke verborgen gehalten hatte. In offensichtlich blinder Verzweiflung und Sorge hatte er sich schützend auf sie geworfen. Er musste in der letzten Stunde Höllenqualen durchlitten haben, ebenso die junge Frau. Viktor stellte sich vor, wie es sein musste, seine Liebste auf einem Baum hocken zu sehen, während sich darunter dreißig gestandene Männer ausbreiteten. Er stellte sich die Ohnmacht und Hilflosigkeit vor, die der junge Mann gespürt haben musste, wohl wissend, seine Freundin nicht beschützen zu können. Die Gedanken griffen eiskalt nach Viktors Herzen, und sein Mitgefühl dem jungen Paar gegenüber war so groß, dass es ihn fast körperlich schmerzte. Zudem hatte er größten Respekt vor dem Mut des jungen Mannes. Ohne zu zögern, war er bereit, sein Leben für sie zu riskieren.

Viktor sah, wie er ein Messer aus einer Tasche zog, herumwirbelte und vor seiner Freundin Stellung bezog. Sie bewegte sich nicht und war offensichtlich nicht bei Bewusstsein. Vielleicht war sie auch tot. Ihr Sturz war wirklich schwer gewesen, und so, wie sie auf dem Boden aufgeschlagen war, musste sie sich schwer verletzt haben.

Die Art, wie der Mann sein Messer hielt, ließ keinen Zweifel daran, dass er es zu benutzen wusste. Er wiegte sich tief in einer Kampfstellung, die es ihm erlauben würde, blitzschnell zu reagieren. Jedem hier war sofort klar, dass sie es mit einem Mann zu tun hatten, der bestens ausgebildet und gefährlich war. In Viktors Reihen strafften einige Männer reflexartig die Schultern. Insbesondere Louis' Leute schienen in eine Art Kampfmodus zu verfallen, denn auch sie nahmen Positionen ein, in denen sie sich einer körperlichen Auseinandersetzung hätten stellen können. Offenbar hatte der Sturz der jungen Frau auf beiden Seiten für Unsicherheit gesorgt. Dieser Fremde hier konnte sie nicht alle besiegen, aber Viktor war sicher, dass er mehrere Männer schwer verletzen, wenn nicht sogar töten würde. Und das, obwohl es nichts gab, wovor er seine Freundin hätte beschützen müssen.

Beschwichtigend streckte Viktor die Hände aus und gab seinen eigenen Leuten mit dem Kopf ein Zeichen, die Waffen sinken zu lassen. Sie zögerten kurz, hörten dann aber auf ihren Anführer. An den jungen Mann gewandt sagte er: „Wir sind einfache Wanderer, keine Plünderer. Wir gehören keiner gewalttätigen Gruppe an. Wenn du uns nicht angreifst, habt ihr nichts zu befürchten." Er senkte den Kopf und die Schultern leicht, während er sprach, in der Hoffnung, auf diese Weise weniger bedrohlich zu wirken.

Bevor er weitersprach, deutete er seinen Männern an, sich ein paar Schritte zurückzuziehen, um dem jungen Paar mehr Raum zu geben. „Wir haben Verbandmaterial und Medizin. In unserer Basis ist ein Arzt. Wir können euch helfen."

Der Blick des Mannes blieb hart und undurchschaubar. Jeder seiner Muskeln war nach wie vor angespannt, und an seiner Bereitschaft, vorzupreschen und anzugreifen, hatte sich nichts geändert, aber er ließ das Messer ein wenig sinken. Ohne den Blick von der Gruppe zu lösen, ging er in die Knie, griff nach hinten und tastete nach dem Puls seiner reglos am Boden liegenden Freundin. Seine Mimik ließ keinen Rückschluss auf Leben oder Tod des Mädchens zu.

Viktor konnte fast spüren, wie die Gedanken seines Gegenübers rasten. Er suchte nach Auswegen, wog Fluchtwege ab, schmiedete Angriffspläne und verwarf sie wieder. Dabei wurden Viktor und seine Männer genauestens beobachtet. Beide Seiten standen starr, und es schien eine Ewigkeit zu vergehen, bis der junge Mann sein Messer in die Tasche zurücksteckte und sich zu seiner Freundin umdrehte. Plötzlich raschelte etwas in dem Gebüsch hinter dem Paar, und ein zotteliger großer Hund eilte winselnd mit eingekniffener Rute zu dem Mädchen.

In diesem Moment wusste Viktor, dass sie die Nacht hier verbringen würden, um dem jungen Paar zu helfen. Ihm war klar, dass er seine Männer einem großen Risiko aussetzte, indem er sie anwies, das Nachtlager hier aufzuschlagen, anstatt in ihre Basis zurückzukehren. Jede Sekunde außerhalb der schützenden Gemeinschaft barg Gefahren. Aber um nichts in der Welt hätte er die beiden hier zurückgelassen, und als er seinen Blick über seine Leute gleiten ließ, erkannte er, dass jeder so dachte wie er. Zu begreifen, dass in jedem Einzelnen von ihnen noch die Mitmenschlichkeit zu finden war, machte ihn stolz, zeigte es doch, wie gut es ihnen in Anbetracht der neuen Situation ging. Hilfsbereitschaft war ein Luxus, den sich nur noch die wenigsten leisten konnten.

In den Augen des jungen Mannes, der sich ihnen als Thomas vorstellte, las er noch immer Misstrauen, aber das konnte man ihm in der heutigen Zeit nicht verübeln. Um ihn herum kam Bewegung in die Gruppe. Es wurden Wachen abgestellt und Planen zu provisorischen Zelten gespannt. Einige Männer entfernten sich von der Gruppe, in der Hoffnung, auf der Jagd Erfolg zu haben. Zwar hatten sie noch etwas zu essen dabei, aber die Chance, hier in der ruhigen Umgebung etwas zu erlegen, war hoch, und die Aussicht auf Fleisch anstelle des kalten Maisbreis war verlockend.

Am Kopf des Mädchens hatte sich der Hund zu einem pelzigen Ball zusammengerollt. Thomas saß seitlich neben ihr und verfolgte mit wachsamen Blicken die Arbeiten rings um die beiden herum. Jedes Mal, wenn einer von Viktors Männern auch nur in ihre Nähe kam, spannten sich alle Muskeln unter dem dreckigen Pullover des hochgewachsenen Mannes.

Als alle wichtigen Vorkehrungen getroffen waren und langsam Ruhe in die Gruppe einkehrte, setzte sich Viktor in die Nähe des jungen Paares. Die Dämmerung kehrte bereits ein, als Thomas anfing, sich mit ihm zu unterhalten. Sie blieben bei oberflächlichen Themen, denn keiner der beiden wollte vorschnell zu viel von sich preisgeben. Im Hintergrund bereiteten einige Männer seit Stunden ein junges Reh zu, das die glücklichen Jäger erlegt hatten, und als man Thomas eine Portion des frischen Fleisches gab, entspannte er sich sichtlich. Nahrungsmittel zu verschenken, war in der heutigen Zeit offenbar die beste Methode, jemandes Vertrauen zu gewinnen.

Nachdem der junge Mann aufgegessen hatte, erhob er sich und sah Viktor mit festem Blick an. „Ich muss mal kurz verschwinden", sagte er. Nach einem weiteren Moment, in dem er mit sich zu hadern schien, fügte er hinzu: „Ich vertraue dir, Viktor." Doch trotz dieser Worte wandte er sich dem zotteligen Vierbeiner zu und sagte im Befehlston: „Katze! Pass auf!" Dann drehte er sich um und verschwand hinter den Büschen.

Viktor musste lachen. Dabei konnte er nicht sagen, was ihn mehr amüsierte; die Tatsache, dass der Hund Katze hieß, oder dass dieser sich schützend über sein Frauchen stellte, wobei er eher tollpatschig als gefährlich wirkte. Und ausgerechnet in diesem Moment sagte das Mädchen laut und deutlich: „Ich bin nicht tot!" Kurz darauf sprang sie auf ihre Beine und sah sich wie ein gehetztes Tier um. Panik, aber auch eine gewisse Kampfbereitschaft schrien ihr aus dem Gesicht. Viktor sprang ebenfalls auf und versuchte, sie zu beruhigen, was verständlicherweise nicht möglich war. Sie spannte ihren Körper an, und es war deutlich, dass sie unter großen Schmerzen litt. Als Viktor einen Schritt auf sie zumachte, wich sie erschrocken vor ihm zurück, stockte kurz und übergab sich. Hinter sich hörte Viktor das Gelächter seiner Männer und schnitt es mit einer herrischen Geste ab. Spott war jetzt das Schlimmste, was sie dem armen Ding antun konnten. Er legte alle nur mögliche Sanftheit in seine Stimme und versuchte erneut, sie zu beruhigen. Wie lange hatte sie auf dem Baum gehockt, ohne zu wissen, dass sie sie nicht zu fürchten brauchte? Viktor hätte sie am liebsten einfach gepackt und in die Arme genommen. Mit aller Macht wollte er ihr klarmachen, dass sie ihn nicht zu fürchten brauchte. Ihn nicht und seine Männer nicht. Doch das Mädchen wirbelte herum und versuchte loszurennen.

Bei ihrem Fluchtversuch prallte sie gegen Thomas, der genau in diesem Moment hinter dem Gebüsch hervortrat. Er wirkte nur kurz überrascht, sie bei Bewusstsein zu sehen, und packte seine Freundin fest an den Schultern. Sie versuchte, auf ihn einzuschlagen, sich zu verteidigen, doch schnell wurde sie ruhiger und verlor wieder ihr Bewusstsein. „Und das ist Lara", sagte Thomas trocken, während er sie sanft und geschickt zu Boden gleiten ließ.

Als hätte sich durch ihr Aufwachen ein Bann gelöst, fing er kurz darauf an zu reden. Er erzählte von dem Martyrium, das die beiden hinter sich hatten, und Viktor erkannte sich und seine eigene Verzweiflung in der Erzählung wieder. Thomas erzählte, wie sie versucht hatten, sich zu Hause zu verschanzen, wie sie vertrieben worden waren und dass sie nun auf der Suche nach einem besseren Ort mit besseren Chancen waren. Über ihr Ziel schwieg er beharrlich, aber Viktor spürte, dass die zwei eines hatten. Thomas wirkte nicht wie ein Mann, der sich ziel- und kopflos auf den Weg machte. Ganz im Gegenteil. Er konnte kaum älter als zwanzig sein, doch strahlte er eine Ruhe und Selbstsicherheit aus, die Viktor eher bei Männern seines eigenen Alters kannte. Er erinnerte sich an die Kampfbereitschaft, die Thomas nach Laras Sturz gezeigt hatte, und daran, wie er innerhalb weniger Sekunden Herr der Lage geworden war.

Sie unterhielten sich noch eine ganze Weile. Auch Louis und ein paar andere schalteten sich in das Gespräch ein, und die Stimmung entspannte sich zusehends. Gegen zehn Uhr mahnte Viktor zur Nachtruhe. Er wollte im Morgengrauen aufbrechen, wohl wissend, dass Hilde jetzt schon krank vor Sorge war, da sie nicht am verabredeten Tag zurückkehrten.

Am nächsten Morgen war das Mädchen noch immer nicht bei Bewusstsein, und Viktor entschied kurzerhand, dass die beiden sie zurück zur Basis begleiten würden. Da sie von allein gestanden hatte, konnten sie eine ernsthafte Wirbelsäulenverletzung weitestgehend ausschließen und wagten es, sie auf einen der Karren zu verlagern. Thomas hatte versucht, sich zu weigern. Er meinte, er könne auch hier auf der Lichtung auf seine Freundin aufpassen, aber mit ihren Verletzungen standen die Chancen zu schlecht, als dass Viktor sie tatsächlich zurücklassen konnte.

Als sich der Trupp in Bewegung setzte, wich Thomas keine Sekunde von ihrer Seite. Argwöhnisch betrachtete er jeden Einzelnen, der in ihre Nähe kam, und alles an ihm wirkte angespannt und kampfbereit. Das vorübergehende Vertrauen, das er gestern den fremden Männern geschenkt hatte, schien heute wieder wie weggeblasen. Viktor konnte nicht aufhören, den jungen Mann zu beobachten. Er wirkte unscheinbar, aber alles an ihm, von der lautlosen Art zu gehen über seine Augen, mit denen er innerhalb von Sekunden alles zu erfassen schien, bis hin zu seiner Körperhaltung verriet, dass er mehr war als ein besorgter Liebender. Er war trotz seiner Jugend ein Kämpfer. Und er wusste um seine Fähigkeiten, so wie er jetzt merkte, dass er beobachtet wurde.

Da Viktor sich ertappt fühlte, schloss er zu dem jungen Mann auf und sprach unvermittelt aus, was dieser offenbar dachte: „Wir verschleppen euch nicht, keine Sorge. Wir sind anders. Wir wollen nicht plündern, auch wenn unsere Karren etwas anderes vermitteln. Das sind Materialien einer schon lang geschlossenen Fabrik, die wir dafür nutzen wollen, uns selbst gegen Plünderer zu schützen." Er hielt kurz inne und versuchte, in Thomas' Augen zu lesen, allerdings ohne Erfolg. Also fuhr er fort: „Wir sind ähnlich wie ihr wegen der Unruhen aus der Stadt geflohen, und irgendwie ist alles immer größer geworden. Wir wurden immer mehr auf unserem Weg zu dem kleinen Dorf und gaben uns gegenseitig Schutz und Hilfe. Wir wurden in der Stadt angegriffen und mussten uns verteidigen. Dabei starben viele." Er hielt kurz inne und dachte schmerzvoll an die Verstorbenen zurück, bevor er Thomas geradeheraus erzählte, wie die Basis entstanden war. Vielleicht war es an ihm, dem Paar einen Vertrauensvorschuss zu gewähren, wenn er erfahren wollte, wohin die beiden unterwegs waren.

Als er Thomas seine gesamte Geschichte erzählt hatte, schien sich dieser etwas zu entspannen und sah sorgenvoll zu seiner noch immer bewusstlosen Begleitung. Viktor bemerkte seinen Blick, erzählte von ihrer Krankenstation und erwähnte noch einmal, dass sogar ein Arzt unter ihnen wäre, der ihr schon bald würde helfen können.

„Wir können euch nichts geben. Wir haben nichts", erklärte der junge Mann.

„Das trifft sich gut, denn wir wollen nichts", erwiderte Viktor unverblümt und klopfte Thomas freundschaftlich auf die Schulter. Die nächsten Minuten liefen sie schweigend nebeneinander her, und als Viktor merkte, dass er nichts

Weiteres erfahren würde, nahm er seinen alten Posten am Ende des Trosses wieder ein.

17. Am Leben

Lara

IHRE Welt war ins Wanken geraten. Es schüttelte sie hin und her, und alles schien sich zu bewegen. Sie sah Baumkronen an sich vorbeiziehen und hörte raue Männerstimmen. Langsam dämmerte Lara, dass sie sich auf einem Karren befand. Auf einem Karren der Männer, die eben noch … Sofort schoss sie hoch, wofür sie mit grauenhaften Schmerzen bestraft wurde. Thomas war mit einem Satz bei ihr auf dem Wagen und legte beruhigend die Arme um sie.

„Endlich bist du wach", flüsterte er, „ich dachte, ich hätte dich verloren."

Er war hier. Er lebte. Sie lebte und rund um sie herum waren nur freundliche Gesichter, die sie besorgt anblickten. Was war geschehen? Wer waren diese Männer? Sie streckte sich zu Thomas Ohr und wollte ihm die Frage zuflüstern, aber alles, was sie zustande brachte, war ein heiseres Krächzen. Ihre Zunge fühlte sich an wie Schmirgelpapier, so trocken war sie, aber Thomas verstand sofort. Während er ihr eine Trinkflasche reichte, die nicht ihre eigene war, erzählte er ihr in kurzen und leicht verständlichen Sätzen, was geschehen war. Laras Misstrauen konnte er nicht fortwischen, und sie spürte, dass auch er Zweifel hatte.

Leise sagte er ihr, dass er wegen ihres Sturzes keine andere Wahl gehabt hatte.

Der Narbige kam auf ihren Karren zu und sprang ungelenk zu ihnen auf den Wagen, was die Männer um ihn herum zu Gelächter animierte. Lara hörte Ausrufe wie „Faule Sau!" oder „Alter Sack!", aber diese Ausrufe waren scherzhaft, fast schon liebevoll gemeint, das spürte sie.

„Ich bin Viktor. Es tut mir unendlich leid, dass wir dir einen solchen Schrecken eingejagt haben. Wir versuchen, euch zu helfen. Wenn ihr denn wollt." Er streckte Lara seine Hand hin. Sie war narbig und schwielig und verriet ihr, dass sie einen Mann vor sich hatte, der sich nicht zu schade war zu arbeiten. Vermutlich war er der Anführer der Gruppe, und dass er offensichtlich trotzdem selbst mit anpackte, machte ihn sympathisch. Mit belegter Stimme versuchte sie, ihren Namen zu nennen, aber irgendwie schien ihr ihr Körper bis zu den Stimmbändern hin nicht zu gehorchen. Also übersetzte Thomas: „Lara."

Sie wollte diesen Mann nicht so nahe bei sich haben. Auch die anderen Männer nicht. Sie waren Fremde, und Fremden durfte man einfach nicht mehr trauen. Gleichzeitig spürte sie, dass von der Gruppe keine Gefahr ausging. Also formte sie ihre Lippen zu irgendwas, das Viktor offenbar als Lächeln deutete und das er sofort mit tiefer Wärme erwiderte. An Thomas gewandt sagte er: „Wenn ihr etwas braucht, dann sagt sofort Bescheid. Zögert bitte nicht, wir haben genug für uns alle." Mit diesen Worten drückte er Thomas ein großes Stück Brot in die Hand und verschwand wieder aus Laras Blickfeld.

Ungläubig starrte sie auf das Brot. Es war keines dieser widerwärtigen eingeschweißten Brote, die sie und Thomas noch in ihren Rucksäcken hatten. Es war frisches Brot. Wie war das möglich? Irritiert blickte sie auf Thomas, der breit über ihre Fassungslosigkeit grinste. Und er erzählte ihr von der Basis, wie sie ihr Lager nannten. Sie spürte, dass auch Thomas nicht einschätzen konnte, was sie erwartete, und sie sah in seinen Augen die Frage, ob sie weiter mit den Männern reisen sollten. Sie zuckte bloß knapp mit den Achseln. Ihr ganzer Körper tat weh, und sie war nach wie vor misstrauisch, aber die Aussicht auf ein Bett, Nahrung und vielleicht sogar einer Möglichkeit, sich ordentlich zu waschen, waren in diesem Moment verlockender als alles andere. Und so nickte sie nur. Thomas lächelte ihr zu und rief über seine Schulter: „Viktor? Die Frau hat's genehmigt." Ein lautes Gelächter ging durch die Reihen, und ein Bellen mischte sich darunter. Ein Bellen! Katze! Lara reckte ihren Hals, konnte ihn aber nicht entdecken.

„Dein Hund hat ein neues Herrchen", sagte Thomas lachend. „Ein gewisser Philipp versorgt ihn gerade mit gebratenem Reh."

18. Außerhalb

Walter

ALS Walter wieder zu sich kam, blickte er in einen freundlichen und strahlend blauen Himmel. Sein Kopf pochte schmerzhaft, und irgendetwas stimmte nicht mit seinem Bein, denn als er versuchte, es an den Körper zu ziehen, zuckte ein grauenhafter Schmerz hindurch. Seine Eingeweide fühlten sich an, als würden sie sich einmal komplett umstülpen, und sein Rücken war steif. Walter schmeckte Blut und ihm wurde schlagartig übel. „Was zum ...", stammelte er. Seine Gedanken konnten keinen logischen Zusammenhang zwischen dem Gespräch mit Friedrich und seiner jetzigen Situation herstellen.

Neben sich sah er eine Mauer aufragen. Eine Mauer. Mauer. Er bewegte das Wort in seinem Mund hin und her. Er wusste, dass es etwas zu bedeuten hatte, aber sein vernebelter Verstand wollte ihm diese Bedeutung nicht preisgeben.

Er kniff kräftig die Augen zusammen, sammelte sich und war mit einem Schlag hellwach. Es waren die Festungsmauern. Aber nicht die von Wehrgängen und Treppen durchbrochene Innenseite. Er war *außerhalb* der Festung. Sein Vater hatte ihn über die Mauer werfen lassen! In seinem Büro musste einer der Soldaten etwas Hartes gegen seine Schläfe geschlagen haben, was ihn augenblicklich k. o. gesetzt hatte. Seine Frau! Seine Töchter! Alles in Walter verkrampfte sich, und als das Ausmaß des gesamten Schadens zu ihm durchdrang, schüttelte ihn ein schwerer Krampf mit trockenen Tränen und erstickten Klagerufen.

Sein Vater hatte ihn verbannt. Was war mit Mathilda und seinen Töchtern geschehen? Er konnte sie nirgends sehen, aber vielleicht hatte man sie auch an einer anderen Stelle über die Mauer geworfen. Oder ... die Gedanken an eventuelle Folter oder gar Tötung seiner Mädchen war zu qualvoll, um sie überhaupt zu denken. Walter raffte sich auf, aber sein Bein gab unter ihm nach, sodass er zurück auf den Rasen fiel. Wahrscheinlich war es gebrochen. Auf einen Stock gestützt unternahm er einen neuen Versuch aufzustehen, und diesmal gelang es. Der Panik nahe stolperte er an der Mauer entlang in die Richtung, in der er das Tor vermutete. Er durfte Mathilda und seine Mädchen nicht verlieren, sie waren alles, was er noch hatte.

Mit letzter Kraft erreichte er das Tor, das von mehreren Soldaten bewacht wurde. Er kannte jeden Einzelnen von ihnen, und während er in die regungslosen Gesichter blickte, begriff er, dass ihm keiner helfen würde. „Ich habe deine Tochter gerettet, als sie am Fieber fast gestorben wäre!", schrie er einen der Männer verzweifelt an. „Du elendes Schwein! Wer gab dir die Medikamente? Wer gab euch Suppe für sie? Verräter!" Walter war außer sich, er hatte alle Kontrolle und Selbstbeherrschung verloren.

Der Mann auf der anderen Seite des Tores schien durch ihn hindurchzusehen. Walter konnte sich nicht an seinen Namen erinnern, dafür aber umso besser an seine Tochter, die fast gestorben wäre, hätte er von der Krankenstation keine Medikamente für sie gestohlen. Und jetzt verhielt sich dieser Kerl, als wäre er gar nicht da. Die anderen Männer taten es ihm gleich. Und auch zu ihnen hatte Walter passende Geschichten parat, die alle damit endeten, dass er selbst, seine Frau oder eine seiner Töchter ihnen oder einem ihrer Angehörigen geholfen hatten.

Nach weiteren Ausführungen, Flüchen, Bedrohungen und Verwünschungen brach er zusammen. Seine Stimme war nur noch ein leises Flehen, als er vor ihnen auf den Knien lag. „Sagt mir wenigstens, ob sie noch leben."

Aber auch jetzt kam keine Antwort. Mit Tränen in den Augen sah Walter noch einmal auf. Er fing den Blick eines Soldaten auf, der ihm ein stummes Zeichen gab. Nur mit den Augen, sodass die anderen es nicht sehen konnten, wie ein Nicken war es. Trauer und Verzweiflung brachen über Walter herein. Er saß vor dem Tor seiner ehemaligen Zuflucht, er schrie, er klagte, er weinte. Aber er konnte nicht durch das Tor hindurch. Er konnte nicht zu seinen Mädchen. Nicht zu Mathilda. Er konnte sie nicht mehr beschützen. Er hatte versagt.

Irgendwann war Walter einfach gegangen. Hinein in den Wald. Weg von allen, die er liebte. Weg von jeder Hoffnung. Er hatte alles verloren, für das es sich zu leben lohnte. Kopflos stolperte er weiter. Ohne Plan und Ziel. Weiter, immer weiter, trieb es ihn durch den Wald. Irgendwann schlief er. Irgendwann trank er. Irgendwann ruhte er. Irgendwann lief er. Jedes Zeitgefühl hatte er zusammen mit der Hoffnung verloren. In ihm war etwas zerbrochen, das er nicht reparieren konnte. Stunden oder Tage oder Wochen später brach er endgültig zusammen.

Bereit für den Tod. „Ich habe versagt. Meine Liebe, ich habe versagt", stammelte er und blieb liegen, bis die Dunkelheit ihn holte.

19. Die Rückkehr zum Dorf

Viktor

„WIR sind da!" Mit dem Kinn deutete Viktor in Richtung des Dorfes, in dem eine aufgeregte Menschenmenge zusammenlief, um sie zu begrüßen. Er ging schon eine ganze Weile neben Lara her, die auf dem Karren saß. Thomas schob kräftig mit, obwohl ihn niemand dazu aufgefordert hatte. Seine Hilfsbereitschaft sorgte einmal mehr dafür, dass Viktor ihm im Stillen Respekt zollte. Er mochte die beiden, die trotz ihrer Qualen eine so subtile Leichtigkeit hatten, dass es ansteckend war. Sie reckten neugierig ihre Hälse, und auch Viktor sah freudig in Richtung der Basis. Eine Gestalt löste sich aus der Menschenmenge, und er erkannte seine Hilde, die laut rufend und wild winkend losgerannt war. Jetzt hielt es auch Viktor nicht mehr an seinem Platz. Er lief schneller, seiner Liebsten entgegen. Als er sie in seine Arme schloss, war es, als wären sie zwei verrückte Teenager, die sich die gesamten Sommerferien hindurch nicht gesehen hatten. Andere Frauen taten es Hilde gleich und stürmten auf ihre Männer zu.

Die Begrüßung war so stürmisch, dass einer der Karren den Hang hinabzurollen drohte, weil keiner mehr da war, der ihn schob. Mit wenigen kräftigen Sätzen war Viktor am

Karren und registrierte anerkennend, wie auch Thomas sich sofort hinterherwarf, um den Karren zu halten. Zudem war er überrascht, als der junge Mann es schaffte, mit wenigen Rufen mehrere der ihm gänzlich fremden Männer aus ihrer Wiedersehensfreude zu lösen, damit auch sie wieder mit anpackten. Ein lautes Lachen ging durch die wilde Gruppe der Männer und Frauen, und alle mobilisierten noch einmal ihre verbliebenen Kräfte, um die letzten Meter des Weges ohne Schaden hinter sich zu bringen. In der Basis nahm man ihnen die Karren ab, und fleißige Hände fingen sofort damit an, das Material zu sortieren.

Sie selbst wurden in die alte Scheune gebracht, die nun als Speisesaal diente. Man brachte ihnen Essen und Trinken und quetschte gleichzeitig alle Erlebnisse aus ihnen heraus, als wären sie wochenlang fort gewesen. Man scharte sich besonders um Thomas und Lara, begierig darauf zu erfahren, wer sie waren und woher sie kamen. Thomas, der Lara in die Scheune getragen hatte, fand kaum eine Möglichkeit zu antworten, und Lara vergrub ihr Gesicht an seiner Schulter. Eine Geste, die Viktor überraschte. Er hatte ihren Mut und ihren Kampfgeist gesehen, als sie nach dem Sturz auf der Lichtung wieder zu Bewusstsein gekommen war, und die beinahe ängstlich anmutende Schüchternheit in diesem Moment schien nicht dazu zu passen. Aber vielleicht war es für sie nach den vielen Wochen zu zweit auch einfach nur schwer zu ertragen, plötzlich von so vielen Menschen umringt zu sein.

Sie zuckte zusammen, als er kräftig auf den Tisch schlug, um die Aufmerksamkeit auf sich zu lenken und seiner Stimme Gehör zu verschaffen. Energisch rief er seinen Leuten zu, dass man den beiden doch bitte einen Moment der Ruhe gönnen sollte, dass für alles andere noch genug Zeit sei. Zudem brauche das Mädchen dringend den Arzt. Er hatte nicht wirklich damit gerechnet, dass man ihm zuhörte, doch das Wunder geschah. Es wurde ruhiger, und die meisten entfernten sich schuldbewusst lächelnd. Ein Mädchen lief los, um den Arzt zu suchen. Viktor sah zu den beiden Neuankömmlingen hinüber und versuchte, sich mit einem schiefen Grinsen zu entschuldigen, doch sie winkten nur ab. Auch Lara hatte inzwischen offensichtlich ihren Spaß.

Viktor erfüllte eine gewisse Form des Stolzes und ein warmes Gefühl in der Brust, als er sah, wie sehr sich Thomas und Lara über die einfachen, aber reichhaltigen Speisen freuten. Sie aßen jeden Bissen, als ob sie ihr Leben lang nichts Richtiges zu essen bekommen hätten und der warme Grießbrei das Köstlichste sei, was sie je gekostet hatten. Als sie ihre Portionen aufgegessen hatten, sah Viktor, dass sie noch immer Hunger hatten, und wies seine Frau an, ihnen noch etwas zu bringen. Über den Nachschlag war Lara so erfreut, dass ihr eine Träne die Wange hinunterlief. Und dies rührte auch Hilde zu Tränen, wie Viktor amüsiert beobachtete, und seine Frau drückte die junge Frau unverblümt an sich. Wie sehr er sie liebte!

Nach dem Essen trat der Arzt mit einem Rollstuhl an den Tisch und forderte Lara auf, ihn zu begleiten. Thomas bot man ein Bad und frische Kleidung an, doch er bedankte sich bloß höflich und ging mit seiner Freundin mit.

„Ich hätte dich auch nicht allein gelassen", hauchte Viktor seiner Frau liebevoll zu, die kopfschüttelnd hinter den beiden herblickte. „Ich weiß", sagte sie nur und sah ihm tief in die Augen. Dann hauchte sie einen Kuss auf seine Nase und war plötzlich wieder von ihrer üblichen Flatterigkeit ergriffen. „Was für ein Tag", säuselte sie, „ihr seid wohlbehalten zurück, und wir feiern drei Neuankömmlinge!"

„Wieso drei?" Interessiert horchte Viktor auf.

„Die Jäger haben heute einen schwer verletzten Mann im Wald gefunden. Er wäre gestorben, hätten sie ihn nicht zufällig im Unterholz entdeckt. Soweit ich weiß, ist er noch nicht bei Bewusstsein." Und damit verschwand sie, die Arme vollgepackt mit leeren Tellern und Schüsseln. Auch Viktor erhob sich, um seinen Freunden bei der Arbeit am Schutzwall zu helfen. Erst als die Dämmerung einsetzte und sich die Männer und Frauen auf den Weg in den Feierabend begaben, machte er sich auf den Weg zur Krankenstation, um sich nach dem Mann zu erkundigen, der im Wald gefunden worden war.

„Ich schätze mal, dass man ihn überfallen hat. Seine Verletzungen deuten auf einen Sturz hin. Und das an der Schläfe stammt bestimmt von einem harten Gegenstand wie zum Beispiel dem Knauf einer Pistole oder Ähnlichem." Der Arzt zuckte nur mit den Schultern, ihm schien der Mann herzlich egal zu sein.

Viktor beschloss endgültig, diesen Arzt nicht zu mögen, sammelte aber trotzdem noch einmal seine gesamte gute Kinderstube und fragte in äußerst höflichem Ton, ob der Fremde schon wach gewesen war und ob er irgendwas gesagt hätte. Die Antwort fiel so teilnahmslos aus wie erwartet: „Der Trupp, der ihn gefunden hat, erzählte, dass er die ganze Zeit drei Frauennamen gebrabbelt hätte. Wahrscheinlich seine Familie. So, wie die arme Wurst vor uns aussieht, sind sie bestimmt tot oder verschleppt worden." Er hob noch einmal die Schultern, machte auf dem Absatz kehrt und huschte nach draußen.

Viktor blieb allein mit dem Fremden zurück. Er musste Schreckliches erlebt haben. Schweigend betrachtete er den Mann, der in etwa in seinem Alter sein durfte. Irgendwie wirkte er vertraut, aber Viktor konnte dem Gesicht weder einen Namen noch einen Ort oder eine Zeit zuordnen. Er tauchte einen Lappen in die Schale mit klarem Wasser und betupfte die fieberheiße Stirn des Mannes. Mehr konnte er nicht für ihn tun.

20. Ein eigenes Bett

Lara

„DA scheint nichts gebrochen zu sein. Aber eine Prellung tut oftmals mehr weh als ein Bruch. Mehr als einen Weidenrindentee kann ich dir nicht geben. Die wenigen Schmerzmittel, die wir haben, müssen wir für schwere Fälle vorhalten. Zum Beispiel, wenn sich einer der Idioten hier den Fuß abschießt."

Lara merkte, dass sie den Arzt nicht mochte, und im selben Moment sagte Thomas: „Ich kann Sie nicht leiden, Doc, aber danke."

Ihnen war ein kleines Zimmer im Haus der *Kommandozentrale* zugewiesen worden. Ihre Matratze war durchgelegen und roch ein wenig muffig, aber trotzdem hatte Lara das Gefühl, als würde sie auf Wolken liegen. Nach den Nächten unter Bäumen, in Erdlöchern und zwischen Geröllschichten gekauert kam ihr ein Bett mit zwar altmodischen, aber sauberen und warmen Decken wie ein Geschenk Gottes vor. Sie hatten ein kleines Fenster und eine Tür mit einem vertrauenerweckenden Riegel davor. Auf dem Tischchen standen ein Krug mit klarem Wasser, eine Schale mit zwei Äpfeln und ein paar Erdbeeren. Daneben noch ein halber Laib Brot. Was für ein Luxus ... Viktors drollige Frau hatte sich mit den Schätzen durch die

Tür gestohlen und mit Flüsterstimme geraunt: „Ihr seht so hungrig aus, und das bisschen hier wird uns schon nicht fehlen. Aber kein Wort zu meinem Mann oder meinem Sohn. Sie sind furchtbar streng, was die Lebensmittel angeht." Dann zwinkerte sie ihnen fröhlich zu und war schon wieder verschwunden.

„Ein komischer Haufen." Thomas war an das kleine Fenster getreten und blickte auf den Hof hinab. Von draußen drangen Geräusche regen Treibens an Laras Ohr.

„Das stimmt, aber sie sind wirklich sehr freundlich." Nach zwei Anläufen hatte sie es geschafft, sich von ihrer durchgelegenen Matratze hochzurappeln.

„Es fällt mir in diesen Zeiten ungemein schwer zu glauben, dass es tatsächlich noch Menschen gibt, die einen nicht ausnehmen wollen." Thomas hatte sich, während er sprach, zu Lara umgedreht und an das Fenster gelehnt. Besorgnis spiegelte sich in seinen Augen wider. „Aber ich glaube, uns bleibt gar nichts anderes übrig, als ihre Gastfreundschaft anzunehmen. Du siehst nicht so aus, als wärst du von einem Baum gefallen, sondern eher wie jemand, der von drei Eisenbahnen überrollt wurde." Bei seinen letzten Worten zwinkerte er spöttisch mit dem rechten Auge. Er wollte sie wohl aufheitern, und Lara hatte Aufheiterung auch bitternötig. Ihr gesamter Körper schmerzte, und ihr Kopf fühlte sich an, als würde man ihr immer und immer wieder tausend kleine Nadelstiche verpassen. Außerdem fühlte sie sich fiebrig und matt, wenn auch gleichzeitig so geborgen wie schon lange nicht mehr. „Es tut mir leid, dass ich schon wieder für eine Verzögerung sorge. Und das so kurz vor dem Ziel." Sie wusste, dass es keine vier Stunden Fußmarsch mehr waren bis zur Festung.

Aber in ihrem Zustand waren es unüberwindbare vier Stunden. Sie wollte vorschlagen, dass er einfach ohne sie weitergehen sollte, um nach seiner Familie zu sehen, biss sich aber auf die Zunge. Sie wusste ja, dass er sie nicht allein lassen würde. Und wie erwartet, winkte Thomas nur ab. „Ach Quatsch", sagte er. „Es wird nicht schaden, ein bisschen zu Kräften zu kommen, bevor wir auf meine Familie stoßen. Meine Mutter würde wahrscheinlich einen Herzinfarkt bekommen, wenn sie mich so sehen würde." Er grinste wieder sein Lausbubengrinsen, und Lara musste lachen. Er hatte recht. Sie beide sahen schrecklich aus. Und rochen wahrscheinlich auch so.

In diesem Moment klopfte es an der Tür, und Viktor streckte seinen Kopf hinein. „Bitte entschuldigt, dass ich störe, aber Hilde hat mich gebeten, euch das hier zu bringen."

„Komm ruhig rein", sagte Lara, und ihr Herz machte einen kleinen Sprung, als sie sah, was er mitbrachte: saubere Kleidung, zwei Handtücher und ein kleines Schälchen mit Seife. Er lud alles auf dem Tischchen ab und warf einen leicht missbilligenden Blick auf den Obstkorb. „Sie ist einfach zu gut für diese Welt", sagte er kopfschüttelnd und mehr zu sich selbst, als an Lara und Thomas gewandt. Offenbar wusste er sofort, wer sie so fürstlich bewirtet hatte, und Lara sah, wie sich ein weiches Lächeln auf seine Lippen stahl. Dieses Lächeln stand ihm wirklich gut, und zum ersten Mal begriff Lara, dass Viktor trotz seiner herzlichen und überaus freundlichen Art von einer Bitterkeit umgeben war, die nur durch große Trauer und einen schrecklichen Verlust entstanden sein konnte. Sie traute sich nicht, ihn darauf anzusprechen, und so bedankte sie sich nur überschwänglich für seine Hilfe.

Mit einem Ausdruck tiefster Wärme und Sympathie sagte er an Lara gewandt, dass das alles doch selbstverständlich sei, und begann, ihnen noch den Weg zum Waschhaus zu erklären. Dabei sah er hinüber zu Thomas, und plötzlich stockte er in seiner Beschreibung. Verwirrung mischte sich in seine Gesichtszüge.

„Was ist?" Thomas wirkte alarmiert, und auch Lara wurde unruhig bei dem seltsamen Blick, mit dem Viktor sein Gesicht musterte. Als suche er nach etwas Bestimmten. Oder nein: als hätte er etwas entdeckt. Etwas Schreckliches.

Viktor schwieg noch immer und sah Thomas weiterhin an, als säße ein Skorpion auf dessen Kopf. Als er endlich sprach, klang seine Stimme nicht mehr fest, sondern unsicher und entschuldigend. „Ich will euch nicht beunruhigen, aber unsere Jäger haben heute einen schwer verletzten Mann im Wald gefunden. Du siehst ihm sehr ähnlich." Für den Bruchteil einer Sekunde schien die Welt in ihrer kleinen Stube stillzustehen. Doch dann stürmte Thomas hinaus, und Viktor folgte ihm auf dem Fuße. Zurück blieb Lara, deren träger Geist keine Erklärung für die Aufregung der beiden Männer finden konnte.

21. Die Hölle

Walter

WAR er in der Hölle gelandet? Er wandelte in einem Stadium zwischen Wachen und Schlafen und war unfähig, sich zu bewegen. Unzählige Hände spürte er, die an ihm rüttelten, ihn hochhoben und wegbrachten. Da waren Lappen, die auf seiner Stirn lagen, bittere Tropfen, die man ihm einflößte, und Hände, die unsanft seinen gesamten Körper untersuchten, einrenkten und verbanden. Nein, sagte sich Walter, das hier war nicht die Hölle. Das hier war schlimmer. Die Schmerzen waren grauenhaft und seine Hilflosigkeit nicht zu ertragen. Immer wieder, so glaubte er zumindest, traten Gesichter vor ihn, die er nicht kannte. In der Luft lag der widerliche Geruch von Blut, Eiter, Erbrochenem und Krankheit. Er fieberte und fror erbärmlich. Es ist die gerechte Strafe, dachte Walter bei sich, die gerechte Strafe dafür, dass ich meine Familie nicht beschützen konnte. Er wollte sich aufsetzen, die Augen endgültig aufschlagen, doch seine Lider flatterten nur unkontrolliert, und sein Körper gehorchte ihm nicht. Und plötzlich erblickte er seinen Sohn. Hier in der Hölle.

Nein! Nicht mein Junge. Bitte nicht.

Und wieder wurde es dunkel um ihn herum.

22. Der falsche Zeitpunkt

Lara

NACH dem ersten Moment der Verwirrung spürte Lara Verärgerung darüber, dass man sie im Unklaren allein zurückgelassen hatte. Lauthals fluchend rappelte sie sich hoch, schnappte ihre Gehhilfe, die ein schüchterner Junge hereingebracht hatte, und stolperte, so gut es mit ihren Schmerzen ging, hinter Thomas und Viktor her. Sie vermutete die Männer auf der Krankenstation und stieg die Treppe hinab. Mühevoll war der Weg, und es dauerte ewig, aber schließlich betrat sie das infrage kommende Gebäude, und ihr schlug so deutlich der Geruch von Krankheit entgegen, dass sie sicher war, das richtige Haus gefunden zu haben.

Wahllos steuerte sie das erste Zimmer an. Vor ihr standen die beiden Männer, und ihre Mienen ließen Lara sofort innehalten. Thomas war leichenblass, Viktor nicht weniger, und beide starrten auf einen schwer verletzten und bewusstlosen Mann. Laras konnte sich noch immer keinen Reim aus dem Ganzen machen, und so fragte sie leise: „Wer ist das, Thomas?"

Der Angesprochene zuckte zusammen, als er ihre Stimme hörte, und kam sofort zu sich. „Hast du den Verstand verloren?", blaffte er sie an, statt einfach zu antworten. „Du darfst noch nicht aufstehen!" Er durchquerte den Raum, packte sie unsanft bei den Hüften und trug sie hinüber zu dem freien Krankenbett in dem Zimmer. Dort verfrachtete er sie sofort in eine liegende Position. Seine Bewegungen waren steif und wirkten, als würde er Lara für irgendwas als Ventil benutzen. Er zupfte so unsanft an ihr und der Bettdecke unter ihr herum, dass sie irgendwann vor Schmerzen aufstöhnte, was Thomas aber nicht davon abhielt fortzufahren. Schließlich packte sie mit beiden Händen sein Gesicht, zwang seinen Blick zu sich und sah ihm tief in die Augen. Wie aufgewühlt er war. Es dauerte einen Moment, bis er sie durch den Schleier einer tiefen Traurigkeit hindurch wirklich zu sehen schien, seine Bewegungen wurden langsamer und sein Atem ruhiger. Kurz schloss er die Augen und sagte mit leiser, tonloser Stimme: „Das ist mein Vater." Im Anschluss drehte er sich von ihr weg und widmete sich voll und ganz dem bewusstlosen Mann neben ihr.

Lara konnte das volle Ausmaß dieser Information kaum verarbeiten und hätte tausend Fragen gleichzeitig stellen können, wusste aber genau, dass sie ihrem Freund jetzt erst einmal Raum lassen musste, damit er zu sich selbst zurückfinden konnte. Sie warf Viktor einen flehenden Blick zu, und er erwiderte ihn mit einem knappen Nicken. Offenbar hatte er verstanden, was sie von ihm wollte, denn er klopfte Thomas nur noch einmal kurz auf den Rücken und verließ ohne ein weiteres Wort das Zimmer.

Es dauerte lange, bis endlich wieder Leben in Thomas' ausdrucksloses Gesicht kam. Routiniert begann er, mit einem Lappen die Stirn seines Vaters zu kühlen, flüsterte beruhigend auf ihn ein und überprüfte den Sitz der

Verbände. Lara hatte sich inzwischen auf ihrem Bett aufgesetzt und wartete. Mit stiller Anerkennung beobachtete sie, wie rührend sich Thomas um seinen Vater kümmerte, und sie kannte diese Seite von ihm doch selbst sehr gut. Wie oft hatte sie diesen Gesichtsausdruck gesehen. Eine kleine steile Falte bildete sich stets auf der besorgten Stirn und mischte sich mit den angespannten Mundwinkeln zu einem unverkennbaren Ausdruck. Auch bevor die Welt zusammengebrochen war und sie sich auf den Weg zur Festung gemacht hatten, hatte sie diesen Ausdruck mehr als einmal zu Gesicht bekommen. Zu oft hatte sie weinend in seinen Armen gelegen, weil alles über ihr zusammenzustürzen drohte und ihr Herz vor Leid und Kummer kapitulierte. Dabei hatte er sie nie gedrängt und war nicht einmal ungeduldig oder genervt, weil sie Zeit brauchte. Er war einfach perfekt. In allem, was er tat.

„Ich liebe dich!" Lara erschrak. Sie hatte den Gedanken tausendmal gedacht. Auch jetzt wieder, während sie zusah, wie Thomas seinen Vater pflegte. Doch noch nie hatte sie es ausgesprochen, sie hatten sich ja noch nicht mal geküsst. Und auch jetzt hatte sie es nicht laut sagen wollen, doch war es einfach über ihre Lippen gekommen, ganz ohne ihr Zutun. Lara spürte, wie ihre Wangen schlagartig rot wurden, und fieberhaft suchte sie nach einem Ausweg. Irgendeine lächerliche Geschichte, mit der sie ihren Satz ungeschehen machen konnte, musste ihr doch einfallen. Dies hier war weder der richtige Ort noch der richtige Zeitpunkt für eine Liebeserklärung. Für einen Moment überlegte sie, einfach aus dem Zimmer zu stürmen, so schnell es ihre Verletzungen zuließen, doch eine Lösung wäre das wohl auch nicht. Sie verfluchte sich, belegte sich insgeheim mit den wüstesten Schimpfwörtern und spürte, wie die Scham sie fast schmerzlich berührte. Wie peinlich! Sie fühlte sich um Jahre zurückkatapultiert, als sie noch ein kleines Mädchen war, unsicher und praktisch ständig peinlich berührt.

Thomas kam nicht dazu, in irgendeiner Weise zu antworten, zu reagieren oder sie gar auszulachen, denn in diesem Moment murmelte sein Vater: „Danke. Ich dich auch." Sein Gesicht hatte sich zu etwas verzogen, das man als misslungenes Grinsen interpretieren konnte. Seine Lider hatte er noch nicht gehoben. Aber Lara beschloss sofort, ihm dankbar zu sein, hatte er ihr doch mit seinem plötzlichen Erwachen eine kleine Gnadenfrist verschafft.

23. Auf der Krankenstation

Walter

WALTER war bei Bewusstsein. Zwar konnte er seine Lider noch nicht heben, sie waren zu stark verklebt, aber er war da. Bei Bewusstsein und bei klarem Verstand. Er spürte sogar die Peinlichkeit, in die sich das Mädchen gebracht hatte, und wollte ihr instinktiv helfen. Deshalb hatte er einfach das Erstbeste gesagt, was ihm eingefallen war. Und anscheinend hatte er dem Mädchen, das ganz offenbar die sagenumwobene Freundin seines Sohnes war, einen Ausweg verschafft. Denn statt weiter in der Bannung zu schweben, begann sie aufgeregt, nach einem Arzt zu rufen, jemand berührte seine Hände und befeuchtete seine Stirn und seine Augen. Irgendwann war es ihm möglich, die Lider zu heben, und er blickte mehr oder weniger in einen Spiegel. Vor ihm stand tatsächlich sein Sohn. Tränen der Freude liefen Thomas' Wangen hinunter, und Walter hörte ihn immer wieder „Danke! Danke! Danke!" sagen. Auch er selbst spürte Tränen in seinen Augen. Das Glück, das von seinem Herzen Besitz ergriff, mischte sich in die Trauer, in der es tagelang gefangen gewesen war. Er hatte seinen Sohn wieder. Ein Stück seines Lebens. Seiner Familie. Und Thomas war wohlauf, obgleich er dünner geworden war.

Der Arzt kam hinzu und drängte sich zwischen sie. Thomas lief direkt um das Bett herum, um sofort wieder in seinem Blickfeld erscheinen zu können. Walter wollte nach seiner Hand greifen, er wollte ihn an sich drücken und nie wieder loslassen, doch sein Körper gehorchte ihm noch nicht. Und so begnügten sie sich damit, einander spitzbübisch anzugrinsen. Der Arzt leuchtete in Walters Augen, überprüfte Vitalparameter und verabreichte ihm irgendwelche Tropfen. Verbände wurden gewechselt und Salben aufgetragen. Erst nach einer Ewigkeit, so schien es Walter, half man ihm auf in eine halb sitzende, halb liegende Position. Thomas begann sofort, ihm Wasser einzuflößen, und Walter spürte, wie seine Zunge sich von Schmirgelpapier in etwas verwandelte, von dem er überzeugt war, dass es zu seinem eigenen Körper gehörte. Der matte Schleier, durch den er seine Umgebung zunächst noch wahrgenommen hatte, lichtete sich, und er war nun endgültig sicher, wach und am Leben zu sein. Er hatte seine eigene Hölle verlassen.

„Du siehst scheiße aus."

Walter musste sofort anfangen zu lachen, bereute es aber schlagartig, denn sein Lachen verwandelte sich in einen schmerzenden Hustenanfall. So ganz schien sein Körper doch noch nicht arbeiten zu wollen. Thomas musterte ihn besorgt, und Walter erwiderte nur: „Du auch. Aber ich versuche nicht gleich, dich mit einem Lachanfall zu töten." Er klatschte seinem Sohn väterlich auf die Wange und blickte dann an ihm vorbei. Dort auf dem anderen Bett saß ein äußerst hübsches Mädchen, dem noch immer die Schamesröte im Gesicht stand. Oder nein, Walter korrigierte sich, kein Mädchen, eine junge Frau. Ihr braunes Haar hatte sie zu einem lockeren Zopf zurückgebunden. Ihre hohen Wangenknochen und die spitz zulaufenden Augen verliehen ihr etwas Exotisches, das Walter aber nicht zuordnen konnte. Sie war mager, und Walter bemerkte, dass sie verletzt war, doch schien sie sich nicht sonderlich dafür zu interessieren. Sie war niemand, der sich selbst bemitleidete, das merkte Walter sofort. Ihre Augen strahlten Stolz aus, gleichzeitig auch Unsicherheit und Scheu, als sich ihre Blicke trafen. Sie war wirklich ausgesprochen hübsch, und Walter war stolz auf den guten Geschmack seines Sohnes. Und ohne auch nur ein Wort mit ihr gewechselt zu haben, verstand er sofort, warum Thomas diese Frau so sehr mochte.

Fragend blickte er zu seinem Sohn auf, dem erst jetzt wieder einzufallen schien, dass sich das Mädchen noch im Zimmer befand. Schuldbewusst zuckte er zusammen. „Vater, das ist Lara. Lara, mein Vater Walter Hoffst", stellte er sie einander vor.

Als Walter sah, dass Lara aufstehen wollte, um seine Hand zu schütteln, winkte er schnell ab. „Bleib mal ruhig sitzen, du scheinst auch nicht so ganz fit zu sein." Dabei lächelte er, und sie erwiderte sein Lächeln dankbar.

„Nicht so ganz, aber es geht schon. Wie geht es Ihnen?"

Walter registrierte zufrieden ihre Höflichkeit und bot ihr sofort das Du an. Er war gewiss kein Spießer, doch normalerweise dauerte es eine Zeit, bis er sich mit seinem Vornamen ansprechen ließ.

Unvermittelt begann Thomas, in einfachen Sätzen zusammenzufassen, was ihnen zugestoßen war, aber Walter war zu erschöpft, um ihm richtig folgen zu können, und so brach sein Sohn seine Erzählung bald wieder ab. Außerdem bemerkte Walter genervt, wie sich diese beiden jungen Menschen unwohl gegenseitig zu ignorieren versuchten. Sie wichen den Blicken des anderen aus und wanden sich um sich selbst herum. Schließlich sagte er: „Wisst ihr was, ihr zwei, ich bin wirklich müde und würde gern ein wenig schlafen. Außerdem solltet ihr dringend reden. Das hält man ja nicht aus."

24. Zukunftsängste

Viktor

VIKTOR war sehr erfreut zu hören, dass der Fremde, der den Namen Walter Hoffst trug, aufgewacht war. Es hätte ihm das Herz gebrochen, wenn Lara und Thomas nach allem, was sie durchgestanden hatten, auch noch den Vater verloren hätten. Allerdings fragte er sich auch, ob es wirklich bloßer Zufall war, dass sie ausgerechnet hier auf ihn gestoßen waren. Laut Thomas' Schilderungen waren er und Lara ohne Ziel losgelaufen, doch das glaubte Viktor ihnen nicht mehr. Wären sie dann hier auf Thomas' Vater gestoßen? Viktor nahm an, dass sie durchaus ein Ziel hatten, einen Ort, an dem sie sich verabredet hatten. Ein Ziel, von dem Thomas und Lara ihm nicht hatten erzählen wollen. Es ärgerte ihn ein wenig, Geheimniskrämerei hatte er noch nie leiden können. Andererseits konnte er es ihnen nicht verübeln. Schließlich waren sie Fremde, und in der heutigen Zeit konnte man nicht vorsichtig genug sein.

Im Moment gab es auch Wichtigeres zu tun. Zusammen mit Louis und Elias schritt er die Verteidigungswälle ab und staunte nicht schlecht, als er sah, was seine Männer in kürzester Zeit geschaffen hatten. Die Schutzwälle waren nun so dick, dass sie kaum zu überwinden waren. Es gab Schutzwände, hinter denen sie in Deckung gehen konnten, sollten sie wirklich angegriffen werden. Außerdem hatte Philipp den alten Elektrozaun einer nahe gelegenen Weide mit dem Stromnetz verbinden können. Im Falle eines Angriffs würden sie ihn nach Bedarf einschalten können und hatten damit eine zusätzliche Möglichkeit für ihre Verteidigung. Hier und da kam dem einen oder anderen noch eine Idee, die sofort notiert wurde, aber es waren nur Kleinigkeiten. Wieder einmal staunte Viktor über die vielfältigen Fähigkeiten der Bewohner.

Das Dorf hatte sich entwickelt. Von einem wild zusammengewürfelten Haufen zu einer starken Gemeinschaft. Mit den strengen Lebensmittelrationierungen kamen sie gut aus und konnten hier und da kleine Extra-Rationen verteilen. Einige der Frauen hatten sogar begonnen, eine Art Unterhaltungsprogramm zu erarbeiten. Man plante Tanzabende, Lesungen und Fußballturniere. Auch in anderen Bereichen sah man Elemente des alten Lebens: Es gab einen Kinderhort, in dem wirklich unterrichtet wurde, eine Bücherei, einen Laden, in dem die Bewohner untereinander ihre Habseligkeiten tauschen konnten, und sogar einen Friseur. Zu dem anfänglichen und noch immer währenden Überlebenskampf war innerhalb der wenigen Wochen, die sie nun hier waren, unverkennbar Lebensqualität gekommen. Es hatte sich eine Eigendynamik entwickelt, die Viktor mitunter staunen ließ.

Louis hatte eine Truppe kräftiger Männer ausgewählt und trainierte sie zusammen mit seinen Freunden im Umgang mit Waffen und verschiedenen Kampftechniken. Schnell hatten sie einen ordentlichen Trupp an *Schutzwächtern* – wie sie sich selbst nannten – zusammengestellt, die rund um die Uhr um das Dorf patrouillierten. Sie waren in Sicherheit.

Sie hatten ein Leben. Und es war ein gutes Leben, das sie führten.

Aber Viktor hatte auch Sorgen. Er sorgte sich wegen des Winters. Die Häuser hatten keine Heizungen, und nur wenige verfügten über einen Kamin. Die Menschen würden frieren, und ihre Kleidung und die Decken würden mit der Zeit auch nicht besser werden. Viktor wusste, dass es nicht alle schaffen würden. Es waren einfach zu viele Seelen, die es zu versorgen galt, sie mussten sich etwas einfallen lassen. Was ihm fehlte, war eine Idee. Es war bereits September, und über kurz oder lang würden sie losziehen müssen, um an die benötigten Dinge zu kommen, und sie würden wohl kaum einen Ort finden, an dem sie etwas geschenkt bekämen. Und so überlegte Viktor, wie viele Decken ein Rind wohl einbrachte oder wie viele Paar Schuhe er für einen Sack Äpfel bekommen würde. Und wo sollte er überhaupt tauschen? Gab es andere größere Gruppen, die etwas Ähnliches geschaffen, die sich ebenfalls organisiert hatten? Und wenn ja: Wie könnte man mit ihnen in Kontakt treten?

Diese und weitere Gedanken machten ihm das Herz schwer und ermüdeten ihn, und wieder einmal fragte er sich, ob er der Aufgabe, in die sein Schicksal ihn geführt hatte, gewachsen war. Doch er musste sie meistern, man verließ sich auf ihn. Und so begann er erneut, Ideen und Anregungen aufzuschreiben, um sie am nächsten Tag mit Louis und Elias besprechen zu können. Wie an jedem Tag. Und wahrscheinlich würden sie auch morgen keine Lösung finden, wie sehr sie sich auch bemühten.

25. Belohnter Mut

Lara

MIT Walters Rauswurf war ihre Gnadenfrist beendet. Lara schoss sofort wieder die Schamesröte ins Gesicht, und auch Thomas schien unsicher, als er ihr aufhalf und sie sich zum Gehen wandten. Sie ärgerte sich über sich selbst, weil sie das Gefühl hatte, sich wie ein kleines Mädchen aufzuführen. Nicht zum ersten Mal wünschte sie sich, mutiger zu sein und ihre innere Stärke, die sie stets so gut durchs Leben geführt hatte, besser zeigen zu können. Sie war eine erwachsene Frau. Wenn sie sich entschied, jemandem ihre Gefühle zu gestehen, so wollte sie es mit erhobenem Kopf tun. Dass es ihr auf einem Krankenbett kauernd rausgerutscht war, sorgte dafür, dass sie wütend auf sich selbst war. Doch anstatt sich nun einen Ruck zu geben, die Schultern zu straffen und den Blick zu heben, schaute sie weiterhin stumm und schüchtern auf den Boden vor ihren Füßen. Und nicht nur sie verhielt sich sonderbar. Auch Thomas mied wie ein kleiner Schuljunge ihren Blick, und das überraschte Lara zutiefst. Er wirkte immer stark und selbstsicher, selbst in den schwierigsten Situationen wusste er, was zu tun war, und er war mutig. Doch offenbar hatte sie, ausgerechnet sie, es geschafft, ihn derart zu verunsichern, dass all diese Eigenschaften wie weggeblasen waren.

Sie verabschiedeten sich von Walter, der schon wieder eingeschlafen zu sein schien, verließen das Krankenlager und schlugen den Weg zu ihrem Quartier ein. Noch immer sagte keiner von ihnen ein Wort. Lara versuchte unauffällig, einen Blick auf Thomas' Gesicht zu erhaschen. War das ein Grinsen? Ja, tatsächlich, er grinste quer übers ganze Gesicht. Ein leichter Spott lag auf seinen Zügen, der aber nichts Herablassendes hatte. Und auf einmal konnte auch Lara sich das Lächeln nicht mehr verkneifen. Nach ihrer beidseitigen Unsicherheit überkam die Fröhlichkeit sie, die vor der Finsterzeit typisch für sie gewesen war. Und Lara hieß diese Fröhlichkeit willkommen. Sie hatte sie vermisst, und jetzt war sie inmitten allen Elends und aller Angst glücklich. Glücklich, dass es war, wie es war. Im Hier und Jetzt. Mit ihr und Thomas.

Schweigend lächelnd legten sie die letzten Meter zu ihrer Unterkunft zurück, und Thomas half ihr die Treppen hinauf, indem er sie kurzerhand auf die Arme hob. Auf ihrem Zimmer angelangt, ließ er sie dicht an seinem Körper langsam hinabgleiten, und schlagartig machte sich eine alles elektrisierende Spannung zwischen ihnen breit. Und auch wenn dieser Gedanke Lara immer ziemlich klischeehaft erschienen war, so musste sie sich eingestehen, dass jetzt tatsächlich die Welt stillstand. Mit seinen wunderschönen tiefbraunen Augen blickte Thomas in die ihren, und sie fühlte sich von einer wohligen und zugleich aufregend knisternden Aura eingehüllt, in der sie nur noch ihn sehen konnte. Seine Hand legte sich leicht auf ihre Wange, sodass sein Daumen vor ihrem Ohr ruhte und seine Finger sanft ihren Nacken berührten.

„Ich dich doch auch", flüsterte er.

Seine tiefe Stimme durchdrang ihren ganzen Körper. Und dann küsste er sie. Laras Welt war nun tatsächlich stehen geblieben. Nichts, wirklich gar nichts, existierte noch. Es gab nur noch sie und Thomas und seinen unglaublich sanften Kuss. Sein Duft durchströmte sie und trug sie hinfort in eine andere und bessere Welt. In ihrem Magen flatterten tausend kleine Schmetterlinge und ihre Schmerzen schienen wie weggeblasen. Und das alles durch diesen einen wunderschönen ersten Kuss.

26. Genesung

Walter

SCHON nach kurzer Zeit fühlte Walter sich kräftig genug, um sich von Lara und Thomas auf dem Rollstuhl die Anlage zeigen zu lassen, und er war von seiner eigenen Genesung überrascht. Es lagen schwere Tage hinter ihnen. Das Schicksal von Lara und Thomas schockierte ihn, und seine Erzählungen zu dem, was sich in der Festung zugetragen hatte, brach ihnen allen fast das Herz und hinterließ ein Gefühl der Ratlosigkeit und Verzweiflung.

Umso dankbarer waren sie Viktor und den Bewohnern des Dorfes. Walter und Thomas war sehr schnell klar geworden, dass sie ihre Familie aus der Festung rausholen und hierherbringen mussten. Die Frage, wie sie das angehen sollten, blieb jedoch unbeantwortet. Für Walter war es schwierig, die Sorge um Mathilda und seine Töchter mit der Wiedersehensfreude mit Thomas in Einklang zu bringen. Er hatte das Gefühl, als dürfe er sich nicht richtig freuen, solange sich seine Mädchen noch in der Festung befanden.

Die ganze Zeit über, die er im Wald umhergeirrt war, war er sicher gewesen, dass Friedrich sie töten oder foltern würde, um den Verrat seines Sohnes zu rächen. Doch Thomas warf etwas ein, was sein Denken veränderte: Friedrich hatte seine Enkelkinder immer sehr geliebt. Selbst er würde es nicht wagen, ihnen körperlich zu schaden. Thomas war zudem davon überzeugt, dass er ihnen nicht auch noch die Mutter nehmen würde, sofern sie sich nur ruhig verhielt. Und Walter fasste langsam wieder Vertrauen in die Vorstellung ihrer Unversehrtheit. Trotzdem kreisten seine Gedanken ständig um sie. Er wusste, dass sie unmöglich glücklich sein konnten. Er dachte an Mathilda, die vor Sorge um ihren Sohn kaum noch hatte essen, trinken und schlafen wollen. Nun musste sie sich auch noch um ihren Mann ängstigen. Und die Gewalt und die Brutalität, die in der Festung gegenüber den Arbeitern herrschten, würden sich mit Sicherheit nicht zum Guten gebessert haben, und auch das dürfte nicht unbedingt zu ihrem Wohlbefinden beitragen. Seine Mädchen, wie er die drei so gern liebevoll nannte, waren allesamt gutherzige Menschen, die sehr unter der Brutalität litten und sich um ihre Freunde sorgten.

Anfangs hatte Walter nur sein Krankenzimmer und den kleinen Ausschnitt des Dorfes, welchen er von seinem Bett aus durch das Fenster sehen konnte, kennengelernt. Und auch wenn Lara und Thomas ihm schon viel von diesem Ort erzählt hatten, war Walter doch zutiefst überrascht, als er sah, was die Menschen hier erschaffen hatten. Ihre Möglichkeiten ließen sich natürlich nicht mit denen in der Festung vergleichen, doch hatten sie alles aus der sprichwörtlichen Asche entstehen lassen, und genau das war es, was ihr Werk so beeindruckend erscheinen ließ. Geduldig erklärten die beiden ihm alle Besonderheiten und schoben ihn über jeden Stein, damit er auch wirklich alles anschauen konnte.

Zum Ende ihrer Runde kehrten sie in der großen Scheune ein, in der täglich das Essen ausgegeben wurde und hin und wieder sogar kleinere Veranstaltungen stattfanden. Dort erhielten sie eine einfache, aber reichhaltige Essensration und wurden von neugierigen Blicken begleitet, doch hielten sich die Bewohner zurück und gestatteten ihnen ihre Ruhe. Und die hatte Walter auch noch bitternötig. Er spürte, wie sehr ihn die letzten Stunden angestrengt hatten, und plötzlich sehnte er sich zurück in sein Krankenlager, das er heute Morgen noch so dringend hatte verlassen wollen. Und so war er froh, als die beiden ihm endlich anboten, ihn zurückzubringen. Zum Gutenachtgruß sagte Thomas jedoch: „Morgen besprechen wir, wie wir unsere drei dort rausholen können." Diese Ankündigung brachte eine solche Unruhe in Walters Gedanken, dass er noch lange grübelnd wach lag, bis er schließlich in einen unruhigen und wenig erholsamen Schlaf fiel.

27. Eine Chance

Viktor

„EINE *Festung*?" Louis sah genauso skeptisch drein wie Elias. Viktor wusste auch nicht so recht, was er von der langen Erzählung des jungen Mannes zu halten hatte. Thomas war spät abends zu ihnen gekommen, um ihnen von diesem sonderbaren Ort zu erzählen. Lara hatte ihn nicht begleitet, laut Thomas war sie zu erschöpft von dem Tag. Viktor hatte besorgt vorgeschlagen, ihre Arbeitszeiten zu kürzen, doch Thomas hatte nur abgewinkt.

Kaum, dass Lara und er ein wenig zu Kräften gekommen waren, hatten sie angeboten, dem Dorf und seinen Bewohnern während ihres Aufenthaltes zu Diensten zu sein. Viktor hatte ihr Angebot dankend angenommen, denn sie konnten wirklich jede helfende Hand gebrauchen. Und ihr Arbeitseifer beeindruckte ihn immer wieder aufs Neue.

Lara hatte sich dem Projekt Apotheke zugewandt, als sie gerade wieder halbwegs laufen konnte. Sie hatte noch vor Beginn der Finsterzeit ihre Ausbildung zur Pharmazeutisch-Technischen Assistentin abgeschlossen und besaß somit fundierte Grundkenntnisse im Bereich der Naturheilkunde. Sie hatte ihm von ihrem kleinen Kräutergarten erzählt, den sie in ihrem einstigen Zuhause angelegt hatte, und Viktor war dankbar, den Bewohnern künftig wenigstens solche

Medikamente zur Verfügung stellen zu können. Mit ihrem Wissen und einigen Büchern, die sie in den verschiedenen Häusern gefunden hatten, hatte sie sofort damit begonnen, Pflanzen zu extrahieren und Salben zu mischen. So verfügten sie schon nach kurzer Zeit über eine anschauliche Auswahl verschiedenster pflanzlicher Heilmittel, und Viktor kam nicht umhin, die beeindruckenden Fähigkeiten der jungen Frau zu bewundern. Sie wirkte oft so scheu und stand ein wenig im Schatten ihres selbstsicheren Freundes, doch wenn man sich mit ihr über Pharmazie und alternative Heilmethoden unterhielt, war sie wie ausgewechselt. Sie war überaus fähig in diesem Bereich und schien sich dessen bewusst zu sein, ohne deshalb eingebildet zu wirken. Viktor unterhielt sich sehr gern mit ihr über diese Themen. Weniger, weil die Sache selbst ihn faszinierte, sondern eher, weil er es liebte, ihr dabei zuzusehen, wie sie souverän und mit ihren Fähigkeiten diskutierte.

Thomas hingegen hatte Viktor ohne weiteres Federlesen der Sicherheit zugestellt. Zwar wusste er nicht genau, welche Ausbildung er genossen hatte, aber Viktor hatte schon am Tag ihrer ersten Begegnung in ihm einen Mann erkannt, der sich zu verteidigen wusste. Und nach dem ersten Trainingstag hatte Louis, der die Sicherheit anführte, die Idee nicht nur bestätigt, sondern er zeigte sich zutiefst beeindruckt von Thomas' Fähigkeiten.

Jetzt saß dieser junge Mann vor ihnen und erzählte von seinem vermeintlich verwirrten Großvater und einer riesigen Anlage, die dieser noch vor dem Zusammenbruch errichtet haben sollte. Und davon, wie man seinen Vater über die Mauern geworfen habe, weil er der Schreckensherrschaft des Begründers der Festung ein Ende setzen wollte. So ganz konnte Viktor nicht glauben, was er da hörte, empfand aber trotzdem enormen Respekt vor dem Mann, der so mutig für die Menschen dort eingetreten war und dafür so schwer hatte bezahlen müssen. Er schwieg eine ganze Weile, während Louis und Elias alle Einzelheiten über den Ort wissen wollten und sich Notizen machten. Insbesondere die Nahrungsgewinnung im Gewächshaus interessierte sie sehr. Ebenso die Sicherheitsvorkehrungen, Trinkwassergewinnung und sämtliche Vorbereitungen für den Winter. Zu den meisten Dingen konnte Thomas allerdings nichts sagen, da er, wie er behauptete, noch nie dort gewesen war. „Wir hatten gewisse Differenzen und uns voneinander distanziert", war alles, was er antwortete, als man ihn fragte, wie es sein könne, dass er noch nie an diesem Ort gewesen sei, obwohl es das Anwesen seines Großvaters war.

„Nun gut. Es mag ja sein, dass es einen solchen Ort gibt. Aber was genau erwartest du jetzt von uns? Du willst doch etwas?" Elias hatte sich zurückgelehnt, nachdem er genug Informationen aus Thomas herausgequetscht hatte, und legte argwöhnisch den Kopf schief. Auch Louis verschränkte abwehrend die Arme vor der Brust. Und es wäre eine Lüge gewesen zu sagen, dass Viktor glaubte, Thomas hätte ihnen all das nur aus reiner Nächstenliebe erzählt. Viktor nahm an, dass sich der junge Mann, der kaum älter als sein Sohn sein konnte, nun unbehaglich fühlen würde, ertappt oder verunsichert. Aber nichts dergleichen geschah. Offenbar hatte er tatsächlich eine Bitte. Und ganz offenbar war er auch gut vorbereitet und nicht so leicht aus der Ruhe zu bringen. Er lehnte sich selbstsicher weiter zu den drei Männern vor und erzählte mit ruhiger Stimme von seiner Mutter, seinen zwei Schwestern und den vielen Arbeitern, die in der Festung schweres Leid zu ertragen hatten. Während er erzählte, sah Viktor den Schmerz in Thomas' Augen aufblitzen, doch hatte er sich schnell wieder im Griff und schloss mit fester Stimme: „Dies alles braucht euch nicht zu kümmern. Doch müsst ihr den Winter fürchten. Ihr seid sehr gut organisiert und habt etwas Unglaubliches auf die Beine gestellt, aber ihr werdet nicht alle Bewohner über den Winter bringen können. Dazu reichen eure Lebensmittel, Kleider und Decken nicht aus. Ihr braucht einen Handelspartner und Verbündeten. Und ich brauche meine Familie. Ich denke, wir sollten über eine Zusammenarbeit nachdenken. Und ich kann euch gleich sagen, dass mein Großvater nicht verhandeln wird. Es gilt, ihn zu stürzen." Danach stand er auf, nickte knapp zum Gruß und verließ ohne ein weiteres Wort den Raum.

Zurück blieben Elias, Louis und Viktor. Und drei unterschiedliche Arten von Gefühlen. Während auf Elias' Zügen absolute Fassungslosigkeit erschien, hatten sich Louis' Hände zornig zu Fäusten geballt. Viktor hingegen war restlos beeindruckt. Zunächst schwiegen sie. Jeder in seinen eigenen Gedanken versunken.

„Was bildet der sich ein?", platzte Louis schließlich als Erster heraus. „Kommt hierher mit seiner Freundin, lässt sich durchfüttern und stellt dann eine solch freche Forderung. Ich bin dafür, dass wir ihn sofort aus dem Dorf werfen." Während er sprach, schlug er mehrfach so zornig auf den Tisch, dass die Gläser darauf klirrten. Mit wütend blitzenden Blicken suchte er nach Bestätigung und fand sie bei Elias. „Auch wenn es mich nicht ganz so sehr in Rage bringt wie dich, Louis", er legte beschwichtigend seine Hand auf Louis' Oberarm, die aber sofort zornig weggewischt wurde, „so finde ich es auch ziemlich frech von ihm. Was erwartet er? Dass wir wegen drei fremder Frauen und ein paar armer Seelen alles aufs Spiel setzen? So, wie er von diesem Friedrich erzählt hat, wird er hier alles einkassieren, sobald er von unserem Dorf hört. Am besten ist, wir rüsten weiter auf und bereiten uns auf den Tag vor, an dem seine Leute uns hier entdecken."

Es breitete sich eine erwartungsvolle Stille aus. Vier Augen richteten sich auf Viktor. Sie wollten seine Bestätigung. Aber die konnte Viktor ihnen nicht geben.

Er atmete tief ein. Er musste seine Worte sorgfältig wählen, um die beiden nicht weiter in Rage zu bringen. Er stand auf und wandte sich dem Fenster zu. Sein Blick fixierte einen unbestimmten Punkt irgendwo im Kräutergarten, den Lara vor wenigen Tagen begonnen hatte anzulegen. Er ließ einige Augenblicke verstreichen. „Genau genommen", sagte er dann, „hat er nichts von uns gefordert. Er hat uns etwas angeboten."

Louis wollte auffahren, aber Viktor, der sich ihnen inzwischen wieder zugewendet hatte, hob beschwichtigend die Hände, und Louis hielt in seiner Bewegung inne.

„Er hat recht", fuhr Viktor fort. „Wie viele Ideen haben wir entwickelt und verworfen, wenn wir an den Winter und die Zukunft im Allgemeinen denken? Wir wissen nicht, wann die Hilfe der Regierung anrollt. Wir wissen nicht mal, ob es überhaupt noch eine Regierung gibt. Wir wissen also nicht, wie es mit uns weitergehen wird. Wir müssen uns neue Versorgungsquellen sichern. Die Festung kann eine

Möglichkeit sein. Wir sollten erst alle Vor- und Nachteile abwägen, bevor wir uns entscheiden."

Louis' Kinnlade war nach unten geklappt. Elias wiegte seinen Kopf hin und her. Viktor kannte diesen Ausdruck, weil sein Sohn das immer machte, wenn er intensiv nachdachte.

An diesem Abend kamen sie zu keiner Klärung mehr. Louis war irgendwann wütend aus dem Zimmer gestürmt. „Ich werde nicht das Leben meiner Männer für eine solch hirnverbrannte Idee opfern!", brüllte er noch. Elias, der sich langsam an Viktors Gedankengänge anlehnte, und Viktor selbst saßen hingegen noch sehr lange in der schummrig beleuchteten Stube und diskutierten geduldig über ihre Möglichkeiten. Doch wussten sie beide: Ohne Louis und seine Männer würden sie nichts unternehmen können.

28. Wut

Lara

KURZ nachdem sie Walter zurück auf die Krankenstation gebracht hatten, spürte auch Lara eine tiefe Erschöpfung. Ihre Schmerzen hatten erheblich nachgelassen, und die Arbeit in der kleinen Kräuterküche tat ihr gut, doch forderte sie auch einen hohen Zoll. Kaum, dass sie wieder auf ihrem Zimmer waren, rollte sie sich auf dem Bett zusammen und war kurz darauf eingeschlafen. Sie merkte nicht, wie sich Thomas aus dem Zimmer stahl. Auch nicht, dass er wieder zurückkam und sich zu ihr legte, seine Arme um sie schlang und ihr sanft einen Kuss auf die Wange gab.

Sie erwachte am nächsten Morgen, als der helle Klang einer Glocke an ihr Ohr drang. Die große Glocke wurde verwendet, um die Dorfbewohner zeitig zu wecken, damit sie ihrem Tagewerk nachgehen konnten. Sie befreite sich von Katze, der sich mal wieder heimlich ins Bett geschlichen und sich auf ihren Beinen ausgebreitet hatte, und reckte sich ausgiebig. Als ihre Hand nach Thomas tastete, fühlte sie nur ein leeres Laken, das noch warm von seinem Körper war. Sie rollte sich herum und vergrub ihre Nase tief in seinem Kissen, um verliebt seinen Duft in sich aufzusaugen.

Sie war es inzwischen gewohnt, dass er vor ihr aufstand, das Zimmer verließ und irgendwo einen Tee und manchmal sogar Kaffee auftrieb, mit dem er ihren Start in den Tag versüßte. Und so grub sie sich tiefer in die weichen Kissen und wartete auf ihren romantischen Morgengruß. Und sie wurde nicht enttäuscht, denn kurz darauf erschien Thomas mit einem dampfenden Becher wohlriechenden Pfefferminztees. Eine Kostbarkeit. Aber der noch schönere Teil der kleinen Überraschung war ein strahlendes Lächeln und der sanfte Kuss, den er auf ihrer Nase platzierte. Er hatte ganz offenbar gute Laune. Und das war ungewöhnlich, denn er war ein hartnäckiger Morgenmuffel. „Was ist denn mit dir geschehen?", erkundigte sie sich irritiert. Und er zog ihr eine lange Nase und erzählte von dem vergangenen Abend.

Lara konnte nicht glauben, was sie da hörte. Ihr war zwar klar, dass sie irgendwas unternehmen mussten, um Thomas' Familie zu helfen, doch hatte sie sich in dem Dorf so gut eingelebt. Es fiel ihr schwer, sich mit dem Gedanken der bevorstehenden Ereignisse abzufinden. „Und was hast du jetzt genau vor?" Sie wirkte angesäuert, und Thomas blickte überrascht auf. Offenbar hatte er nicht damit gerechnet, dass Lara ein Problem mit seinen Plänen haben könnte.

„Ich hole sie da raus. Wir müssen die Festung von Friedrich befreien. Unser aller Chance liegt innerhalb dieser Mauern. Meine Familie und viele, viele, viele Menschen leiden dort. Er hat meinen Vater fast getötet. Ich *muss* ihn seiner Position entbinden."

„Und was heißt das jetzt?", fuhr Lara auf. „Dass du dir ein Gewehr umschnallst, da reinmarschierst und den Superhelden spielst?" Sie war jetzt wirklich wütend auf ihn.

Eine Wut, die aus großer Sorge entstand und aus der Angst, etwas sehr Wichtiges zu verlieren, nämlich ihn.

Thomas sprang auf. „Was soll ich denn machen? Sie da verrecken lassen?"

„Aber es ist doch nicht deine Aufgabe!" Lara schrie jetzt, und auch Thomas hob seine Stimme:

„Doch! Es ist meine Mutter. Meine Schwestern! Glaubst du, ich könnte jetzt einfach meine Hände in den Schoß legen?"

„Nein, aber ich, du, ich meine, also ich …" Lara fehlten die Worte. Sie wollte ihm sagen, dass sie Angst um ihn hatte, nicht wollte, dass er ging und ihm etwas zustieß. Panisch dachte sie an Walter und seine schweren Verletzungen. Was, wenn Thomas etwas noch Schlimmeres zustieß? Doch statt ihrer Angst Ausdruck zu verleihen und ihm zu sagen, was sie fühlte, stand sie ebenfalls auf und brüllte ihn plötzlich an: „Du hast mich aus allem rausgerissen, was ich kenne und liebte, und hierhergebracht. An einen völlig fremden Ort. Du hast mir versprochen, auf mich aufzupassen. Für mich zu sorgen. Und jetzt lässt du mich im Stich?" Sie erschrak über ihre eigenen Worte und wusste genau, dass sie jetzt besser den Mund halten sollte. Sie sah, wie sehr sie ihn verletzt hatte, und es zerriss ihr selbst das Herz, als sie leise weitersprach: „Du bist nicht besser als alle anderen. Du bist schwach. Du bist erbärmlich!"

Die Stille, die nun zwischen ihnen einkehrte, war entsetzlich. Starr und zutiefst erschrocken standen sie einander gegenüber. In Thomas' Gesicht konnte sie sehen, wie sehr sie ihn getroffen hatte, und nach einer Ewigkeit sagte er in leisem, fast unbeteiligtem Tonfall: „Du hast keine Ahnung, was es heißt, eine Familie zu haben. Also sei still."

Lara wollte etwas erwidern, doch er schnitt ihr mit einer herrischen, beinahe aggressiven Geste das Wort ab. „Nein!", brüllte er plötzlich. „Halt einfach deinen Mund. Es reicht mir!"

Noch einen Moment lang starrten sie einander an. Lara konnte hören, wie die Hausgemeinschaft zum Leben erwachte, und auch durch das offen stehende Fenster drangen die Geräusche des erwachenden Dorfes an ihre Ohren. Und plötzlich ertrug sie seine Nähe nicht mehr. Die Nähe, ohne die sie vor wenigen Minuten noch geglaubt hatte, nicht mehr leben zu können. Langsam, mit ausdruckslosem Gesicht und leicht steif wirkenden Bewegungen griff sie nach ihren Kleidern und verließ das Zimmer. Sie ging die Treppe hinunter und lief weiter, immer weiter, bis sie das Haus nicht mehr sehen konnte, in dem sie untergebracht waren.

Sie war viel zu aufgewühlt, um einen klaren Gedanken fassen zu können. Heiße Tränen liefen ihre Wangen hinab, als sie sich am Waschhaus einfand und eine der wertvollen Duschmarken abgab, nur um ein paar Minuten allein unter dem heißen Strahl stehen zu können und sich zu sammeln. Doch als sie sich abgetrocknet und in saubere Kleider geworfen hatte, waren ihre Verwirrung und die Angst nicht gewichen. Was hatte sie nur getan? Thomas hatte alles für sie riskiert, sie mit seinem Leben beschützt und mehrfach das ihre gerettet. Wie hatte sie ihm diese Worte nur alle an den Kopf werfen können? Und wieso konnte sie jetzt nicht umkehren, um sich bei ihm zu entschuldigen?

Nach den Strapazen, die sie durchgestanden hatten, waren sie zwar nicht in der Festung, aber an einem anderen sicheren Ort angekommen. Und diese Sicherheit wollte sie nicht mehr verlieren. Sie bekamen dreimal täglich etwas zu essen und täglich eine Kleinigkeit extra, wie zum Beispiel einen Apfel oder eine Karotte. Trinken konnten sie, so viel sie wollten, und ihre Arbeit in der Kräuterküche hatte etwas so *Normales* an sich, etwas, das ihr Sicherheit gab in dieser unsicheren Zeit. Das erste Mal seit ihrem Aufbruch hatte sie das Gefühl, richtig durchatmen zu können und sie selbst sein zu dürfen. Kein Mädchen, das wagemutig durch das Land streifte, potenziellen Dieben und Mördern entkam und ein Bett aus Laub und Dreck als akzeptabel erachtete. So sehr es ihr leidtat um Thomas' Familie, so wenig war sie bereit, das alles aufzugeben. Vielleicht war sie egoistisch. Aber vielleicht war sie auch einfach nicht zur Heldin geboren. Und vielleicht waren ihre Gefühle ja auch schlichtweg menschlich. Es mochte daran liegen, dass sie sich seit dem Tod ihrer Eltern und ihrer Großmutter stets selbst die Nächste sein musste. Sie konnte einfach nicht mit der Sorge um Thomas umgehen. Er war der einzige Mensch, der ihr geblieben war, die Angst davor, auch noch ihn zu verlieren, war unerträglich.

Außerdem konnte sie tatsächlich nicht nachvollziehen, was es hieß, eine Familie zu haben. Menschen, die einem so wichtig waren, dass man, ohne zu zögern, sein Leben für sie gab. Dazu war sie viel zu lange auf sich allein gestellt gewesen. Und trotzdem hatte er nicht das Recht, ihr das ins Gesicht zu schleudern. Sie wusste, dass sein Zorn aus dem ihren geboren war. Sie wusste auch, dass er es nicht so böse gemeint hatte, wie es klang. Doch änderte das alles in diesem Moment nichts daran, dass sie verletzt war. Und wütend. Und auch nichts daran, dass sie allein sein wollte.

29. Vaterliebe

Walter

WALTER war inzwischen so weit zu Kräften gekommen, dass er zu Viktor ging, um seine Hilfe anzubieten. Als ehemaliger Pilot konnte er keine Fähigkeiten vorweisen, die in der heutigen Zeit noch von Bedeutung waren, aber er war sicher, dass man irgendwo in diesem Dorf seine ungeschickten Hände würde brauchen können, auch wenn er nach wie vor auf seine Gehhilfe angewiesen war und nicht lange stehen konnte. Er schätzte Viktor sehr und verdankte ihm und seinen Leuten das Leben. Eine Schuld, die er nie würde begleichen können. Und so nagte es sehr an Walters Ehrgefühl, dass er bisher keinen Beitrag für das Dorfleben erbracht hatte.

„Bist du sicher, dass du schon fit genug bist?" Viktors Sorge war ernst gemeint, und auch Louis, der eher abgebrüht und kühl auf Walter wirkte, schlug ihm vor, sich lieber noch ein paar Tage auszuruhen. Irgendwas an der Art, wie der Chef der Schutzwächter ihn anblickte, irritierte Walter. Es hatte sich etwas verändert. Auch wenn sein Angebot, sich noch auszuruhen, freundlich war, so schwang doch eine gewisse Missbilligung und Ablehnung in seiner Stimme mit, die Walter nicht einordnen konnte.

Als wolle er beweisen, dass er kräftig genug war, um mit anzupacken, straffte er sich und nickte entschieden. Anerkennend klopfte ihm Viktor auf die Schultern und gratulierte ihm zu seinem neuen Job als Küchenjunge. „Die Crew dort braucht noch ein paar helfende Hände." Noch vor einigen Monaten hätte Walter eine solche Arbeit vehement abgelehnt, aber heute galten alle akademischen Titel und Fähigkeiten nichts mehr, und so war er froh, helfen zu können. „Fang morgen früh an. Meine Frau Hilde wird dir alles zeigen und deine Arbeitszeiten einteilen."

Auf dem Weg zurück zu seiner Unterkunft kam er an dem kleinen Kräutergarten vorbei. Er blieb kurz stehen und bewunderte das ordentlich angelegte Beet, das Lara trotz ihrer noch immer vorhandenen Schmerzen fast im Alleingang angelegt hatte. In einer Ecke standen Pflanzen, die sie aus dem Wald hierher umgesiedelt hatte, und im Moment sah es danach aus, als würden sie an ihrem neuen Standort weiterwachsen. Er selbst hatte schon ihre Beinwellsalbe getestet und war überrascht von der enormen Wirksamkeit der pflanzlichen Arznei. Und so lernte er hier die Naturheilkunde, die er früher immer belächelt hatte, zu schätzen. Ganz in seine eigenen Gedanken versunken, lehnte er sich gegen den Holzzaun, der die zarten Pflänzchen, die schon bald überall aus der Erde brechen würden, vor Kaninchen und anderen Kleintieren schützen sollte. Er genoss die Sonnenstrahlen und gönnte sich trotz des Leids, das auf seiner Seele lastete, einen Augenblick innerer Einkehr und Ruhe.

Er wendete sein Gesicht gerade der Sonne zu, als er hinter sich Thomas' Stimme hörte. Gereizt und offenbar wütend rief er nach Lara. Walter drehte sich zu der kleinen Garage um, in der die Apotheke und die Rezepturen untergebracht waren, und sah gerade noch, wie sein Sohn kraftvoll die kleine Seitentür hinter sich ins Schloss warf. Laut schepperte das Blech der Tür, und über ihr bröckelte ein wenig Putz ab. Thomas' Miene war vor Wut verzerrt, die steile Falte auf seiner Stirn teilte sein Gesicht markant und ließ ihn geradezu bedrohlich wirken. Er war hochrot, und durch das dünne T-Shirt hindurch sah Walter die angespannten Muskeln. So zornig hatte er seinen Sohn selten nur gesehen. Wieder brüllte Thomas den Namen seiner Freundin, als er in den Kräutergarten abbog, und einige der anderen Bewohner drehten sich erschrocken zu ihm um.

Langsam ging Walter auf seinen Sohn zu und hob beschwichtigend die Hände. „Was ist los?"

„Hast du Lara gesehen?" Ohne auf Walters Frage einzugehen, hastete Thomas mit großen Schritten an seinem Vater vorbei, der Mühe hatte, mit ihm Schritt zu halten.

„Nein, habe ich nicht. Was ist passiert?"

„Ich fasse es nicht! Wenn sie abgehauen ist, nur um mir eins auszuwischen, dann kann sie sich auf was gefasst machen! Ich schleif sie doch nicht durch das ganze verdammte Land, um sie am Ende hier zu verlieren! Lara!" Jetzt riss er die Tür zur Küche auf und brüllte wie von Sinnen den Namen des Mädchens in den großen Raum. Es schepperte laut, als eins der Küchenmädchen vor Schreck den Topf fallen ließ, den sie gerade spülte.

Das war der Moment, in dem es Walter reichte. Er riss seinen Sohn an den Schultern zu sich herum und schüttelte ihn kräftig. Als er sicher war, Thomas' Aufmerksamkeit zu haben, fragte er erneut: „Was ist passiert?" Er sprach leise, deutlich und betonte jede einzelne Silbe. Thomas zitterte leicht, die Muskeln an seinen Schultern waren knochenhart und er fühlte sich heiß an. Trotzdem hatte Walter das Gefühl, dass er sich nicht gleich wieder umdrehen würde, um erneut nach dem Mädchen zu brüllen, und ließ ihn los. Erschöpft fuhr sich der Junge durch die schweißnassen Haare. „Wir haben uns gestritten, und jetzt kann ich sie nirgendwo finden", sagte er tonlos. „Es ist schon vier Stunden her, und ich mache mir Sorgen."

„Okay, das hört sich schon besser an. Wenn ich sie wäre, würde ich auch nicht zu einem Mann kommen, der wie von Sinnen meinen Namen brüllt, Türen knallt und Mädchen in der Küche erschreckt." Walter wollte mit seinem ironischen Tonfall die Stimmung ein wenig lockern, allerdings ohne Erfolg.

„Der Streit war echt schlimm, was ist, wenn sie abgehauen ist?" Thomas seufzte und setzte sich wieder in Bewegung. Wenn auch langsamer. Er öffnete erneut die Küchentür und raunte ein „Tut mir leid" in den Raum, bevor er sich wieder auf die Suche nach seiner Freundin machte.

„Also, ich kann mir beim besten Willen nicht vorstellen, dass sie fortgehen würde. Aber wenn es dich beruhigt: Die Basis kann sie nicht ungesehen verlassen haben. Lass uns doch erst mal am Tor nachfragen." Walters Stimme und seine Hilfsbereitschaft schienen Thomas ein wenig zu beruhigen. Die Schutzwächter am Tor hatten Lara allerdings nicht gesehen. Sie versprachen, sich zu melden, sollte sie auftauchen, und versicherten, dass sie sie nicht aus der Basis herauslassen würden.

„Siehst du. Sie ist noch hier und somit in Sicherheit. Wahrscheinlich hat sie sich irgendwo versteckt, um selbst erst mal einen klaren Kopf zu bekommen. Und um einen klaren Kopf solltest du dich auch bemühen." Walter schlug seinem Sohn väterlich auf die Schulter und erntete dafür ein genervtes Brummen. Ohne sich von seiner schlechten Stimmungslage beeindrucken zu lassen, führte er ihn in die große Scheune. Dort steuerten sie einen entlegenen Tisch an und ließen sich auf die Stühle sinken.

Walter ließ einige Minuten verstreichen, damit Thomas sich sammeln konnte. „So", sagte er dann, „und jetzt erzähl mir, was passiert ist." Und zu seiner Überraschung begann sein sonst so verschwiegener Sohn tatsächlich, über das zu sprechen, was zwischen ihm und Lara vorgefallen war.

30. Argumente

Viktor

„ICH weiß verdammt noch mal selbst ganz genau, dass wir den Winter mit unseren Mitteln nicht packen können. Aber *das* kann nicht unsere Lösung sein!" Genervt fuhr sich Louis mit beiden Händen über das Gesicht. Viktor bearbeitete ihn seit einer halben Stunde und bekniete ihn fast, sich noch einmal mit Thomas zu unterhalten. Es war nicht seine Art zu betteln, aber in diesem Fall hatte er kaum eine andere Wahl. „Louis, ich glaube, wir können ihm vertrauen. Wir können ja wenigstens einen Trupp in die Richtung schicken und uns das Ganze mal von Weitem ansehen."

„Und dann? Klopfen wir freundlich an die Tür und sagen: Hey, alter Mann, wir haben zwar nicht deine ganze Technik, aber schau hier: Ein Tannenzapfen. Den können wir dir schenken. Gib uns dafür nur die drei Mädels, hör auf, so gemein zu sein, und versorge uns mit dem, was uns fehlt? Viktor! Selbst wenn es stimmen sollte, was der Kerl und sein Vater uns erzählen: Wir haben nichts, mit dem wir Handel betreiben könnten. Gar nichts!" Er betonte die letzten zwei Worte übertrieben und spie seitlich aus. Dann griff er nach einem Stein und schleuderte ihn in hohem Bogen über den Schutzwall.

Viktor schwieg. Er spürte, wie sein Vertrauter ihn nachdenklich musterte und plötzlich zwei Schritte vor ihm zurückwich. „Oh Gott! Du willst gar nicht handeln. Du willst erobern!"

Viktor drehte sich ruckartig zu Louis um und sah ihm fest in die Augen. „Erobern? Nein. Überleben? Ja. Und so, wie Thomas und Walter das alles schildern, können wir in der Festung überleben. Ich will nicht das Kommando dort. Ich will nicht, dass den Menschen dort etwas geschieht, aber ich denke, wir sollten helfen, diesen Friedrich, oder wie der alte Mann auch immer heißt, zu stürzen. Nur dann haben wir eine echte Chance." Mit dem letzten Satz wandte er seinen Blick wieder ab und ließ ihn über den Schutzwall hin zum Wald gleiten. Seine Hände ruhten auf der Schrotflinte, die er immer bei sich trug, wenn er die Männer bei der Schutzwache unterstützte. Das kühle Metall wirkte nach wie vor fremd in seinen Händen, und er war jedes Mal froh, wenn er das Ding nach der Schicht zurück in den Waffenschrank legen konnte. Er wusste, dass ihnen diese Waffen das Leben retten konnten, fürchtete sich aber im Stillen vor dem Tag, an dem er sie würde benutzen müssen.

Schweigend standen die Männer nebeneinander, während sich langsam die Nacht über die Basis legte. Aus der Scheune drang leise der Klang einer Gitarre, und irgendwer sang eine Melodie dazu. Alles hier wirkte friedlich und ließ vergessen, was außerhalb vor sich ging. Lediglich die bewaffneten Schutzwächter und der Schutzwall selbst erinnerten an die Gefahr, in der sie alle täglich schwebten.

„Ich vertraue dir und deinen Entscheidungen", sagte Viktor schließlich leise. „Aber ich bitte dich: Überleg es dir noch einmal." Er wandte sich schon zum Gehen, als er hinter sich Louis sagen hörte: „Ich weiß nicht warum, aber ich traue dem Kerl einfach nicht. Der hat was zu verbergen. Du hast ihn im Kampftraining nicht gesehen: Der Typ ist ein Killer. Der ist absolut irre! So was lernt man nicht im Karate-Kurs der dritten Klasse. Der Junge wurde knallhart ausgebildet. Warum? Warum kann ein Kerl, der angeblich BWL studiert, so kämpfen? Warum weiß er, wie man Waffen führt? Der Typ verheimlicht etwas."

Viktor hatte sich nicht wieder zu Louis umgedreht. „Ich habe dich auch nie gefragt, woher du und deine Leute können, was ihr könnt. Trotzdem vertraue ich euch blind." Er warf noch einen kurzen Blick über die Schulter in die Augen seines Freundes und beendete danach frühzeitig seinen Dienst.

Viktor hatte für Hilde und sich das ehemalige Wohnzimmer seiner Eltern als Unterkunft ausgewählt. Es war ein schöner Raum mit einem kleinen Wintergarten, der damals noch einen malerischen Ausblick auf den Wald geboten hatte. Wenn man jetzt aus den großen Fenstern nach draußen sah, erblickte man den Schutzwall aus Metall, Holz und Geröll. Auch die Stube war nicht mehr so einladend wie früher. Das große Sofa hatten sie in die Scheune getragen, um das Ehebett hier aufstellen zu können. Da der ausladende Esstisch ebenfalls in der Scheune benötigt wurde, hatte man ihn gegen die weißen Plastikmöbel ausgetauscht, die ehemals im Garten unter der Laube standen. Hilde hatte sich alle Mühe gegeben, ihre Unterkunft hübsch zu gestalten, was mit den einfachen Mitteln, die ihnen zur Verfügung standen, nicht einfach war. Doch trotz der spärlichen Einrichtung strahlte der Raum eine Geborgenheit und Behaglichkeit aus, die sofort von

Viktor Besitz ergriff, als er schweren Schrittes das Zimmer betrat. In der Ecke hatte Hilde es sich im Sessel gemütlich gemacht. Ihr Kopf ruhte auf ihrer Brust und sie atmete ruhig. In ihrem Schoß lag noch das Buch, über dem sie eingeschlafen war.

Viktor stand für einige Augenblicke einfach nur im Türrahmen und beobachtete seine Frau. Staunend stellte er wieder einmal fest, dass er sie heute noch genauso bewunderte wie an dem Tag, an dem sie sich kennengelernt hatten. Ihre Schönheit hatte trotz der letzten Jahre und den Entbehrungen all dieser Monate ihren Glanz nicht verloren. Um ihre Augen herum hatten sich kleine Fältchen gebildet, und in ihre blonden Haare hatten sich einzelne graue Strähnen verirrt. Vor dem Zusammenbruch hatte sie sie stets färben lassen. Mit Cremes und Make-up hatte sie ihr fortschreitendes Alter geschickt zu kaschieren gewusst, aber diesen Luxus konnten sie sich hier nicht mehr erlauben. Sie beklagte sich nie, doch wusste Viktor auch, dass sie, ohne zu zögern, einen ganzen Tag auf ihr Essen verzichtet hätte, nur um eine neue Haarfarbe zu bekommen. Ihre Eitelkeit hatte nie etwas Arrogantes an sich, vielmehr machte sie sich über sich selbst lustig, weil sie versuchte, dem Altern zu entkommen. Seine stets gut gelaunte Frau, die zu jeder Zeit aufgedreht und sprunghaft war, strahlte in genau diesem Moment eine Natürlichkeit aus, die Viktor den Atem verschlug.

Er löste sich aus seiner Position und schlich zu ihr hinüber. Liebevoll schob er seine Arme unter sie und hob sie hoch, um sie ins Bett zu tragen. Hilde schlug schläfrig die Augen auf und bettete ihren Kopf an seine Schulter. Während er sie sanft in die Kissen gleiten ließ, hauchte er ihr einen Kuss auf die Stirn. Sie war sofort wieder eingeschlafen. Und während Viktor sie noch eine Weile in tiefster Liebe und Verbundenheit im Schlaf beobachtete, wurde ihm einmal mehr bewusst, wie wichtig es war, Louis zu überzeugen. Das Leben seiner Frau, seines Sohnes und aller Menschen in der Basis hing allein von ihm ab.

31. Wut und Liebe

Lara

LARA hatte sich mehrere Stunden darauf konzentriert, Thomas nicht über den Weg zu laufen. Zunächst war das einfach gewesen, weil er laut brüllend nach ihr gesucht und damit seinen Standort verraten hatte. Aber irgendwann hatte sie ihn nicht mehr hören können und sich in einem kleinen Baumhaus versteckt, das sich auf dem Grundstück der sogenannten Kommandozentrale befand. Von hier aus konnte sie durch die Schlitze der Holzverkleidung das rege Treiben in der Basis beobachten und bekam ein schlechtes Gewissen, weil sie ihrem Tagwerk nicht nachging. In ihrem Kopf aber herrschte ein zu großes Chaos, um jetzt die feinen Dosierungen der Arzneien vorzunehmen.

Durch ihren Kopf tobten die Gedanken, ohne dass sie einen davon hätte greifen können. Heiße Tränen liefen ihr immer wieder über die Wangen, während in ihr eine Angst brodelte, wie sie sie nie zuvor im Leben gespürt hatte. Wie ein eiserner Ring lag sie auf ihrer Brust und hinderte sie am Atmen. Gramgebeugt und erschöpft hockte sie stundenlang in dem kleinen Baumhaus, bis es keine Tränen mehr gab, die sie hätte weinen können. Und plötzlich fühlte sie sich so schrecklich leer und verloren, dass sie sich nur noch in die

Arme des Mannes wünschte, dem sie in den letzten Stunden so unbedingt hatte aus dem Weg gehen wollen.

Müde kletterte sie endlich aus dem Baumhaus, um in ihrem Zimmer auf Thomas zu warten, und dort angekommen, ließ sie sich auf den Sessel unter dem Fenster fallen. Während sie noch überlegte, ob er heute Nachtschicht bei der Schutzwache hatte, öffnete sich schon die Tür zu ihrer Stube. Und noch bevor Thomas etwas sagen konnte, war sie aufgesprungen und mit zwei großen Schritten bei ihm. Sie ignorierte, dass sie noch immer verletzt war, hörte nicht auf den leisen Zorn, der noch in ihren Eingeweiden wühlte. Einen Moment noch zögerte sie, warf sich dann aber an seine starke Brust. Zunächst reagierte er abwehrend und steif, seine Arme blieben neben seinem Körper hängen und er reckte seinen Kopf weit hoch, als wolle er sie unter keinen Umständen berühren. Doch nach einer Weile spürte sie, wie er ihr sanft über das Haar zu streichen begann. „Schau mich an", flüsterte er, doch Lara wollte ihren Kopf nicht heben. „Schau mich an!", wiederholte er und legte Nachdruck in jedes Wort. Noch immer wollte sie nicht aufsehen, zu sehr schämte sie sich für ihr Verhalten. Und zu wütend war sie nach wie vor über seine Worte.

Als sie nur stumm den Kopf schüttelte, griff er ihr plötzlich in den Nacken und bog ihren Kopf mit etwas mehr als nur sanfter Gewalt nach oben. Sie schaute in streng blickende Augen, in denen sie eindeutig Enttäuschung las. „Warum kannst du nicht ein einziges Mal das tun, worum ich dich bitte? Ich bin heute fast wahnsinnig geworden vor Sorge um dich. Ich habe die ganze Basis nach dir zusammengebrüllt." Seine Stimme klang kühl und wenig versöhnlich. In Lara bauten sich die Schutzwälle wieder auf. Ja, es tat ihr leid, was sie gesagt hatte, doch auch er war nicht ohne Fehler gewesen. Sie spürte seinen festen Griff im Nacken, registrierte das Besitzergreifende dieser Geste und horchte in sich hinein. Fürchtete sie sich? Nein. In Gedanken zählte sie bis drei und schluckte dann ihren Zorn hinunter. Wenn Thomas nicht in der Lage war, sich zu versöhnen, so würde sie diese Stärke für sie beide haben müssen, sie wollte nicht mehr mit ihm streiten.

„Es tut mir leid", flüsterte sie, und eine Träne lief ihr dabei über das Gesicht. Sie spürte, wie sie auf ihrem Dekolleté landete und langsam weiter ihren Körper hinabrann.

„Das sollte es auch." Im nächsten Moment küsste er sie hart und lange auf den Mund. Auch dieser Kuss war besitzergreifend, und Thomas war noch immer wütend. Ohne sich von ihren Lippen zu lösen, drehte er sie herum und presste sie mit seinem Körper an die Wand. Als sie ihre Hände auf seine Schultern legen wollte, griff er nach ihnen und drückte sie gegen ihren Körper. „Tu das nie wieder. Hast du mich verstanden?"

Ein Teil von ihr hätte ihn in diesem Moment gern angeschrien. Auch sie war noch wütend! Auch er sollte so etwas verdammt noch mal nie wieder tun! Aber sie biss sich auf die Lippen.

Endlich ließ Thomas sie los. Er trat einen kleinen Schritt zurück und blickte ihr aus dunklen Augen entgegen. Von einer Sekunde auf die andere hatte sich die Stimmung verändert. Lara spürte nach wie vor das wütende Brodeln in sich und in ihm, doch war gleichzeitig die Luft wie elektrisiert. Während sich die stumme Begierde zwischen ihnen ins Unendliche zu steigern schien, sah Lara aus ihren Augenwinkeln plötzlich eine Reflexion durch das Fenster. Irritiert blickte sie zur Seite. Schlagartig löste sich die aufregende Spannung auf und Laras Körper sehnte sich sofort nach ihr zurück. Doch diese Reflexion war wichtig, das spürte sie, und sie musste nachsehen.

Sie trat an das Fenster heran und blickte angestrengt nach draußen. Thomas, der noch immer ein wenig benommen wirkte von den harten Stimmungswechseln der letzten Minuten, kam zu ihr. Auch er sah aus dem Fenster, wusste aber nicht, wonach sie suchten. „Was ist los?", fragte er.

Ohne den Blick abzuwenden, flüsterte Lara: „Ich weiß nicht, mir war, als hätte ich was gesehen." Und in diesem Moment erkannte sie weiter oben im Wald zwei Gestalten, die auf einem ausladenden Ast saßen. Sie schienen sich irgendwas vor das Gesicht zu halten, und es dauerte eine Weile, bis Lara begriff, dass es sich um Ferngläser handelte. Deshalb also diese Reflexion! Ihr Herz raste plötzlich, und sie streckte ihre Hand aus, um Thomas zu zeigen, was sie entdeckt hatte.

„Scheiße!", stieß er aus und war in der nächsten Sekunde schon durch die Tür.

32. Zwischen Angst und Hoffnung

Viktor

„SCHEIßE! Wo?" Gleichzeitig bellten Viktor, Elias und Louis Thomas die Frage entgegen, doch er hatte sich schon umgedreht und auf den Weg zum östlich gelegenen Schutzwall gemacht. Sie beeilten sich, um mit dem jungen Mann mitzuhalten, der in seltsamen Zickzacklinien zu einer alten Gartenlaube nahe des Schutzwalls rannte. Es dauerte eine Weile, bis Viktor begriff, dass sich Thomas durch den Zickzacklauf in den Bereichen aufhielt, die für die Späher nicht einsichtig waren. Während Louis ganz automatisch den Strecken des jungen Mannes folgen konnte, fiel es Viktor schwer, sich die Wege zu merken.

Hinter der Gartenlaube gingen die drei Männer in Deckung und spähten vorsichtig um die Ecke, um sich von der Existenz ihrer Beobachter zu überzeugen. Viktors Herz schlug hart in seiner Brust, und er musste sich einige Augenblicke auf seine Atmung konzentrieren, bevor auch er hinter der Laube hervorschaute. Auf einem Ast, gut getarnt hinter dichtem Blattwerk, sah er sie. Es waren zwei Männer, die die Basis mit ihren Feldstechern ausspähten. Ein ungutes Gefühl breitete sich in Viktor aus, und er glaubte sich selbst nicht so recht, als er sagte: „Vielleicht sind es einfache Wanderer, die erst schauen möchten, was für Menschen hier leben, bevor sie an das Tor treten. Vielleicht haben sie Angst, erschossen zu werden, wenn sie sich offen zu erkennen geben?"

„Das glaube ich nicht", antwortete Thomas und deutete auf zwei weitere Bereiche im Wald. Als Viktor seinen Gesten folgte, sah er gerade noch, wie sich südlich zwei Männer aus den Baumkronen fallen ließen und davonrannten. Offenbar hatten sie bemerkt, dass sie entdeckt worden waren. Als er sich zurückdrehte, waren die beiden Männer, die sie zuerst entdeckt hatten, ebenfalls verschwunden.

Ohne eine weitere Sekunde verstreichen zu lassen, sprang Louis auf und begann, Befehle über den Platz zu brüllen, während er in Richtung Haupttor lief. Thomas folgte ihm ohne Aufforderung mit einem Meter Abstand. Viktor und Elias blieben allein zurück.

„Glaubt Louis, dass die jetzt sofort angreifen?" In Elias' Gesicht war Panik zu lesen, was Viktor schlagartig daran erinnerte, dass sein Sohn eben nicht dieser starke Mann war, den er in den letzten Wochen vorgegeben hatte zu sein, sondern vielmehr ein Junge, der vor wenigen Monaten noch im zweiten Semester Informatik gesteckt hatte und mehr vom Feiern als vom Arbeiten verstand. Seine herausragenden Ideen bezüglich der Basis und sein Talent, alle Dinge bis zur Perfektion hin selbstständig umzusetzen und zu organisieren, hatten Viktor oft vergessen lassen, wie jung und unerfahren er in Wirklichkeit noch war. Und auch Viktor selbst spürte die Angst tief in seinen Eingeweiden. Wie intensiv musste sich die Situation erst für seinen Sohn anfühlen? Gerne hätte er ihm gesagt, dass schon nichts passieren und alles gut werden würde. Aber er konnte Elias nicht versprechen, was er Lukas gegenüber schon nicht hatte halten können.

Er schluckte schwer, als er feststellte, dass Elias ihn in diesem Moment genauso ansah wie einst Lukas, kurz bevor er erschossen wurde. Viktors Brust schnürte sich zusammen. Es gab nichts, was er sagen konnte, um Elias zu beruhigen.

„Wir müssen eine Versammlung einberufen", murmelte er und legte seinen Arm um die Schultern seines Sohnes. „Die Bewohner werden nach Louis' Gebrüll in Panik sein. Für sie da sein, das ist jetzt unsere Aufgabe."

33. Angst bewahrt unser Leben

Walter

DAS helle, schrille Läuten einer kleinen Handglocke riss Walter aus einem unruhigen Traum. Er zitterte am ganzen Leib, und er fühlte, wie das Laken an seinem verschwitzten Rücken klebte. Im ersten Moment fiel es ihm schwer, sich zu orientieren, sein Gehirn brachte Ort und Zeit noch nicht zusammen. Wieder erklang das helle Läuten, und er hörte, wie jemand „Versammlung! Alle Bewohner haben sich umgehend in der Scheune einzufinden!" brüllte. Ein kurzer Blick aus dem Fenster genügte, um die Panik zu erkennen, die unter den Menschen um sich griff. Es musste etwas Schlimmes passiert sein.

Mit beiden Händen schöpfte er sich frisches Wasser aus der kleinen Waschschale ins Gesicht, kleidete sich an und war kurz darauf auf dem Weg in die Scheune. Unterwegs sah er Schutzwächter aufgeregt den Wall entlangrennen, und von irgendwoher drang Louis' Stimme an sein Ohr, der unablässig Befehle brüllte. Sein auffälliger Akzent verlieh seinem Bass eine ehrfurchteinflößende Autorität.

Unterwegs traf Walter immer mehr Bewohner, die sich mit sorgenvollen Gesichtern auf den Weg gemacht hatten. Einige von ihnen trugen ihre Schlafgewänder, über die sie nur hastig die Mäntel geworfen hatten. Barfüßige und schläfrig wirkende Kinder blinzelten unter den Decken hervor, in denen sie zur Scheune getragen wurden. Dort angekommen, sah Walter sich kurz um und steuerte dann eine Bank ganz in der Nähe der Tür an, auf der er Lara entdeckte. Auch sie blickte sorgenvoll drein, wirke aber auf sonderbare Weise nicht ganz so verloren wie die anderen Bewohner. Walter war sofort klar, dass sie etwas wusste.

Als sie ihn erblickte, hellte sich ihr Gesicht auf. Ganz offenbar hatte auch sie bisher kaum Kontakt zu anderen Bewohnern aufgenommen und war froh, ein vertrautes Gesicht zu sehen.

Nachdem er neben ihr Platz genommen und seinen Blick über die Menschenmenge hatte streifen lassen, sah er sie an und zog nur fragend seine linke Augenbraue hoch.

„Ich habe zwei Personen im Wald gesehen", antwortete Lara flüsternd auf die lautlos gestellte Frage. „Sie hockten auf einem Baum und beobachteten uns mit ihren Ferngläsern. Dann ist irgendwie das Chaos ausgebrochen."

Irritiert schüttelte Walter den Kopf. Na und? Was sollten zwei einsame Seelen auf einem Baum schon ausrichten? Warum wurde hier so ein Alarm geschlagen?

Als hätte Lara seine Gedanken gelesen, fügte sie flüsternd noch hinzu: „Ich schätze, dass die Schutzwächter davon ausgehen, dass es sich um Spione oder so handelt. Auf jeden Fall weiß ich, dass Louis über die Hälfte aller Wächter aufgestellt hat. Sonst steht nur ein Viertel …" Sie unterbrach sich, als Viktor auf die improvisierte Bühne trat. So wie ihr eigenes Gespräch fanden auch die Gespräche der Menschen um sie herum nun ein schnelles Ende, und es legte sich eine unheilvolle Stille über die Bewohner. Walter staunte einmal mehr über die Autorität, die Viktor hier innehatte. Obwohl er nie eine Waffe bedient, seine Stimme erhoben oder Gewalt angewendet hatte, folgten ihm die Menschen. Und zwar nicht, weil sie es mussten, sondern weil sie es wollten. Dieses diplomatische Geschick war Walter schon häufiger an Viktor aufgefallen. Jetzt reichte seine bloße Präsenz aus, um Schweigen unter den vielen Menschen einkehren zu lassen.

„Es tut mir leid, dass wir euch alle zu dieser späten Stunde hierherbitten mussten, aber es hat eine Beobachtung gegeben, die wir nicht ignorieren dürfen." Viktors Stimme klang gefasst und war kräftig genug, um auch in der hintersten Ecke der Scheune noch gehört zu werden. „Wir haben heute insgesamt vier Männer entdeckt, die mit Ferngläsern unsere Basis ausgespäht haben. Die Leitung der Schutzwächter geht davon aus, dass es sich um Späher einer anderen größeren Gruppierung handelt." Ein unruhiges Raunen ging durch die Gruppe der Menschen, die gebannt an den Lippen ihres Anführers hingen. „Um uns bestmöglich schützen zu können, werden wir vorerst zu Alarmbereitschaft eins übergehen. Das bedeutet: Niemand verlässt die Basis. Um im Dunkeln Freund nicht mit eventuellem Feind zu verwechseln, herrscht ab zwanzig Uhr Ausgangssperre. Die an den Unterkünften vorbereiteten Fensterblockaden sind umgehend nach Versammlungsende anzubringen. Jede Hausgemeinschaft hat von zwanzig Uhr abends bis sechs Uhr morgens eine Wache vor der Haustür zu postieren. Die Wacheinteilungen obliegen den jeweiligen Hausgemeinschaften. Diese Wache wird die restlichen Bewohner bei Gefahr wecken und warnen. Um größere Menschenansammlungen zu vermeiden, schickt jede Hausgemeinschaft dreimal täglich zwei Bewohner an die

Lebensmittelausgabe. Dort erhalten sie die Essensrationen für ihre gesamte Hausgemeinschaft. Alle Freizeitaktivitäten werden gestrichen. Sofern sie nicht der Sicherheit dienen, ist jeder Bewohner von seinen Arbeiten befreit."

Während Viktor sprach, waren immer mehr Zwischenrufe aus den Reihen seiner Gefolgsleute gekommen. Angst breitete sich wie ein giftiger Parasit aus und ließ die beunruhigte Menschenmenge aufgeregt durcheinanderreden. Neben Walter fing ein junges Mädchen an zu weinen, weil es sich vor der aufbrausenden Menge fürchtete. Irgendwo schrie ein Baby, und immer mehr Menschen standen auf, um ihre Fragen noch lauter in Richtung Bühne brüllen zu können.

Einige Augenblicke lang schien es, als würde Viktor es dieses Mal nicht schaffen, seine Leute zu beruhigen. Doch irgendwann kehrte, wenn auch langsam, wieder Ruhe ein, und Walter hörte ihn sagen: „Ich weiß, dass es für uns alle eine neue Situation ist. Noch nie hat sich die Basis in akuter Gefahr befunden. Aber denkt bitte daran: Wir wissen noch gar nicht, ob wir angegriffen werden. Vielleicht liegen die Dinge ganz anders, als sie jetzt auf uns wirken mögen. Und weiterhin haben wir eine sehr gut ausgebildete Schutzwache. Louis' Männer werden mit doppelter Besetzung doppelte Schichten schieben. Gemeinsam haben sie mehrere Sicherheitskonzepte entwickelt, die nun Anwendung finden können."

Aus dem Publikum kam die Frage auf, warum man sich nicht in der Scheune verschanze. In einer großen Menschenmenge, so war der Sprecher sicher, würde man bessere Überlebenschancen haben als in den kleineren Gruppen der Hausgemeinschaften.

„Wir haben uns bewusst gegen einen Sammelpunkt entschieden. Sollten es Angreifer schaffen, durch die Tore oder Wälle hindurchzubrechen, dann ist es wahrscheinlicher, dass zumindest einigen Gruppen die Flucht gelingt, da die Angreifer unmöglich alle Häuser gleichzeitig kontrollieren können. Wenn wir uns gemeinsam hier in der Scheune verschanzen, wäre es für sie ein Leichtes, uns alle gefangen zu nehmen, auszuräuchern oder Schlimmeres mit uns zu tun."

Viktor beantwortete noch wenige weitere Fragen, löste die Versammlung dann aber sehr schnell auf. Eindringlich forderte er seine Freunde noch einmal auf, sich an das Protokoll der Alarmbereitschaft eins zu halten, und versicherte ihnen den bestmöglichen Einsatz aller Sicherheitskräfte. Nur widerwillig verließen die Menschen die Scheune. So viele Fragen waren unbeantwortet, so viel Angst noch nicht beruhigt.

Walter begriff erst am Ende der Versammlung in vollem Umfang, was an den Männern im Baum so gefährlich war, und spürte, wie sein Herz zu rasen anfing. Was sollten sie nun tun? Was hatte Viktor ihnen aufgetragen? Schon jetzt hatte er die wichtigen Anordnungen vergessen und geriet deshalb in leichte Panik. In Gedanken verfluchte er sich dafür, nicht stressresistenter zu sein. Aus den Augenwinkeln heraus sah er, wie Lara aufstand und ihn auffordernd ansah. Sie wirkte zwar besorgt, aber Angst konnte er in ihren Augen nicht erkennen. Es irritierte ihn, dass eine so junge Frau in Anbetracht der allgemeinen Unruhe um sie herum so ruhig und fast schon gelassen wirken konnte. Als sie sich auf den Weg zu ihrem Haus machten, fragte er sie deshalb: „Hast du keine Angst?"

Verwundert blickte sie auf und zog fragend beide Augenbrauen hoch. „Natürlich habe ich Angst. Wahnsinnige Angst sogar. Warum fragst du?"

„Weil sich sonst dein gesamtes Innenleben auf deinem Gesicht widerspiegelt. Jetzt wirkst du allenfalls besorgt, aber nicht im Geringsten ängstlich."

Sie blickte ihm stumm in die Augen. Offenbar schien sie in sich selbst hineinzuhorchen. „Ich schätze", sagte sie langsam und ganz so, als müsse sie über jedes einzelne Wort genau nachdenken, „das liegt daran, dass ich Angst mittlerweile mehr gewohnt bin als die meisten anderen hier." Sie holte tief Luft, bevor sie weitersprach. „Ich habe gelernt, Angst zur Seite zu schieben. Sie kann zwar unser Leben schützen, doch hilft sie nicht, wenn wir um das selbige fürchten."

Walter durchfuhr ein eisiger Schauer, als die junge Frau vor ihm arglos haargenau die Worte aussprach, die sein eigener Vater ihm immer und immer wieder vorgebetet hatte. „Woher hast du das?", fragte er, obwohl er die Antwort kannte. „Hat Thomas das gesagt?"

Lara, die zu spüren schien, dass ihn ihre Worte aufbrachten, sah ihn erschrocken an. „Ja", erwiderte sie stockend. „Er … er hatte mir das auf der Flucht hierher immer wieder vorgebetet. Warum? Stimmt was nicht?"

Kurz war er versucht, ihr zu sagen, woher er diese Worte kannte, hielt sich dann aber zurück. Jetzt war weder der richtige Zeitpunkt, noch war dies hier der richtige Ort dafür. Also schüttelte er nur stumm den Kopf und winkte mit der linken Hand ab. „Ach, egal", sagte er in möglichst unbefangenem Tonfall. „Komm, lass uns jetzt Alarmbereitschaft eins in Angriff nehmen."

34. Feuer

Lara

ZUSAMMEN mit Walter, Hilde und zwei anderen Hausbewohnern traf Lara alle Vorkehrungen, die sie als Hausgemeinschaft nun zu treffen hatten. Außer ihnen und Thomas wohnten Viktor, Elias, Louis und vier Schutzwächter in dem Haus, und da die Männer zur Schutzwache eingeteilt waren, mussten sie deren Arbeit übernehmen. So hatten sie alle Hände voll zu tun. Ein Umstand, der ihnen sehr entgegenkam, denn so konnten sie weniger über die mögliche Gefahr nachdenken, in der sie schwebten.

Walters Reaktion auf ihre Antwort zum Thema Angst hatte Lara verunsichert. Irgendwas schien ihn an ihrer Aussage über den Umgang mit Angst zu stören, sie hatte ihn damit regelrecht aus dem Konzept gebracht. In den wenigen Tagen, die sie einander kannten, hatte sie ihn als einen Mann erlebt, der sein Herz vor sich hertrug und jeden Gedanken aussprach, der ihm in den Sinn kam. Umso mehr verunsicherte sie nun sein Schweigen. Jedes Mal, wenn sie aneinander vorbeigingen, hatte sie den Drang, ihn nach dem Grund zu fragen, spürte aber, dass sie keine Antwort bekommen würde, und ließ es deshalb sein.

Als alle Schutzmaßnahmen ergriffen waren, meldete sie sich freiwillig zur ersten Wache. Sie war ohnehin viel zu aufgewühlt, um jetzt schlafen zu können. Während sie ihren Posten vor der Eingangstür bezog und sich ihren Mantel enger um die Schultern schlang, musste sie immer wieder an Thomas denken. Sie wusste, dass er sich verteidigen konnte und keine unnötigen Risiken einging, doch stand er an vorderster Front, sollte es wirklich einen Angriff auf die Basis geben. Und plötzlich konnte sie ihre Angst nicht mehr von sich schieben. Unruhe fuhr ihr durch Mark und Bein, sie konnte nicht mehr still sitzen, und das Adrenalin pumpte durch ihren Körper, als sich die unterdrückte Furcht ihren Weg an die Oberfläche bahnte. Das zweite Mal an nur einem Tag hatte die Angst die Kontrolle übernommen. Draußen wäre dies noch einem Todesurteil gleichgekommen. Vor ihrem inneren Auge sah sie Thomas' tadelnden Blick, weil sie sich nicht zu kontrollieren wusste. Wie ein Mantra betete sie sich seine Worte vor, während sie unruhig vor dem Haus auf und ab ging: „Angst kann zwar unser Leben schützen, doch hilft sie nicht, wenn wir um das selbige fürchten." Und langsam zeigte das monotone Vorbeten dieser Worte Wirkung. Lara spürte, wie sich ihre Atmung verlangsamte und ihr Herz immer weniger stark gegen ihre Brust schlug. Sie ließ noch einige Augenblicke verstreichen und hatte sich dann wieder vollständig im Griff. Jetzt war nicht die Zeit, um den Verstand zu verlieren. Jetzt musste sie stark sein.

Und genau in diesem Moment passierte es. Rund um sie herum kam es am Schutzwall zu lautem Gebrüll und Schüssen. An mehreren Stellen gab es kleinere Explosionen, an denen es sofort zu brennen begann, und alles schien im

Chaos zu versinken. Lara schellte wie ferngesteuert die rostige Warnglocke ihrer Wohneinheit, wohl wissend, dass alle Bewohner den Angriff ohnehin gehört hatten. Sie rannte ins Haus, wo ihr Walter und Hilde entgegenkamen. „Es brennt, holt Decken, wir müssen die Feuer löschen", brüllte sie ihnen über den ohrenbetäubenden Lärm der Schusswaffen hinweg zu und schnappte sich eine alte Decke, die über dem Treppengeländer hing. Hilde und Walter taten es ihr gleich, und sie rannten aus dem Haus. Draußen herrschte das blanke Chaos. Die Bewohner hatten Angst, wussten nicht, was sie tun sollten, und versuchten in blinder Panik zu fliehen. Doch gab es kein Fluchtziel, die Kämpfe tobten zu allen Seiten an den Schutzwällen.

Lara, Walter und Hilde rannten zu dem Feuer, das ihnen am nächsten war. Ein kleines Feuer, welches aber einen Teil des wertvollen Nutzgartens zu zerstören drohte. Mechanisch schlugen sie mit den Decken auf die Flammen ein. Sie versengten sich ihre Haare, die Flammen leckten nach ihrer Haut, und der beißende Qualm trieb ihnen die Luft aus den Lungen. Lara rief den vorbeieilenden Bewohnern zu, dass sie sich um die Brände kümmern mussten, und es tauchten tatsächlich einige Menschen auf, die mit ihnen zusammen auf die Flammen einschlugen. Irgendwann spürte sie plötzlich eine Hand an ihrem Arm, und als sie sich umdrehte, sah sie eine ältere Dame, die in einem Eimer kleine nasse Tücher trug. Sie selbst hatte sich eines davon um Nase und Mund gewickelt und bedeutete Lara, es ihr gleichzutun. In diesem Moment sah sie sich zum ersten Mal bewusst um und konnte feststellen, dass sich das hektische Hin- und Herrennen der Bewohner zu beruhigen schien. Einige hockten im Schutz der Hauswände, andere liefen mit

Decken zu den anderen Brandherden. Es schien sich eine Ordnung einzustellen, in der jeder seiner einzigen Aufgabe nachging: dem Schutz ihrer kostbaren Besitztümer. Lara hatte zuvor immer gedacht, dass es im Falle eines Angriffs allein auf die Schutzwächter ankommen würde, doch in diesem Moment begriff sie, dass sie alle eine wichtige Aufgabe hatten. Und so kämpften die durch Louis ausgebildeten Männer auf den Schutzwällen gegen die Angreifer und die restlichen Bewohner gegen die Flammen und die Panik.

35. Das Ende

Viktor

VIKTOR fühlte das kühle Metall seiner Schrotflinte und fürchtete, dass heute der Tag gekommen war, an dem er sie zum ersten Mal gegen einen anderen Menschen einsetzen musste, dass er heute mit größter Wahrscheinlichkeit einen Menschen würde töten müssen. Vielleicht einen Busfahrer, einen Metzger oder einen Anwalt. Einen Familienvater, Ehemann, Freund oder Geliebten. Einen Menschen, der im letzten Jahr noch ein normales Leben geführt und wie jeder andere auch versucht hatte, seine Rechnungen zu bezahlen und dieses Leben mit Sinn zu füllen. Dieser Mensch würde heute sinnlos sterben müssen, so wie viele weitere Männer und Frauen und vielleicht auch Kinder. Und wofür? Für Lebensmittel, Decken, Lebensqualität. Dinge, die dieser Mensch von Viktor und der Gemeinschaft bekommen hätte, wäre er einfach an ihr Tor getreten. Noch nie hatten sie einen Wanderer abgewiesen. Sie alle waren willkommen. Und durch den Angriff riskierten sie ihrer aller Leben, nahmen in Kauf, dass wertvolle Ressourcen zerstört wurden. Habgier und Not.

Plötzlich sah Viktor den alten Walnussbaum in Flammen stehen. Dieser Baum war älter als jeder einzelne von ihnen und starb nun, da die Angreifer ihnen seine Früchte neideten. Er fühlte einen bleiernen Schmerz von seinem Herzen Besitz ergreifen, während er zu den Schutzwällen rannte. Es schien keine wirkliche Front zu geben, denn von überall waren Molotowcocktails über den Schutzwall geflogen und entfachten Brände. Soweit er auf seinem Weg sehen konnte, betrafen die Feuer hauptsächlich die Nutzgärten, die Häuser waren bisher verschont geblieben. Er sah, wie die Bewohner mit Decken versuchten, die Flammen zu löschen. Er sah Schutzwächter, die ursprünglich zur Schichtpause eingeteilt waren, an den Bränden vorbei zu den Schutzwällen rennen. Jeder hatte eine Aufgabe, alles arbeitete Hand in Hand. Das Gefühl unbändigen Stolzes beflügelte ihn und verlieh ihm Kraft. Zu sehen, wie man sich half, wie man zusammenhielt und schützte, was man aufgebaut hatte, gab ihm die Zuversicht, ebenfalls seiner Aufgabe gewachsen zu sein.

Am nördlichen Schutzwall angekommen, registrierte er hier jedoch nur wenige Schutzwächter. Sie waren bewaffnet und beobachteten angespannt den Wald rings um sich herum. Viktor entdeckte drei Tote auf der anderen Seite, von seinen Leuten schien niemand verletzt zu sein. Warum waren hier so wenige Wachen? Die Nordseite hatte die meisten Brandherde, und vom Zentrum der Basis aus betrachtet, hatte es so ausgesehen, als würden hier die schlimmsten Kämpfe wüten. Doch dem war nicht so.

Alarmiert packte er einen jungen Schutzwächter, der erst kürzlich zu ihnen gekommen war, an den Schultern und brüllte ihn über den Lärm hinweg an: „Wo sind sie alle? Warum verdammt noch mal ist hier niemand?"

Der junge Mann brüllte zurück, dass Louis die meisten Männer an die Südseite bestellt hatte, und zuckte mit den

Schultern. Er versuchte, lässig und entspannt zu wirken, doch Viktor erkannte die Angst im Zittern seiner Hände, die einen der geschnitzten Bögen hielten. Hier stand ein Mann, der mit einem selbst gebauten Bogen den Nordwall beschützen sollte, während um sie herum die lauten Schüsse der Pistolen und Gewehre dröhnten. Seine Zuversicht geriet ins Wanken, während er den kaum besetzten Schutzwall betrachtete und die lächerlich anmutende Waffe sah. Er wandte sich ab und setzte sich in Bewegung, um zur Südseite zu laufen.

Er war von Louis' Entscheidung beunruhigt, die Südseite zu verstärken, denn dies war die einzige Seite, die nicht in Flammen stand. Und da erst bemerkte er, dass der Lärm langsam nachließ. Nur noch vom Ostwall her drangen vereinzelte Schüsse an seine Ohren, und plötzlich waren auch sie verstummt. Während er am Schutzwall entlang zur Südseite rannte, stellte er fest, dass auf dem gesamten Weg ebenfalls nur wenige Schutzwächter standen. Zu wenige für einen Angriff. Die Feststellung machte ihm panische Angst, und er spürte erneut das Adrenalin, das durch seine Adern rauschte.

Er tauchte unter einer Reihe Apfelbäume hindurch, durchquerte den ehemals wunderschönen Ziergarten seiner verstorbenen Nachbarn, der inzwischen als Viehweide genutzt wurde, bog hinter dem alten Backsteinhaus nach rechts ab und prallte gegen einen Schutzwächter. Sie alle waren hier. Sie alle standen an verschiedenen Positionen einfach nur rum und starrten in Richtung Wald. Was sollte das?

Viktor, der bisher in Louis einen Vertrauten und Freund gefunden zu haben glaubte, wurde schlagartig klar, dass dieser sie alle verraten haben musste. Gemeinsame Sache mit den Angreifern! Er wollte diesen Gedanken nicht zulassen, ihn zur Seite schieben, doch er setzte sich hartnäckig fest und erfüllte ihn mit schierer Verzweiflung und Wut. Hilflos fuhr er herum und wollte einige Leute anweisen, sich auf die restlichen Wälle zu verteilen, doch dazu kam es nicht. Denn in diesem Moment begann die Welt um ihn herum zu explodieren.

Wie auf ein geheimes Zeichen hin fingen alle an zu schießen, links und rechts von ihm schlugen Molotowcocktails ein und zerplatzten Feuer spuckend auf dem Boden. Irgendetwas traf ihn am Arm und ließ einen scharfen Schmerz zurück. Seine Ohren dröhnten, und er verlor die Orientierung. Er wusste nicht, was er tun sollte, wer Freund und wer Feind war, und schlug blind um sich, als ihn vier starke Hände an den Armen packten. Zu schnell, um selbst laufen zu können, wurde er weggezerrt und anschließend auf den Boden gepresst.

Elias. Hilde. Lara. Philipp. Walter. Thomas. Und viele weitere Namen derer, die er in sein Herz geschlossen hatte, schossen ihm durch den Kopf. Er war sicher, dass sie nicht überleben würden. Er war sicher, dass er und alle anderen sterben würden. Es war vorbei. Ihre vermeintliche Sicherheit eine Illusion. Es war ihr Ende.

36. Schutz

Walter

„VIKTOR! Viktor! Viktor!" Walter hörte Lara durch den ohrenbetäubenden Kampflärm hindurch auf den großen Mann einbrüllen. Er, Lara und zwei weitere Frauen, deren Namen er nicht kannte, drückten sich gegen die efeubewachsene Wand einer kleinen Garage. Ein, wie er fand, ziemlich armseliger Versuch, dem Kugelhagel, den Pfeilen und den Flammen zu entfliehen. Der große und sonst so ruhig wirkende Mann, der mit seiner Narbe immer eine gewisse Autorität und Macht ausstrahlte, ohne dabei je finster oder böse zu wirken, kauerte wie ein kleiner Junge auf seinen Knien und verbarg das Gesicht in seinen Händen. Lara versuchte, ihn weiter in Deckung zu ziehen, und brüllte dabei unablässig seinen Namen. Aber die kleine Frau, die höchstens noch fünfzig Kilogramm auf die Waage bringen konnte, hatte nicht ausreichend Kraft, um den großen starken Mann irgendwo hinzuzerren.

Als der Kampf auf dieser Seite des Schutzwalls ausgebrochen war, hatten sie sich hier in Deckung gebracht. Zwei der Schutzwächter hatten kurz darauf Viktor zu ihnen geschleift und ihn unsanft auf den Boden gedrückt. Gleich darauf waren sie wieder verschwunden. Walter war mit einem Satz bei Lara, packte beherzt zu, um Viktor gemeinsam mit ihr noch weiter in Deckung zu ziehen, doch er wehrte sich und versuchte, sie abzuschütteln. Da riss ihm Walter die Hände runter und schlug ihm fest mit der Handfläche ins Gesicht.

Endlich sah Viktor auf. Sein Blick drückte Schmerz aus, seine Mimik zeigte Verzweiflung. „Es ist alles zu Ende, alles zu Ende", hörte Walter ihn klagen.

Er packte den Mann, der mindestens einen Kopf größer war als er selbst. „Noch ist nichts verloren", sagte er mit Nachdruck. „Reiß dich zusammen. Nur dann wird es auch dabei bleiben." Walter wusste genau, wie wichtig der Kopf der Dorfgemeinschaft war. Er war es, der alles zusammenhielt. Nicht, indem er ihnen drohte, sie zwang oder beherrschte, sondern dadurch, dass er war, wie er war. Ein kleines Zucken seiner Augenbraue, eine einfache Geste mit den Händen oder ein sanftes Lächeln an der richtigen Stelle. Das waren seine Stärken, seine Kräfte, die sie in dieser Situation mehr denn je brauchten. Genau diese Kleinigkeiten waren es, die die Menschen auf ihn hören ließen. An der Front, dessen war Walter sicher, war Viktor nicht zu gebrauchen. Er war stark, aber er war kein Soldat, kein Kämpfer. Er war der Anführer der Dorfgemeinschaft, die aus weit mehr Menschen bestand als aus der Gruppe der Schutzwächter. Und Walter sah, wie genau diese Menschen planlos versuchten, ihr Leben zu retten, indem sie vom Südwall wegrannten. Ohne Deckung, ohne Verstand, und mehr als nur einer wurde getroffen. Manche blieben liegen, andere zogen sich auf allen vieren weiter. Sie brauchten jemanden, der ihnen den Weg durch die Flammen und den Rauch und die Schüsse hindurch zeigte. Jemanden, der ihnen sagte, was zu tun war. Walter konnte es nicht. Lara auch nicht. Sie würden ihnen nicht folgen. Doch in genau diesem Moment, ausgerechnet in diesem gottverlassenen Moment, schien Viktor alle Kraft, all seine Stärke und seinen ganzen Mut verloren zu haben. Zwar verbarg er sein Gesicht nicht mehr in seinen Händen, aber er machte auch nicht den Eindruck, als wolle er irgendetwas unternehmen.

In größter Verzweiflung schlug Walter ihm noch einmal ins Gesicht, und tatsächlich kehrte so etwas wie Leben in Viktors Augen zurück. Wütend funkelte er Walter an, der ein Stoßgebet gen Himmel schickte und über den Lärm hinwegbrüllte: „Du musst deine Leute hier wegbringen!" Da von Viktor keine Reaktion kam, schrie er noch: „Du wirst sie jetzt nicht aufgeben. Sie brauchen einen Anführer!" Mit diesem Satz riss er Viktor auf die Beine.

„Wo soll ich sie denn hinbringen?", brüllte Viktor zurück und fuhr wütend herum. „Louis hat uns verraten, wir werden alle sterben!"

Walter stockte der Atem. Irritiert blickte er in die Augen seines Gegenübers und schüttelte ihn kräftig an den Schultern. „Was redest du für einen Mist, Mann? Er steht doch da und kämpft. Er hat uns nicht verraten. Sieh hin!"

37. Louis' Fall

Viktor

VIKTORS Blick folgte der ausgestreckten Hand Walters, und er sah Louis, der auf einem Autowrack stand und unablässig Befehle brüllte, während er selbst auf die Angreifer schoss. Viktor sah, wie die Männer und Frauen um ihn herum auf ihn hörten, sich neu verteilten und mit dem Einsatz ihrer Leben für die Bewohner kämpften, sie mit aller Macht verteidigten. Viele von ihnen achteten kaum auf eigene Deckung, um auf diese Weise mehr Angreifer erledigen zu können. Sie kämpften, stachen zu, schossen.

Und da erkannte er seinen Irrtum. Louis hatte mit dem Abzug der Truppen an den anderen Schutzwällen nicht ihren Untergang besiegelt, sondern früh erkannt, was die Angreifer vorgehabt hatten, und womöglich dafür gesorgt, dass sie eine Chance hatten. Nun stand er dort und verteidigte sie alle mit seinem Leben. Ohne Deckung, ohne auf sich selbst zu achten, völlig selbstlos. Viktor begriff in diesem Moment, dass jetzt auch er seinen Teil leisten musste. Und war er zwar von Louis im Kampf ein wenig trainiert worden, wusste er doch genau, dass er kein Kämpfer war. Seine Hilfe wurde an anderer Stelle gebraucht. Er musste seine Leute in Sicherheit bringen. Überall um ihn herum sah er sie geduckt flüchten, sich schützen oder – und das ließ ihm das Blut in den Adern gefrieren – leblos auf dem Boden liegen. Er ließ seinen Blick weiter schweifen, auf der Suche nach einem Ausweg. Zu dicht jedoch prasselten die Kugeln und die brennenden Pfeile auf sie ein. Doch plötzlich geschah es: Eine meterlange Feuerwand explodierte vor dem Tor des Südwalls, und das änderte schlagartig die Dynamik des Kampfes, weil nun keine weiteren Angreifer in das Dorf eindringen konnten. Die Schutzwächter waren innerhalb der eigenen Mauern schnell wieder in der Überzahl und konnten endlich vorrücken.

Viktor nutzte diese offenbar gottgegebene Chance und trat aus der Deckung hervor. Er schrie den Menschen um sich herum zu, dass sie zur Scheune rennen sollten, und half denen auf, die nicht aus eigener Kraft aufstehen konnten. In seinen Augenwinkeln sah er, wie Lara und Walter ebenfalls nach denen schauten, die am Boden lagen, und ihnen halfen. Sofern ihnen noch zu helfen war. Hinter ihnen tobte der Kampf unerbittlich, aber der Kampfherd verlagerte sich weiter, und es kamen ihnen von der sichereren Innenseite viele Menschen entgegen, die die Verletzten hinforttrugen. Viktor hatte den Drang, zur Front zu rennen. Er wollte dort helfen, beschützen, doch er wusste auch, dass man ihn im Zentrum brauchen würde.

Ein letztes Mal noch drehte er sich um und musste zusehen, wie Louis getroffen wurde. Er fiel. Blieb liegen. Und er rührte sich nicht mehr.

38. Stark sein

Lara

„Wo ist der verdammte Arzt?" Lara hatte diese Frage schon unzählige Male in den Raum gebrüllt, ohne je eine Antwort erhalten zu haben. Alle Verletzten wurden in die Scheune gebracht, aber von dem Arzt war keine Spur zu sehen. „Ich weiß nicht, was ich tun soll, ich bin PTA, keine Chirurgin!" Heiße Tränen der Verzweiflung liefen ihr über die Wangen. Seit über einer Stunde lief es so: Man führte sie zu Schwerverletzten, denen sie nicht helfen konnte. Da sie die Apotheke betrieb, schienen die Menschen anzunehmen, sie sei nach dem Arzt diejenige, die am ehesten etwas für die Verwundeten tun konnte. Und jedem sagte sie das Gleiche, versuchte aber trotzdem zu helfen, stellte sich dabei nur selbst immer wieder die Frage, ob sie durch ihre Maßnahmen nicht vielleicht sogar zum Tod der Verletzten beitrug. Aus den hintersten Ecken ihres Gedächtnisses grub sie ihre Erste-Hilfe-Kenntnisse aus, überlegte, was sie damals bei ihrem Praktikum in der zehnten Klasse auf der Unfallambulanz gelernt hatte, und tatsächlich erwischte sie sich sogar dabei, wie sie sich fragte, ob diese Verletzung nicht in einer der Arztserien vorgekommen war, die sie in der besseren Zeit so gern gesehen hatte.

Völlig ratlos versuchte sie, alle Fähigkeiten zu mobilisieren, die sie besaß. Aber wie sehr sie sich auch bemühte: Sie war kein Arzt. Der Arzt, den die Dorfgemeinschaft hatte, war unauffindbar. Vielleicht war er tot, vielleicht geflohen. Vielleicht versteckte er sich irgendwo vor den Kämpfen, die noch immer tobten. „Ich kann nicht helfen. Ich weiß nicht, wie", klagte sie erneut, trotzdem zerrte die junge Frau sie weiter hinter sich her zu einem Tisch, auf dem ein kleiner Körper lag. Blut tropfte an der Tischkante hinunter. Zu viel Blut für diesen kleinen Menschen. Lara traute sich kaum hinzusehen. Sie wusste ohnehin, dass es Pia war, die dort lag. Sie hatte von Weitem die pinken Schuhe erkannt, auf die das kleine Mädchen so unendlich stolz gewesen war. Unablässig flehte ihre Mutter Lara an, ihr zu helfen. Unablässig schüttelte Lara den Kopf, während die Tränen ihre Sicht vernebelten. Trotzdem hoben sich ihre Hände und schoben ohne ihr wissentliches Zutun den mit Rüschen besetzten Pullover hoch, in dessen Mitte ein großes Loch klaffte, das eine Ladung Schrot dort hinterlassen hatte. Überall war Blut, und Lara glaubte, Teile des Darms zu erkennen. Sie starrte auf die große Wunde. Sie hatte in der letzten Stunde zum ersten Mal in ihrem Leben Wunden genäht, Schultern eingerenkt und Brüche gerichtet, ohne dass man ihr je gezeigt hätte, wie das geht. Doch das hier war zu viel. Hier konnte sie nicht mit TV-geprägtem Halbwissen helfen. Selbst wenn sie tatsächlich Unfallchirurgin gewesen wäre, hätte sie nicht mehr helfen können. Pia würde sterben, und es gab nichts, was irgendwer noch hätte für sie tun können. Das war auch Hilde klar, die mit blankem Entsetzen im Gesicht stets an Laras Seite war und ihr half, die Menschen zu versorgen.

Und als Lara aufsah und in die Augen von Pias Mutter blickte, war ihr klar, dass auch sie es wusste. Lara zog den Pullover wieder hinunter, beugte sich vor und küsste Pia auf die Stirn, die sich gleichzeitig heiß und kalt anfühlte, nahm die Hand ihrer Mutter und legte diese auf Pias Wange. Sie musste sich verabschieden. Mehr konnte sie nicht tun.

Die Menschen am Tisch nebenan sahen, dass Lara hier nicht weitermachen würde, und wollten sie direkt am Arm zu sich ziehen, doch Lara schüttelte sie wütend ab, rannte nach draußen und übergab sich qualvoll auf ihre eigenen Schuhe, die einmal blau gewesen waren. Nun waren sie rot. Rot von dem Blut der vielen Menschen, denen sie versuchte zu helfen.

Hinter sich hörte sie Hildes scharfe Stimme: „Sie ist sofort wieder da. Aber jetzt lasst sie verdammt noch mal in Ruhe!" Lara erwartete, dass Hilde sie jetzt in den Arm nehmen und sie trösten würde, stattdessen packte die Ältere sie an den Wangen, wischte ihr mit dem eigenen Ärmel den Mund ab und fragte nur: „Geht's wieder? Können wir weitermachen?" Ihre Stimme war herrisch, es war mehr ein Befehl als eine Frage. Aber Lara hörte auch die Hilflosigkeit und die Sorge darin.

„Ich kann ihnen nicht helfen, ich kann es einfach nicht. Ich habe es nicht gelernt. Dass ich ein paar Kräuter zusammenrühren kann, hat damit", sie zeigte auf die Scheune, aus der grausamste Schmerzensschreie drangen, „nichts zu tun."

Hilde strich ihr eine Strähne aus dem Gesicht. „Ich weiß das, Liebes. Die da drin wissen das auch. Und doch brauchen sie Hoffnung. Der Arzt ist weg, und nun klammert man sich an den Nächstbesten. Und da du die Apotheke leitest, bist das nun mal du. Und du wirst diese Aufgabe erfüllen. Du kannst das. Weil du stärker bist, als du es glaubst. Und weil wir dich brauchen." Nach diesen Worten schob sie Lara sanft, aber bestimmt zurück in die Scheune, wo sie weitermachten mit etwas, das sie gar nicht konnten. Während irgendwo ihre Männer waren. Während sie nicht einmal wussten, ob diese überhaupt noch lebten.

39. Zusammenhalt

Viktor

UNABLÄSSIG verteilte Viktor Aufgaben, gab Anweisungen, beruhigte und koordinierte die Bewohner. Er dachte nicht nach, wusste nicht einmal wirklich, was er tat, er funktionierte nur. Und die Mitglieder der durch den Angriff zerrütteten Gemeinschaft, sie folgten ihm. Er hatte keine Zeit, sich vor Augen zu führen, was geschah, er wusste nur, dass man ihn brauchte. Er beantwortete Fragen, auf die es keine Antwort gab, und er schaffte es, seine Leute zusammenzuhalten und ihnen Halt und Schutz zu geben, während von der Südseite noch immer Kampflärm an ihre Ohren drang. Nach dem Ausbruch der Feuerwand hatten sie sich ihren Boden zurückerobern und sich neu positionieren können. Auf diese Weise hatten sie sie schnell Oberhand gewonnen, und der Kampf nahm eine für sie positive Wendung. Genaueres wusste er noch nicht, da er sich seit Walters Ohrfeige im Zentrum aufhielt und seiner Aufgabe, einer Aufgabe, der er sich überhaupt nicht gewachsen fühlte, nachging.

Er wischte sich Ruß und Staub aus den Augen und setzte sich für einen Moment auf einen wackeligen Schemel. Am anderen Ende der Scheune sah er seine Hilde, die zusammen mit Lara unablässig Verwundete versorgte. Er wusste, wie stark seine Frau in schwierigen Situationen war. Mehr als einmal hatte sie die Nerven bewahrt, während er seine schon lange verloren hatte. Sie war in der Lage, ihre Gefühle wie tickende Zeitbomben in eine Ecke ihres Empfindens zu verdrängen, wo sie dann warteten, um irgendwann mit verheerender Macht zu explodieren. Viktor hoffte, dass er bei ihr sein würde, wenn es dieses Mal so weit war.

Besorgt beobachtete er die beiden Frauen, die weit über sich selbst hinauswuchsen. Besonders Lara, die sich bisher schwergetan hatte, sich selbst zu behaupten, wuchs vor seinen Augen zu einer solchen Größe heran, dass es nur schwer zu glauben war. Ihr Blick war starr, ihr Gesicht spiegelte blankes Entsetzen, doch trotzdem behielt sie den Überblick, ließ sich von verzweifelten Angehörigen nicht aus dem Konzept bringen und half sorgfältig und strukturiert einem Menschen nach dem anderen. Die junge Frau, die gestern noch so ängstlich und zerbrechlich gewirkt hatte, war nun ein Ruhepol inmitten des schlimmsten Elends. Überrascht stellte Viktor fest, wie stolz er auf sie war. Und das, obwohl sie einander erst wenige Wochen kannten.

Elias war zusammen mit einigen anderen kräftigen Helfern ausgezogen, um nach den inzwischen gelöschten Bränden zu sehen, sie wollten sichergehen, dass sie sich nicht neu entfachten. Es roch nach Blut und Urin, Leid und Tod. Für eine Sekunde gestattete Viktor sich, der vielen Toten unter ihnen zu gedenken, und das griff schwer nach seinem Herzen und drohte ihn hinabzuziehen in eine alles vernichtende Trauer. Nicht jetzt! Entschlossen stand er auf, schüttelte seine Gedanken ab und machte weiter damit,

Menschen Hoffnung zu geben, die vor weniger als zwei Stunden Freunde, Kinder oder Eltern verloren hatten.

Viktor kam es vor, als seien Tage vergangen, als der Kampflärm endlich ein Ende fand. Hilde und Lara hatten inzwischen alle Verwundeten, die bisher zu ihnen getragen worden waren, versorgt und waren erschöpft an einer Wand zu Boden gesunken. Laras starrer Blick war ausdruckslos, und sie schien einen unbestimmten Punkt vor ihren Füßen zu fixieren, den nur sie allein sehen konnte. Hilde saß neben ihr und sprach mit sanfter Stimme auf sie ein. Sie war so unendlich stark. Und schön. Und er liebte sie so sehr. Im letzten Jahr erst hatte sie ihren Sohn verloren, erschossen an der Seite ihres Mannes. Ihre Schwester starb, als sie in eine gewaltsame Plünderung geraten war. Sie sah – ebenso wie er selbst – Freunde, Nachbarn und Bekannte sterben und saß jetzt dort auf dem Boden in ihrer unerschütterlichen Güte und stand einem Mädchen bei, das erst ein paar Wochen zuvor Teil ihres Lebens geworden war. Sie war der Part ihrer Ehe, der die wahre Stärke besaß, und das sah man nur, wenn man sie beide ganz genau kannte und hinter die Fassade blickte.

Während er die beiden Frauen beobachtete, bemerkte er, dass Lara Hildes Beistand zwar guttat, dass sie aber ihn nicht gebraucht hätte. Irgendwas war in den letzten Stunden mit der schüchternen und stillen Frau geschehen. Obwohl sie sich am anderen Ende der großen Scheune befand, konnte er das erkennen. Sie wirkte größer, stärker. Und in diesem Moment wurde ihm klar, dass es nicht Hilde war, die Beistand gab, sondern Lara. Sie ließ zu, dass Hilde sich um sie kümmerte, um sie so noch ein wenig länger von ihrer inneren tickenden Zeitbombe abzulenken. Hilde war ihre letzte Patientin.

„Papa?" Elias' Stimme riss ihn jäh aus seinen Gedanken. Sein Sohn hatte sich zur Zeit des Angriffs im Zentrum befunden und war somit in Sicherheit gewesen. Seine weichen Gesichtszüge, die ihn mehr seiner Mutter denn seinem Vater ähneln ließen, zeigten ein Bild tiefsten Entsetzens. Viktor erkannte, dass auch Elias nicht imstande war, in ganzer Tragweite zu erfassen, was geschehen war. Seine Angst und sein Schock ließen sich kaum in Worte fassen. So musste es wohl jedem hier gehen. Viktor blickte in die Augen seines Sohnes, das einzige Körperteil, das er ganz eindeutig von seinem Vater hatte, und verspürte schlagartig das Bedürfnis, ihn an sich zu drücken. Und genau das tat er. Fest und mit all seiner väterlichen Liebe und Fürsorge nahm er den jungen Mann in seine Arme, und dieser ließ es geschehen. „Ich bin so froh, dass es dir gut geht", sagte er leise über seine Schulter hinweg, und gen Himmel schickte er ein Stoßgebet und dankte dem Herrn dafür.

So standen sie eine ganze Weile zusammen, gaben sich gegenseitig Kraft, Halt und Mut. Letztlich war es Elias, der die Umarmung beendete und sie in ihre schreckliche Situation zurückkatapultierte. „Neue Feuer sind ziemlich ausgeschlossen. Alle Brände sind gelöscht. Einige Häuser haben leichtere Schäden, aber das bezieht sich mehr auf zerbrochene Fensterscheiben und Ähnliches. Aber die Feuer haben viele Gärten zerstört, und ich denke, dass auch einige unserer Obstbäume sterben werden. Das Vieh wurde rechtzeitig in die Ställe gebracht, sodass wir hier zumindest keine Verluste haben."

Nach dem innigen Vater-Sohn-Moment war Viktor etwas verwirrt wegen der mechanischen Sprechweise seines Sohnes, doch begriff er schnell, dass dies ein Ausdruck der traumatischen Erlebnisse war und Elias einfach versuchte, etwas Sinnvolles zu leisten. Etwas Reales, Greifbares. Eine Kleinigkeit, die sich in dieser Situation steuern ließ und dadurch zumindest ein Gefühl von Kontrolle vermittelte. Letztlich tat Viktor selbst ja nichts anderes. Keiner unter ihnen hatte je so etwas erfahren müssen, und so befanden sie sich alle in der Lage, nicht zu wissen, was sie tun sollten.

Elias' Stimme drang wieder an sein Ohr: „Ich bin auch die anderen Wälle abgelaufen. Dort hat es bis auf kleinere Vorkommnisse keine weiteren Angriffe gegeben. Die Schutzwächter dort sind allesamt unversehrt. Sie berichteten mir, dass Louis frühzeitig einen Großteil der Leute zur Südseite beordert hat. Gott sei Dank, wenn man so darüber nachdenkt. Er hatte echt Weitblick. Ohnedem wäre es bestimmt anders ausgegangen."

Louis. Schlagartig kam Viktor wieder vor Augen, wie er angeschossen worden und reglos am Boden liegen geblieben war. Er sah sich noch einmal schnell in der Scheune um, hatte den Eindruck, dass hier alles unter Kontrolle war, und wandte sich zum Gehen. „Ich gehe jetzt zum Südwall", sagte er zu Elias. „Du bleibst und machst hier weiter." Er war sicher, dass Elias widersprechen würde, um ihn zu begleiten, doch zu seiner Überraschung gab sein Sohn keine Widerworte und nickte nur. Kurz darauf war er schon dabei, mit einem Teil des Küchenteams zu reden.

Er verließ die stickige Scheune und passierte einen Wachposten, den er aufgestellt hatte. Er hatte damit verhindern wollen, dass jemand zurück in den Südteil ging, um nach Angehörigen zu suchen. Sie hatten bisher nur die Verletzten aus der Zone herausholen können und die Leichen liegen lassen müssen. Ihre Bergung wäre zu gefährlich gewesen. Und Viktor wollte nicht darüber nachdenken, wer hier alles liegen mochte. Er lief an dem ersten Toten vorbei und vermied es hinzusehen. Jetzt war nicht die Zeit, um zu trauern. Zwölf reglose Körper zählte er, während er seines Weges ging. Er würde ihnen allen gedenken, danken und ihren sinnlosen Tod betrauern. Sie sollten in Würde zur letzten Ruhestätte getragen werden.

Als er sich dem Tor des Südwalls näherte, fand er in einer Doppelgarage eine Art Lazarett. Er blieb davor stehen und ließ seinen Blick über die Umgebung schweifen. Es war im wahrsten Sinne des Wortes ein Schlachtfeld. Überall lagen reglose Körper auf dem Boden, Schutzwächter knieten, standen oder saßen am Wall und auf der Wiese davor und schienen selbst nicht begreifen zu können, was geschehen war. Im Stillen dankte Viktor jedem einzelnen von ihnen für ihren Einsatz. Sie alle waren keine geborenen Kämpfer oder Soldaten. Sie waren Informatiker, Heizungsbauer, Lehrer und hatten heute Krieg führen müssen. Sie hatten Menschen auf der anderen Seite erschossen, die ähnliche Leben geführt haben dürften wie sie selbst.

„Ich weiß, ihr könnt nicht mehr, ich weiß es. Ich kann selbst nicht mehr, aber wenn wir nicht riskieren wollen, dass all das hier umsonst war, müssen wir jetzt unsere Schutzmaßnahmen hochhalten!" Eine kräftige Stimme holte Viktor aus seinen Gedanken. Er war zu müde, um die Stimme sofort richtig zuzuordnen. Er begriff nur, dass es nicht Louis' Stimme war, die dort Befehle erteilte und Anweisungen gab. „Wir werden sie alle ehren, sie werden alle den Respekt erhalten, den sie verdienen. Aber wenn ihr Tod nicht sinnlos sein soll, dann müssen wir jetzt noch ein wenig durchhalten. Ihr da: Löscht das Feuer. Ihr zwei holt Essen und Wasser aus der Basis. Und die anderen: an die Wälle. Verteilt euch über das gesamte Dorf!" Viktor sah, dass die Schutzwächter tatsächlich aufstanden, um ihren Aufgaben nachzugehen. Die Bewunderung, die er in diesem Moment für sie empfand, war grenzenlos. Da fügte die vertraute Stimme noch hinzu: „Und Louis lebt. Er wird es schaffen. Er lässt euch ausrichten, dass er unendlich stolz auf euch ist. Ohne euch wären wir überrannt worden. Ihr seid es, die uns und unsere gesamte Gemeinschaft gerettet haben."

Als sich die Gruppe auflöste, um ihre neuen Aufgaben anzugehen, wurde zu Viktors Überraschung der Blick frei auf Thomas, der die Ansprache gehalten hatte. Er war blutüberströmt, doch schien es nicht sein Blut zu sein, denn er selbst wirkte unversehrt. Zumindest hatte er keine Schonhaltung, trug keinerlei Verbände oder humpelte. Seine Haltung war stolz und stark, seine Augen wirkten wach und klar. Keinerlei Irritation, Angst oder Schock waren darin zu erkennen. Er war völlig bei sich und hatte die Leute um sich herum absolut unter Kontrolle.

Wie war es möglich, dass ein so junger Mann nach all dem, was sich in den letzten Stunden abgespielt hatte, so kühl sein konnte? Er als gestandener, erwachsener Mann brachte diese Kraft kaum auf. Und während er Thomas dabei zusah, wie er offenbar das Kommando über die Schutzwächter übernommen hatte, breitete sich ein unangenehmes Gefühl in seiner Magengegend aus. Wer war dieser Junge? Warum konnte er kämpfen, wie er es konnte?

Warum war er so abgebrüht in einer Situation wie dieser? Was hat er durchmachen müssen, um zu sein, wie er jetzt war? Und warum befehligte nun ausgerechnet er die Schutzwächter? In diesem Moment trafen sich ihre Blicke. Viktor fühlte sich ein wenig ertappt, aber in Thomas' Augen blitzte reine Freude auf. Mit zwei kräftigen Schritten war er bei ihm und schloss ihn in eine kurze, aber herzliche Umarmung. „Wie geht es Lara?", fragte er dann sofort. „Ist sie unverletzt?"

Viktor nickte, und Thomas drehte sich kurz von ihm weg und rief den Männern, die sich auf den Weg zur Scheune machten, zu, dass sie ihr ausrichten sollten, dass er sie liebe. „Und was ist mit Hilde und meinem Vater?" Er sprach schnell, und Viktor begriff, dass er noch in einem Modus war, in dem der reine Informationsaustausch im Fokus stand. Schnell, präzise, effektiv. Und dieser Modus war ansteckend, denn er selbst antwortete auf die gleiche Art und Weise.

Erleichterung machte sich bei Thomas breit und ließ seine angespannten Gesichtszüge etwas weicher werden. Viktor hatte bisher nur darüber nachgedacht, dass die Menschen in und um die Scheune herum Sorge und Angst um die Menschen hier an der Front hatten. Dass es auch umgekehrt so war, und dass das die kämpfenden Männer und Frauen zusätzlich belastete, war ihm nicht in den Sinn gekommen. Doch jetzt kam ein Schutzwächter nach dem anderen zu ihm, um sich nach Angehörigen im Inneren zu erkundigen. Zu Viktors Glück war keiner unter ihnen, dem er eine wirklich schlechte Nachricht überbringen musste.

Noch während er die letzten Fragen beantwortete, zog Thomas ihn in das kleine Ferienhaus mit den grünen

Fensterläden. Es war einst sehr hübsch gewesen, doch jetzt klebten Ruß und Blut an seiner zitronengelben Fassade. Unverzeihliche Spuren eines unverzeihlichen Ereignisses.

Sie betraten den engen Flur des Hauses und gingen in das anliegende Schlafzimmer. Niemand folgte ihnen, um weitere Fragen zu stellen. Offenbar war der Zutritt nicht gestattet. In dem Bett lag zu Viktors Erleichterung Louis. Er war blass, mit Schweiß und Blut überströmt. Sein Bauch war in einen großen Verband eingewickelt, und weitere Verbände lagen um Arme, Beine und den Kopf. Er war schwer verletzt, das erkannte Viktor sofort, strahlte aber trotzdem die gewohnte Stärke und Kraft aus. Und das, obwohl er halb nackt in einem Bett lag, das mit einer rosaroten Spitzendecke bezogen war.

„Viktor, mein Freund, es geht dir gut." Louis' Stimme klang schwach und gebrochen, man merkte, dass ihn das Sprechen jede Menge Kraft kostete und Schmerzen bereitete. „Hilde?", fragte Louis weiter, als Viktor fast väterlich seine Hand nahm, mit der anderen zusätzlich umfasste und kräftig drückte. Er nickte nur und ließ seinen Blick auf den großen Verband um Louis' Bauch gleiten. Es blutete leicht durch, und ein Schlauch ragte aus seiner Seite. Die Wundversorgung wirkte professionell. „Nur ein Kratzer", krächzte Louis, lächelte halb und ließ sich vollständig zurück in das Kissen gleiten.

„Wer hat dich so versorgt?", fragte Viktor verwundert.

„Der Arzt ist bei uns", antwortete Thomas an Louis' Stelle. Viktor hatte bei Louis' Anblick völlig vergessen, dass sie zusammen hergekommen waren, und sah ihn etwas überrascht an. „Ich kann den Typen ja echt nicht leiden", fuhr Thomas fort, „aber er ist durch die Feuer hindurch mit seinem Krempel aus der Krankenstation hierhergerannt und hat ein Lazarett eröffnet. Völlig irre, der Kerl. Hut ab."

Da Viktor nichts Besseres zu sagen wusste, erwiderte er nur: „Und wir haben den Mistkerl in der Scheune gesucht und ihn verflucht, weil wir dachten, er hätte sich davongemacht oder sich irgendwo versteckt. Hier hätten wir ihn nie vermutet."

„Viele Verluste?", krächzte Louis hinter seinem Rücken.

Viktor fehlten die Worte, er blickte nur traurig zu Boden und nickte stumm.

40. Er ist ein Held

Lara

ERSCHÖPFUNG. Bodenlose Erschöpfung. Etwas anderes konnte Lara nicht mehr empfinden, als sie sich zusammen mit Hilde an einer Holzwand auf den Boden gleiten ließ. Über ihr hingen der Essensplan und direkt daneben ein handgemaltes Plakat, auf dem zu einer Tanzparty für den morgigen Abend eingeladen wurde. Die Scheune war bereits mit Blättergirlanden und Blumen geschmückt worden, doch waren dort, wo morgen ausgelassen gefeiert werden sollte, nun verzweifelte, verängstigte und verwundete Menschen. Sie sah Sabine, die vorhatte, eine Apfelbowle für morgen vorzubereiten. Herbert, der auf seiner Gitarre für sie alle hatte spielen wollen. Zusammen mit Henriette, die nun unweit von Lara entfernt versuchte, die Schmerzen zu unterdrücken, für die eine Ladung Schrot in ihrem Bein sorgte. Lara bewunderte sie für ihre Stärke. Sie wusste nicht, ob sie das überleben würde.

Ohne die medizinische Versorgung durch einen erfahrenen Arzt würden es viele von ihnen nicht schaffen. Die wenigen Antibiotika, die sie noch hatten, würden nicht für alle reichen, ganz besonders nicht, da die Wunden weder fachmännisch noch unter hygienisch unbedenklichen Umständen versorgt worden waren. Sie hatte versucht, einige Schussverletzungen zu versorgen, so wie die von Henriette. Doch bei den meisten Verletzungen handelte es sich um Brüche, Prellungen, Platzwunden. Verletzungen, die durch die Panik und den damit einhergehenden Fluchtversuchen entstanden waren.

Sie wusste nicht, wer noch da draußen war, und in diesem Moment war es ihr auch egal, denn alles, woran sie denken konnte, war Thomas. Lebte er? Wo war er? Er war zur ersten Wache eingeteilt worden, noch bevor alles richtig losgegangen war, und Lara betete, dass er an einem der Schutzwälle gestanden hatte, die nicht angegriffen worden waren. Die grausame Vorstellung seines Todes legte sich wie eine eiskalte Hand um ihr Herz. Sie wollte aufstehen und *irgendwas* tun, um sich von diesem Gedanken abzulenken, aber ihre Beine gehorchten nicht. Also blieb sie sitzen. Unter dem Plakat. Neben Hilde, die genau in diesem Moment ihre Hand ergriff, sie fest drückte und nicht mehr losließ. Unerschrocken hatte Hilde in den letzten Stunden an ihrer Seite gestanden und ihr assistiert, ohne auch nur einen Moment Schwäche zu zeigen, doch Lara merkte, dass sie schon bald ihre Gefühle nicht mehr würde zurückhalten können. Und jetzt, noch für ein paar Minuten, brauchte sie offenbar jemanden, den sie versorgen konnte, um das volle Ausmaß des Schreckens ein wenig länger zu verdrängen. So saßen die beiden Frauen nebeneinander auf dem staubigen Scheunenboden und gaben einander schweigend den größten Trost, den sich zwei Menschen geben konnten.

Es dauerte eine ganze Weile, bis Lara etwas auffiel: Es war ruhig da draußen. Zwar riefen die Menschen noch immer laut hin und her, Sachen wurden transportiert, man versuchte, Ernten vor den noch vor sich hinschwelenden

Feuern zu retten. Aber der Lärm an der Südfront war verstummt. Keine Schüsse, keine markgefrierenden Schreie mehr. Der Kampf war vorüber. Diese Erkenntnis sickerte nur langsam zu ihr durch. Sie versuchte, etwas mit dieser Information anzufangen, doch machte es seltsamerweise keinen Unterschied, ob der Kampf noch tobte oder nicht. Es gab nichts, was sie hätten daran ändern können. Es gab nichts, was ungeschehen machen könnte, was geschehen war. Und so blieb sie sitzen, lehnte sich schwerer gegen die hölzerne Wand, aus der ein rostiger Nagel hervorlugte und sich mit leichtem Druck in ihren Rücken bohrte. Nicht einmal dagegen konnte sie noch etwas tun.

Gerade als ihr die Augen zufallen wollten, hörte sie eine raue Stimme ihren Namen sagen. Sie wollte nicht aufsehen, sie wollte und konnte keine einzige Wunde mehr nähen, keinen Bruch mehr richten. Sie brummte nur, statt zu antworten, und schloss ihre Augen. Doch die Stimme ließ nicht locker. Ganz im Gegenteil, der Mann, dem diese Stimme gehörte, ging vor ihr in die Hocke und schüttelte sie sanft an der Schulter. Dann sagte die raue Stimme etwas, das schlagartig jede Müdigkeit und Erschöpfung aus ihrem Körper presste und sie mit einem tiefen Glück erfüllte, das hier und jetzt nicht unpassender hätte sein können. „Thomas ist unverletzt", sagte die Stimme. „Wir sollen dir sagen, dass er dich liebt. Er ist ein Held." Da sie ihre Augen inzwischen aufgeschlagen hatte und ihn anblickte, wusste er, dass sie ihn gehört hatte. Er lächelte noch kurz und war gleich wieder verschwunden.

Thomas lebte. Er lebte. Alles andere war unwichtig. Thomas war am Leben, und mit diesem Gedanken fiel sie in einen ohnmächtigen Schlaf.

41. Pause

Walter

WALTER kam noch gerade rechtzeitig, um zu hören, wie der Schutzwächter zu Lara sagte, dass sein Sohn am Leben und unverletzt war. Ebenfalls rechtzeitig war er da, um Lara aufzufangen, als sie seitlich an der Wand runterrutschte, die Augen geschlossen, in einen tiefen Schlaf versinkend. Sie alle hier waren jetzt seit über vierundzwanzig Stunden auf den Beinen. Sie führten ohnehin ein Leben am körperlichen Limit, und die letzten Stunden hatten ihnen alle Kräfte, die sie noch besaßen, abverlangt. Er selbst war bis eben mit einer Gruppe von Bewohnern draußen gewesen, um in den verkohlten Obstbäumen nach Früchten zu suchen, die noch genießbar waren. Ebenfalls suchten sie nach Gemüse, welches das Feuer nicht verbrannt hatte, nun aber vor der geplanten Zeit geerntet werden musste, damit es nicht verdarb. Die Feuer schwelten noch, und sie mussten Vorsicht walten lassen, um sich nicht zu verbrennen. Es war eine harte Arbeit, die sie schweigend erfüllten. So wichtig wie der Schutz an der Südseite war, so wichtig war es, die eigenen Schätze zu bewahren, und so arbeiteten sie auf den Feldern, während ringsum die Welt untergegangen zu sein schien. Als keiner mehr konnte, als die Ersten zusammenbrachen und nur noch er da war, beendete auch

Walter seine Arbeit, um sich auszuruhen. Fünf Minuten. Dann wollte er weitermachen.

Lara, die in seinen Arm gesunken war, bettete er, so gut es ging, in einer Nische neben einem der kleinen Nebeneingänge. Man brachte eine Decke und ein Kopfkissen für sie. Offenbar hatte ihr unerbittlicher Antrieb bei dieser grausamen Tätigkeit, der sie heute hatte nachgehen müssen, ihr Respekt und Mitgefühl verschafft. Während andere bereits damit beginnen konnten, das Geschehen zu verarbeiten, flickte Lara mit Nähgarn Platzwunden und pickte Schrotkugeln aus aufgerissenen Armen und Beinen. Die gesamte Wucht der Ereignisse würde sie noch treffen. So wie es just in diesem Moment bei Hilde der Fall zu sein schien.

Walter sah sie noch immer unter dem Essensplan sitzen. Laut schreiend und weinend. Er legte eilig die Decke über Lara und wollte zu Hilde, sah jedoch im nächsten Moment, wie Elias seine eigene Mutter hochhob und aus der Scheune trug.

Der Geruch nach Urin und Erbrochenem, Tod und Krankheit lag schwer in der Luft. Der Boden war blutrot durchtränkt, und die feierlich-fröhliche Dekoration für die Tanzparty am nächsten Tag schien sie alle zu verhöhnen. Da auch er nicht mehr in der Lage war weiterzumachen, der Kampf ganz offenbar vorbei und gewonnen zu sein schien und er nun sogar wusste, dass sein Sohn am Leben war, setzte er sich neben Lara, lehnte seinen Kopf an die Wand über sich und schloss die Augen. Und die ganze Zeit schwirrte der Satz über seinen Sohn durch seinen Kopf: „Er ist ein Held."

42. Hintergründe

Viktor

„ICH habe dir schon mal gesagt, der Typ ist irre." Louis musste lachen. Seit etwa einer halben Stunde erzählte er Viktor von den Geschehnissen der letzten Nacht. Wie für den Notfall vorgesehen, hatte er damit begonnen, seine Wächter rund um das Dorf herum zu positionieren. Als er Thomas dem Nordtor hatte zuteilen wollen, hatte dieser wohl nicht reagiert, sondern sich umgewandt und war auf einen hohen Baum nahe der Scheune gestiegen. Dabei hatte er Louis zugerufen: „Hier stimmt was nicht."

„Ich habe gedacht, er würde jetzt den Verstand verlieren. Wegen der Angst und so", sagte Louis, während sich in seinen Augen ein unglaubliches Durcheinander an Gefühlen widerspiegelte. „Du weißt ja, dass ich ihm nicht getraut habe und ihn seltsam fand. Es hat mich also nicht wirklich überrascht, dass ausgerechnet er es war, der im Ernstfall meine Befehle verweigerte, ich war schon für diesen Moment gewappnet. Das Problem an verweigerten Befehlen ist, dass sich so was wie ein tödliches Virus ausbreiten kann. Das liegt nicht daran, dass die Schutzwächter illoyal oder gar feige wären. Es ist einfach menschlich, vor Gefahren zu fliehen, doch habe ich ihnen ja den Befehl erteilt, in die Gefahr hineinzurennen. Zeigt nun einer der Wächter einen

217

Weg, die Gefahr zu umgehen, indem er meinen Befehl missachtet, so kann das gefährlich für die ganze Gruppe werden. Ich musste Thomas also wieder unter Kontrolle bringen. Nicht wortwörtlich unter Kontrolle natürlich, aber ich glaube, du weißt, was ich meine. Ich ihm also hinterher und brüll rauf zu ihm, dass er sich endlich zum Nordtor bewegen soll. Und was macht der Typ? Brüllt mich an, dass ich still sein soll. Ich war so perplex, dass ich gar nicht wusste, was ich antworten sollte. Etwas, das mir bis dahin noch nie passiert ist. Und während rund um uns herum die Molotowcocktails flogen und all diese Männer und Frauen von mir wissen wollten, was sie tun sollen, stand nun ausgerechnet ich da, verunsichert und wartend, dass Thomas wieder von dem Baum runterkommt. Ich sag dir, es hat mich eiskalt erwischt, als ich begriff, dass plötzlich ich es war, der seinem Befehl Folge leistete. Ich kann dir nicht sagen, wie das passieren konnte." Louis' Erzählart kippte nach wie vor von einer Emotion in die nächste, und für Viktor war es schwer, ihm zu folgen, als er fortfuhr: „Dann kommt er endlich von dem Baum runter, guckt mich an und befiehlt *mir*, ich solle alle Männer zum Südwall schicken. In diesem Moment hatte ich mich aber gerade wieder gesammelt und wollte ihn erst mal streng an seine Position erinnern, doch irgendwas an ihm ließ mich innehalten. Ich spürte einfach, dass das, was er da sagte, wichtiger war als Machtkämpfe. Statt ihn in seine Schranken zu weisen, fragte ich ihn also, warum ich genau dort aufrüsten sollte, wo absolut nichts los war, und da sagte er, ich könne es mir ja selbst ansehen, und deutete auf den Baum. Er meinte, er hätte gesehen, wie die Männer in den Süden rannten, nachdem sie die Cocktails geschmissen hatten. Er war sicher, dass es eine Ablenkungsstrategie war, überall die Brände zu legen. Ich wusste nicht, was ich davon halten sollte, das kann ich dir sagen, Viktor, aber die Art, *wie* er es sagte, ließ mich doch auf diesen Baum steigen. Und das noch genau rechtzeitig, denn seine Beobachtung wiederholte sich dreimal in nächster Nähe. Die Hunde da draußen warfen die Cocktails, schossen die brennenden Pfeile ab und rannten zurück ins Unterholz. Dann konnte man sie hier und da noch in Richtung Süden rennen sehen. Hätten sie von überall her angegriffen, hätten wir uns gut verteidigen können. Geballt von einer Seite … das war übel, dafür waren wir nicht ausgerüstet." Louis hustete erneut qualvoll und aus dem Schlauch, der noch immer in seiner Wunde steckte, tropfte etwas Flüssigkeit in den Eimer unter seinem Bett. Die Wundflüssigkeit roch unangenehm, offenbar hatte sich seine Wunde infiziert.

„Und da hast du dann entschieden, alles auf eine Karte zu setzen?", fragte Viktor, während Louis sich seine Wasserflasche von der Fensterbank angelte, unter der sein Bett stand. Die Welt hinter dem kleinen Fenster schien eine völlig andere zu sein als die vor dem Häuschen, denn hier blühten die letzten Blumen des Jahres und die Vögel sangen. Selbst ein Eichhörnchen hüpfte von einem Baum auf den anderen, nicht weit von dem Fenster entfernt. Der Anblick dieser kleinen, heilen, vom Kampf unberührten Welt machte Viktor wütend und traurig zugleich.

„Ja. Ja genau. Ich sah sie rennen und dachte mir: Wenn ihr alle von hier verschwindet, dann brauch ich auch nicht alle Männer hier stehen zu lassen. Ich teilte den normalen Überwachungsposten ein und beorderte alle anderen an die Südseite. Aber dort hatten wir nicht mal mehr die Chance, uns richtig aufzustellen. Sie überrannten unser Tor, und was dann alles so passierte, weißt du ja."

„Ja, nur was ich nicht verstehe, ist, warum wir wieder vordringen konnten. Ich habe noch die Feuerwand aufflammen sehen, aber mehr nicht."

„Du bist und bleibst eben ein Zivilist." Louis hustete beim Lachen und grinste schief. Er hatte beim Kampf zwei Zähne verloren, was ihn ein wenig unheimlich wirken ließ. „Es strömten immer mehr von denen bei uns ein, und Thomas hat dann mit Benzin die Feuerspur am Tor gelegt. Einfach so. Ich mein, wir waren uns da am Beschießen, am Prügeln und Töten, und er zaubert einen Benzinkanister hervor und rettet uns allen damit mal eben das Leben? Na ja, nicht allen, aber alle, die jetzt noch am Leben sind, verdanken es irgendwie ihm. Er ist einfach am Rand an den Angreifern vorbeigerannt und dann quer durch den Strom mit der Benzinspur hinter sich her. Ich habe noch nie jemanden so rennen sehen. Und als das Feuer dann brannte und keine Verstärkung von draußen mehr hatte nachströmen können, wusste ich: Wenn wir unsere Karten jetzt gut ausspielen, haben wir eine Chance. Doch ausgerechnet in dem Moment hatte mich die verdammte Kugel erwischt. Ich konnte nicht aufstehen und musste mich in die Deckung des Autos kauern, auf dem ich wenige Augenblicke zuvor noch gestanden hatte. Ich sah Joseph, der versuchte, das Kommando zu übernehmen, doch hörten unsere Männer und Frauen in ihrer Angst nicht auf ihn."

Viktor zog verwundert die Augenbrauen hoch. Joseph genoss als zweiter Befehlshabender der Schutzwache ein enormes Ansehen. Seine ruhige und selbstsichere Art war der von Louis überaus ähnlich. Umso überraschender war es, dass die Schutzwächter ihm nicht gefolgt waren.

„Sie sind fähige Menschen", sagte Louis, der die unausgesprochene Frage offenbar in Viktors Augen lesen konnte, „doch keine Soldaten. Man kann von ihnen kein blindes Funktionieren erwarten. Fällt ihr Anführer, fallen sie. Josephs Fähigkeiten hin oder her."

Viktor wusste nicht, was er darauf erwidern sollte. Also nickte er nur zustimmend, bevor er fragte: „Und was ist dann passiert?"

Louis atmete tief durch, ganz so, als würde ihm das Sprechen plötzlich jede Menge mehr Kraft kosten als noch vor ein paar Minuten. „Thomas ist passiert", erwiderte er dann mit einem schiefen Grinsen. „Er sprang auf das Auto und begann, Befehle zu brüllen. Es war geschickt von ihm, an den Ort zu gehen, von dem aus auch vorher die Befehle durch mich erteilt worden waren. Es war fast unheimlich, aber nach wenigen Augenblicken begannen die Männer und Frauen um uns herum vorzurücken. Sie hörten auf ihn. Für sie war er der Held, der uns alle gerettet hat. Derjenige, der erkannt hat, was die Angreifer vorhatten. Derjenige, der uns durch das Feuer eine Chance ermöglichte. Das verband sie, das schenkte ihnen Vertrauen und die Zuversicht, die sie in diesem Moment bitternötig hatten. Und so rückten wir zwischen Basis und Südwall immer weiter vor. Die Angreifer konnten ja nicht mehr zurück. Und neue konnten dank des Feuers nicht nachkommen."

„Es war ein Tötungskessel." Viktor war entsetzt und erleichtert zur selben Zeit. Dieses Manöver hatte sie gerettet, doch gleichzeitig war es grausam. Viele Männer und Frauen dürften in der Feuerwand verbrannt oder aufs

Übelste verletzt worden sein. Außerdem hatten diejenigen, die bereits in den Mauern der Dorfgemeinschaft gewesen waren, in der Falle gesessen. Sie hatten nicht mehr fliehen oder sich zurückziehen können. Sie konnten nur noch sterben. Als er Louis diesen Gedanken mitteilte, schnaufte der nur verächtlich. „*Die* haben *uns* angegriffen. *Sie* haben *uns* getötet. Was hätten wir denn tun sollen? Uns hinsetzen und einen Gefühlskreis mit denen bilden? Wir haben getan, was getan werden musste. So wie du getan hast, was in der Basis getan werden musste. Und Thomas ist ein Held. So viel steht fest. Dem Typen vertraue ich fortan mein Leben an. Ohne zu zögern."

Viktor hob beschwichtigend die Hände. Er hatte seinen Freund nicht verurteilen wollen, auch wollte er die Angreifer nicht in Schutz nehmen, doch musste er immer und immer wieder daran denken, dass dort draußen vielleicht jemand lag, auf den nun Frau und Kind vergeblich warteten. Gestorben, weil er erobern wollte, was er im Dorf gegen körperliche Arbeit bekommen hätte. Er und seine ganze Familie. Das war es, was es für Viktor so schwer machte. Offenbar hatte er laut gedacht, denn Louis sagte: „Das da draußen mögen zwar Familienväter, Ehefrauen oder Kinder von irgendwem sein, doch eines sind sie nicht: arme und verzweifelte Plünderer."

Viktor horchte auf und war zutiefst beunruhigt, als Louis fortfuhr: „Einige von denen waren schon fast so was wie Soldaten. So gut bewaffnet, genährt und trainiert ist keiner, der aus Verzweiflung eine solche Aktion startet. Außerdem war der Angriff minutiös geplant, taktisch elegant und kam gänzlich unerwartet. Die wussten ganz genau, was sie da taten." Bei seinen letzten Worten wurde Louis schlagartig müde. Seine Augenlider flatterten, und noch während er sprach, schlossen sie sich und verkündeten einen unruhigen Schlaf, der hoffentlich dabei helfen würde, die Infektion zu überstehen und die schweren Verletzungen heilen zu lassen.

43. Neue Aufgaben

Lara

„PACK das da rüber. Und das Bett kommt hierher. Und das alles dort kommt hier weg. Bewegung, Bewegung, Bewegung!"

Lara blieb bei ihrer Entscheidung, diesen Arzt nicht ausstehen zu können, und warf ihm in Gedanken wüste Beschimpfungen an den Kopf, während er ihr herrische Anweisungen gab. Vor wenigen Stunden erst war sie in einer kleinen Nische in der Scheune erwacht. Auf dem Stuhl neben ihr hatte Walter geschlafen, und sie hatte sofort gewusst, dass er auf sie aufgepasst hatte. Sie fühlte sich weder gestärkt noch ausgeruht, und dass der Arzt, kaum dass sie die Augen aufgeschlagen hatte, auf sie zugestürmt war, um sie in Beschlag zu nehmen, trug nicht unbedingt zu ihrem Wohlbefinden bei. „Dornröschen ist also auch mal wach. Los, hoch mit dir, es gibt Arbeit!", waren seine ersten Worte gewesen.

Die ganze Nacht über, während sie mit primitivsten Mitteln ohne medizinische Grundkenntnisse versucht hatte, Leben zu retten, war er verschwunden gewesen. Und jetzt bildete er sich ein, hier den Chef spielen zu können? Sie wollte gerade zu einer passenden scharfen Antwort ansetzen, doch da war er schon wieder weg und beugte sich mit geschultem Blick über eine junge Frau, deren Name Lara nicht einfallen wollte, und überprüfte den Sitz ihrer Verbände. Lara stapfte ihm hinterher, um ihm ihre Meinung zu sagen und ihn zu fragen, wo er in der letzten Nacht gesteckt hatte, während unter ihren Händen Menschen gestorben waren. Doch gerade als sie Luft holte, fiel ihr etwas auf: Die Anzahl der Verletzten hatte sich enorm vergrößert.

Sie ließ ihren Blick über die Gesichter schweifen und erkannte die Schutzwächter unter ihnen. Dass sie auch noch in das Lazarett, das eigentlich eine Scheune war, kommen würden, war ihr klar gewesen, doch erstaunt stellte sie fest, dass sie bereits bestens versorgt worden waren. Die Verbände saßen gut, Drainagen waren gelegt, und dort, wo ein Bein geschient war oder ein Arm in einer Schlinge hing, war deutlich zu erkennen, dass diese Werke von einem Fachmann ausgeführt worden waren.

Sie schaute zurück zum Arzt und blickte ihm zum ersten Mal genau ins Gesicht. Was sie sah, ließ sie in ihren Verurteilungen innehalten, denn er war mehr als nur müde. Seine Erschöpfung war fast körperlich zu spüren und ließ keinen Zweifel daran, dass er schon sehr lange nicht mehr geschlafen, gegessen oder geruht hatte. Sein Hemd war voller Blut, frisches Blut, eingetrocknetes Blut. Lara begriff, dass er die Schutzwächter versorgt hatte, aber das würde bedeuten, dass er an der Front gewesen war, während die Kämpfe tobten, eine andere Möglichkeit gab es nicht. Und wenn dem so gewesen war und er im Kampftumult die Wunden versorgt und Leben gerettet hatte, dann musste sie ihre Meinung über den unsympathischen Mann überdenken und ihm tiefsten Respekt, wenn nicht Ehrfurcht zollen.

„Du hast hier einen ordentlichen Job gemacht, dafür, dass du nur eine Kräuterhexe bist." Seine Stimme holte sie aus ihren Gedanken. Da sie nicht wusste, was sie dazu sagen sollte, zuckte sie nur mit den Schultern.

„Nein, im Ernst", fuhr er fort. „Dass ich alle Nähte noch mal auftrenne und die geschienten Beine und Arme neu wickele, bedeutet nicht, dass du keine gute Arbeit geleistet hast. Ich gehe nur noch einmal alles durch, denn du warst müde, überfordert und bist – das wollen wir noch mal betonen – nicht ausgebildet. Trotzdem hast du es geschafft, den Menschen hier und mir Zeit zu verschaffen. Deine Arbeit hat ermöglicht, dass sie durchhalten konnten, bis ich von den Schutzwächtern weg- und hierherkommen konnte. Ich weiß, du kannst mich nicht leiden. Ich dich auch nicht. Aber das wollte ich dir sagen." War das etwa ein Lächeln? Tatsächlich lächelte sie der Arzt an. Seine Worte, die normalerweise vor Boshaftigkeit und Sarkasmus nur so trieften, waren diesmal ehrlich gemeint, sein Lob war aufrichtig.

Lara wollte etwas erwidern, doch dazu kam sie nicht.

„Ich nehme dich in meinen Dienst", sprach er, ohne aufzusehen, weiter. „Solange wir so viele Verletzte haben, brauche ich jemand Geschicktes an meiner Seite, die ganzen Stümper hier bringen mir dabei nichts. Als Erstes werden wir etwas gegen diese Unterbringungsart unternehmen. So kann man nicht gesund werden. Lauf zu Viktor und sag ihm, dass wir eine größere Krankenstation brauchen, achtzig Betten. Und sie sollen nah beieinander sein, ist mir egal, wer dafür umziehen muss. Ich will bei den Patienten sein. So wie du es auch sein wirst. Erst noch zehn Minuten irgendwo hinrennen zu müssen, wenn es einen Notfall gibt, das können wir nicht zulassen. Ich habe echt keine Lust, dass uns hier noch jemand wegstirbt. Und jetzt los."

Lara schaute ihn noch einen Moment lang an und fühlte sich ein wenig überfordert bei dem Gedanken an ihre bevorstehenden neuen Aufgaben. Doch fühlte sie tief in sich eine Stärke, die ihr zuflüsterte, dass sie es schaffen würde. Und einen gewissen Mut, der ihre Angst auf ein erträgliches Level drückte.

Auf dem Weg zu ihrem Wohnhaus, wo sie Viktor in dessen Büro vermutete, ließ sie ihre Gedanken zu Thomas schweifen, und sie fragte sich, wann sie ihn wiedersehen würde. Es konnten höchstens fünfzehn Gehminuten sein, die sie trennten, doch fühlte es sich an, als seien hundert Kilometer zwischen ihnen. Ihr war klar, dass bei den vielen Verletzten nun jeder Schutzwächter an den Wällen eingesetzt war und keiner von ihnen eine richtige Pause gemacht, geschweige denn eine Nachtruhe gehalten haben dürfte. Trotzdem hätte sie genau jetzt, in diesem Moment, alles dafür gegeben, sich in seinen Armen verkriechen und einfach nur sicher und geborgen fühlen zu dürfen. Stattdessen reihte sie sich in die Schlange der Bewohner vor Viktors Büro ein und versuchte, geduldig zu warten, bis sie an der Reihe war. Offenbar hatte jedes Gewerk etwas mit dem Anführer zu bereden, und offenbar schienen die Gespräche allesamt länger zu dauern. Mehr aus der Motivation heraus, nicht von dem Arzt niedergemacht zu werden, denn aus der Verantwortung den Verletzten gegenüber nahm sie allen Mut zusammen, trat aus der Schlange heraus und lief ganz nach vorn, um energisch gegen die Tür zu schlagen. Sie hatte einfach keine Zeit, jetzt brav anzustehen. Hinter ihr hörte sie Geschimpfe und die

Aufforderungen, sich ebenfalls hinten anzustellen. Sie drehte sich nur halb um und rief laut: „Hier geht es um unsere Verwundeten und Verletzten und die Sicherstellung ihrer Versorgung. Ich stelle mich hinten an, wenn ihr findet, dass das ruhig noch eine Stunde warten kann." Ihr Herz schlug schneller, als ihr energischer Auftritt vermuten ließ. Woher nur kam der plötzliche Mut? Lara stellte zufrieden fest, dass ihre toughe Art dazu führte, dass sich keiner mehr beschwerte, sondern im Gegenteil nur stumme Zustimmung von den Wartenden hinter ihr zu vernehmen war.

Als sie sich umdrehte, sah sie, dass Viktor bereits die Tür geöffnet hatte. Ein anerkennendes, kaum wahrnehmbares Lächeln umspielte seine Mundwinkel. Schmerz und Müdigkeit zermürbten das entstellte Gesicht des sympathischen Mannes, den Lara längst in ihr Herz geschlossen hatte. Er und seine Frau hatten fast elterlichen Einfluss auf sie. Lara erinnerte sich nur noch bruchstückhaft an das, was die Beziehung zu ihren eigenen Eltern ausmachte. So lange schon war es her, dass sie sich von ihnen hatte verabschieden müssen, und schmerzhaft waren die Erinnerungen an das Gefühl der Geborgenheit. Und so war ihr das Vertrauen zu Viktor und Hilde beinahe unangenehm, obwohl es dazu führte, dass sie sich ihren eigenen Wurzeln ein wenig näher fühlte.

Viktor legte in einer väterlich anmutenden Geste die Hand auf ihre Schulter und schob sie sanft in sein Büro. Er schloss die Tür hinter sich und zog sie völlig unerwartet mit einer festen Umarmung an seine Brust. Lara war gänzlich überrumpelt, unangenehm aber war es ihr nicht. Ganz im Gegenteil, sie zog so viel Kraft aus dieser Geste tiefster Verbundenheit, dass sie sich fast ein wenig einsam und verlassen fühlte, als sich Viktor von ihr löste. „Ich bin so froh, dass es dir und Thomas gut geht. Also zumindest körperlich", sagte er, während er den Tisch umrundete.

Lara vergaß beim Klang dieses Namens, warum sie gekommen war. „Du hast ihn gesehen? Wie geht es ihm, wo ist er?" Ihre Sorge war übermächtig, ihre Sehnsucht nach Thomas' starken Armen beinahe schon körperlich schmerzend.

„Er ist bis auf wenige Kratzer unversehrt und schiebt seit gestern Nacht Dienst. Hauptsächlich in Louis' Büro, denn irgendwie hören alle jetzt auf sein Kommando." Viktor ließ sich schwer in seinen Stuhl fallen und stützte seinen Kopf auf seine Hände. Er wirkte um viele Jahre gealtert, und Lara hatte das Gefühl, dass es ihm guttat, vor ihr nicht den starken und zuversichtlichen Anführer geben zu müssen, den die Gemeinschaft so nötig hatte.

„Auf sein Kommando?" Lara war völlig verwirrt. Louis hasste Thomas. Warum auch immer. War es Hass? Nun, auf jeden Fall misstraute er ihm, aber bei starken Führungspersonen wie Louis äußerte sich eine solche Verunsicherung häufig als Hass. Hass und Wut waren aktive und kräftige Gefühle, die besser zu beherrschen waren als Misstrauen, denn sie entstanden aus dem Menschen selbst, sie wurden ihm nicht angetan.

„Wir alle verdanken deinem Thomas das Leben", erwiderte Viktor und erzählte in wenigen Worten, was geschehen war. In Lara explodierte ein Wust an Gefühlen, die widersprüchlicher nicht sein konnten. Auf der einen Seite war sie stolz auf ihn, auf der anderen war sie wütend darüber, dass er sich so sehr in Gefahr gebracht hatte. Sie spürte Sorge und war verärgert. Alles zusammen war völlig verwirrend, aber Lara war zu erschöpft, um Ordnung in ihre Gedanken zu bringen.

„Er wird kommen, sobald er kann. Letzte Nacht hat er sechs Mal nach dir geschickt, damit sich einer der Männer davon überzeugen konnte, dass es dir gut geht."

Ein wohliges Gefühl breitete sich in Laras Brust aus. Auch wenn Thomas nicht unmittelbar bei ihr war, kümmerte er sich um sie, und im größten Chaos musste er an sie denken. Das war das größte Geschenk, das man im Leben bekommen konnte. Das Kostbarste, was sie je erhalten würde. Tränen der Rührung traten in ihre Augen. Doch Viktor riss sie unmittelbar aus ihren Gedanken, als er fragte: „So, was will denn der heroische Herr Doktor?"

Lara brachte ihr Anliegen hervor, deshalb war sie schließlich hier.

„Gut", sagte Viktor, nachdem sie geendet hatte, „wir können das Haus 6 frei machen. Dort ist genug Platz für alle, wenn wir sie zu dritt oder viert auf die Zimmer legen. Außerdem könnten wir auf den Fluren Nischen abtrennen und dort auch Patienten unterbringen. Ein paar Planen dürften zumindest das Gefühl von Privatsphäre vermitteln. Der Arzt geht dann in den Hauswirtschaftsraum und für dich wäre vielleicht die Küche geeignet. Ich schicke sofort jemanden, um die Bewohner beim Umzug zu unterstützen. Richtet euch alles so her, wie ihr es braucht."

Lara, die ihm gegenüber in einem der großen Ohrensessel Platz genommen hatte, nickte und schenkte ihm ein Lächeln. Sie wollte schon aufstehen, hielt aber doch noch einmal inne. „Ich habe wirklich gedacht, der Arzt hätte sich aus dem Staub gemacht."

Viktor musste lachen. „Ja, das haben wir alle gedacht." Während er sich ein paar Notizen über die nötigen Veränderungen im Gebäude 6 machte, fuhr er fort: „Und dabei saß er an der Front im Kugelhagel im Schlamm und kümmerte sich um die Schutzwächter und all diejenigen, die dort zwischen die Fronten geraten waren. Die ganze Nacht hindurch hat er sie zusammengesetzt und versorgt. Danach ist er sofort in die Scheune geeilt und begann, deine Arbeit zu vollenden. Er trug mir bereits zu, dass du einen wirklich guten Job gemacht hast und er dich, solange wir so viele Verletzte haben, gerne in seinen Dienst nehmen würde. Da du hier bist, gehe ich aber davon aus, dass du das schon weißt."

Lara kam nicht umhin, Bewunderung zu empfinden. Das bedeutete, dass der Arzt seit etwa achtundzwanzig Stunden ohne Pause auf den Beinen war, ein Pensum, welches sie unmöglich hätte durchhalten können. Viktor erzählte noch, dass er in der Scheune vor Erschöpfung zusammengesackt war, doch als man ihn in sein Quartier hatte bringen wollen, hätte er nur einen Kaffee verlangt, ein paar Dehnübungen gemacht und sei wieder ans Werk gegangen. „Ich kann ihn trotzdem nicht leiden", schloss Viktor lachend seine Erzählung, und auch Lara musste lachen.

44. Schockmoment

Walter

ALS Walter wach wurde, war Lara bereits aufgestanden. Er sah sie noch kurz beim Arzt stehen, der offenbar aus seinem Versteck gekrochen war, bevor sie die Scheune verließ. Sein Nacken war steif, irgendetwas drückte sich unbarmherzig in seinen Rücken, und sein schlimmes Bein, das seit seinem Fall über die Mauer nie wirklich schmerzfrei war, meldete sich mit einem beißenden Stechen. Er musste dagegen anlaufen, es war das einzige Mittel, kostete aber auch unendlich viel Überwindung. Zu Hause, damals, hätte er jetzt eine Schmerztablette genommen, ein Kühlpad daraufgelegt und vielleicht hätte er sich auch bei der Arbeit krankgemeldet und den Tag lieber mit Mathilda in ihrem zauberhaften Rosengarten verbracht. Schmerzlich trat ihm das Gesicht seiner wunderschönen Frau vor Augen. Nicht das ausgezehrte, von Sorge und Angst zerfurchte, sondern das, welches sie vor der Finsterzeit gehabt hatte. Als sie noch ein wenig Rouge und Lippenstift aufgetragen hatte, ihre Haare zu kunstvollen Frisuren steckte, die aber nie übertrieben aussahen. Er sah sie in dem roten Kleid, das er immer ein wenig zu schick fand, wenn sie es im Alltag trug, doch sie liebte es. Und er liebte es deshalb auch. Für einen Moment schloss er noch einmal seine Augen und hielt dieses Bild fest. Er meinte sogar, ihr Parfüm in der Nase zu haben. Sie musste noch am Leben sein. Sie und ihre Töchter. Alles andere, jede andere Vorstellung, war zu grausam, um sie zuzulassen. Und er war auch gar nicht imstande, es sich vorzustellen. Es würde ihn zerstören.

Wie aus weiter Ferne vernahm er, dass er angesprochen wurde. Eine junge Frau in einem der schwarzen T-Shirts, die hier ausschließlich die Schutzwächter trugen, stand vor ihm und sagte seinen Namen. Ihr Tonfall verriet, dass sie ihn nicht zum ersten Mal ansprach. Walter rappelte sich auf und sah sie an.

„Thomas schickt mich, Sie zu holen, Sie werden gebraucht."

Schweigend verließ er neben der Frau, die fast unmerklich humpelte, die Scheune. Er konnte sich nicht vorstellen, was sein Sohn von ihm brauchen könnte. Er hatte keine nennenswerten Fähigkeiten, weshalb er ja auch in der Küche beim Abwasch arbeitete. Der Gedanke, dass eine Ausbildung zum Schreiner ihm einmal mehr nutzen würde als die jahrelange Flugausbildung, ließ ihn schmunzeln. Und er ertappte sich selbst dabei, dass dieser Gedanke ein wenig überheblich war.

Sie schlugen den Weg zu Louis' Büro ein und kamen dabei an dem Schotterplatz vorbei, auf dem letzte Nacht provisorisch die Verstorbenen untergebracht worden waren. Decken und Laken waren zu wertvoll, um sie damit abzudecken, doch man hatte zumindest kleine Tücher geschnitten und über die Gesichter gelegt. Ein Akt von Menschlichkeit und Pietät, der dieser entwürdigenden Situation wenigstens ein wenig Respekt verlieh. Walter vermied es, genauer hinzusehen, und fixierte stattdessen die

Tür von Louis' Büro, in das sie, ohne anzuklopfen, eintraten. Dort saß sein Sohn an dem schweren Eichenholztisch und schrieb gerade etwas auf. Als er seinen Vater bemerkte, sprang er sofort auf und kam um den Tisch herum auf ihn zugelaufen. Walter erschrak. Thomas' Kleidung war von Kopf bis Fuß blutdurchtränkt und zerrissen. Er wusste zwar auf den ersten Blick, dass es sich nicht um das Blut seines Sohnes handelte, doch auf seltsame Weise beunruhigte ihn das fast mehr. Bis jetzt hatte er gehofft, dass Thomas auf einem der Außenposten nur wenig hatte mitmachen müssen, jetzt aber war klar, dass er mittendrin gewesen war. Dass er hatte kämpfen müssen. Dass er sogar hatte töten müssen.

Unvermittelt nahm er seinen Sohn, der seltsam verändert, stärker und ernster wirkte, fest in die Arme, und für einen kurzen Moment verwandelte er sich wieder in seinen Jungen, den er beschützen konnte. Der Moment ging viel zu schnell vorbei, denn als sie sich aus der Umarmung lösten, war es wieder der veränderte Thomas, den Walter vor sich sah. Er wirkte härter und erwachsener. Sein Blick war wach und klar, doch verriet sein Gesicht auch sein Entsetzen und die Erschöpfung.

Thomas führte Walter zu einem der Sessel und schenkte ihm ein Glas Wasser ein, das er dankbar annahm. Und weil er wusste, dass Thomas das gern hören würde, sagte er: „Lara geht es gut. Wir haben die Nacht in der Scheune geschlafen. Sie hat die Verletzten behandelt, und sie hat sich tapfer geschlagen. Sie ist ein großartiges Mädchen."

Stolz mischte sich in den Blick seines Sohnes, und Walter sah, wie sehr er die junge Frau liebte. Ein wenig erinnerte ihn das an sich selbst, an die Zeit, als er Mathilda kennengelernt hatte, und er wünschte dem jungen Paar von ganzem Herzen, dass auch ihre Liebe stetig wachsen würde. Ein seltsam normaler Gedanke, wenn man bedachte, in welcher Welt sie nun lebten.

„Ja, ich habe ein paar Mal nach ihr schicken lassen, weil ich hier nicht wegkonnte. Ich bin so unendlich froh, dass euch nichts passiert ist."

„Das geht uns nicht anders." Walter tätschelte kurz Thomas' Hand und griff nach dem Wasserglas. Erst jetzt merkte er, wie ausgetrocknet und hungrig er war. Er hatte seit dem Mittagessen am Vortag keinen Bissen mehr zu sich genommen und wusste auch gar nicht, ob es noch eine Versorgung gab.

Als hätte Thomas seine Gedanken gelesen, zauberte er ein paar Beeren und etwas Brot hervor, das Walter sofort zu essen begann. Er spürte den Blick seines Sohnes auf sich und registrierte, wie er gestresst mit dem Fuß auf und ab wippte. Offenbar hatte er keine Zeit, um seinem alten Herrn beim Essen Gesellschaft zu leisten, also fragte Walter ihn zwischen zwei Bissen: „So, was kann ich denn für dich tun? Ich bin ja wohl kaum wegen der Beeren hier."

Kaum hatte er es ausgesprochen, klopfte es an der Tür. Ein junger Schutzwächter steckte seinen Kopf herein. „Der Schuppen ist vorbereitet, und die Gefangenen werden gerade dorthin gebracht. Georg, Heike und Martin halten die erste Wache, wenn das in Ordnung ist?"

Thomas sah ihn mit einem festen, aber freundlichen Blick an. „Ja, ist es. Wir sind gleich auch so weit. Danke dir."

Der Kopf verschwand aus der Tür, die sich direkt danach wieder schloss, und Walter wurde schlagartig klar, dass Thomas hier nun tatsächlich das Sagen hatte. Verwirrt

235

blickte er zu seinem Sohn, der ihm jetzt noch erwachsener vorkam. Und da Thomas seine Blicke zu deuten wusste, erzählte er ihm in kurzen Sätzen von der Geschehenskette, davon, dass er vorübergehend alles leitete, weil Louis ihn darum gebeten habe. Walter begriff plötzlich, was der Schutzwächter in der letzten Nacht gemeint hatte, als er Lara erklärte, Thomas sei ein Held. Doch machte ihn die Erkenntnis eher traurig denn stolz. Sein Junge sollte kein Held sein müssen. Er sollte diese Fähigkeiten nicht besitzen. Er sollte einfach ein ganz normaler Mann sein. Kein Soldat, kein Kämpfer, und er verfluchte erneut seinen Vater dafür, dass er Thomas mit der Begeisterung für Kampfkunst und mit anderen Themen, die in eine ähnliche Richtung gingen, derart angesteckt hatte, als dieser noch ein Kind gewesen war. Damals hatte Thomas das alles voller Enthusiasmus mitgemacht und, durch seinen Großvater finanziert, eine harte Ausbildung erhalten, von deren Ausmaß und Intensität man ihm und Mathilda nichts erzählt hatte. Erst später, als es zum Zerwürfnis zwischen Thomas und seinem Großvater gekommen war, kam die ganze Wahrheit ans Tageslicht und drohte, die Familie zu entzweien.

Friedrich und Thomas hatten ihnen immer gesagt, er gehe in ein Trainingslager des Kampfkunstvereins. Sie legten ihnen bunte Heftchen vor, in denen ein schönes, dem jugendlichen Alter gerechtes Programm aufgeführt war, das er und Mathilde nur zu gern gestatteten. Oft hatte Thomas an solchen „Trainingslagern", „Turnieren" und „Treffen" teilgenommen, und sein Großvater war meist dabei. Walter fand es damals schön, dass sie sich so gut verstanden und ein Hobby miteinander teilten, denn bei drei Kindern war es für Mathilda und ihn schwierig, jedem Interesse eines jeden

Kindes gerecht zu werden. Und so, das dachte er damals, sei es für Thomas perfekt. Sie unterstützten seine Pläne und waren stolz auf seine sportlichen Leistungen und den Erfolg. Jahre später, Thomas war bereits ausgezogen und Student an der Universität, kam es dann zum Streit. Wieder einmal waren er und Friedrich zu einem Turnier aufgebrochen, doch waren sie nicht wie üblich gemeinsam zurückgefahren. Thomas kam allein nach Hause, und es fiel ihm schwer, seinen Eltern zu erzählen, was geschehen war. Und Walter und Mathilda konnten nicht begreifen, wie es zu all dem kommen konnte.

Zunächst waren es wirklich nur die Ausbildungen in verschiedenen Kampfkunstarten gewesen, doch schnell waren auch Themen wie Kriegsführung und Strategien dazugekommen. Die Trainingslager wurden härter, realistischer, die Gegner gnadenloser. Und an diesem einen Tag musste es eine Grenzüberschreitung gegeben haben, die alles gesprengt hatte. Thomas hatte nie erzählt, was genau passiert war, doch als Walter ihn damals fragte, ob sie sich mit Friedrich zusammensetzen wollten, lehnte er ab. „Ich lasse mich nicht zum Mörder machen", sagte er nur. „Punkt." Zu diesem Zeitpunkt hatte Friedrich bereits angefangen, die Festung zu errichten, und sie zogen fort von ihm. Ihr Sohn und ihre Töchter kamen mit ihnen.

„Jetzt muss ich wissen, woher sie gekommen sind, wie sie untergebracht sind und ob es noch einen Angriff geben könnte", schloss Thomas seine Erzählung. „Und um das herauszufinden, brauche ich dich. Ich kenne niemanden, der mehr diplomatisches Geschick aufweist als du. Und ich will, dass sie die Informationen kooperationsbereit weitergeben. Sie haben so wie wir genug gelitten, und es ist mir wichtig, ihnen den Respekt entgegenzubringen, den sie als Menschen verdienen. Das versteht hier nicht jeder, zu groß sind die Wut und das Entsetzen. Bei dir weiß ich aber, dass du da so tickst wie ich."

Walter fühlte sich geehrt. Und überfordert mit der Aufgabe. Doch wollte er Thomas auf keinen Fall enttäuschen. Und während sie hinüber zum besagten Schuppen gingen, dankte Walter einem Gott, an den er inzwischen ein wenig glaubte, dafür, dass sein Sohn keine gewissenlose Tötungsmaschine geworden war.

Im Schuppen angekommen, mussten sich seine Augen erst an das schummrige Licht gewöhnen, doch auch ohne etwas erkennen zu können und ohne etwas fragen zu müssen, wusste er in der ersten Sekunde, wer die Gefangenen waren. Denn die Stimme, die zaghaft und ungläubig seinen Namen sagte, erkannte er sofort.

45. Alles anders

Viktor

VIKTOR traf im Schuppen ein, als man den Gefangenen gerade etwas zu essen brachte. Ihm selbst knurrte der Magen hörbar, denn seit dem gestrigen Abend hatte er keine Gelegenheit gefunden, etwas zu sich zu nehmen. Gerade wollte er sich an einen der Schutzwächter wenden, mit der Bitte, auch ihm etwas zu essen zu besorgen, da hielt ihm einer der Gefangenen die Hälfte seines Sandwichs hin. Eine unglaubliche Geste, die in dieser Situation seltsam unwirklich und fremd wirkte. Vor ihm saßen sechsundzwanzig Menschen, mit Kabelbindern an Ketten angebunden, auf dem Boden. Ihre Gesichter starrten vor Dreck und Blut, ihre Blicke waren verstört und ängstlich. Sie waren nicht weniger traumatisiert von den Geschehnissen als die Bewohner des Dorfes. Und zusätzlich mussten sie noch immer um ihr Leben fürchten, waren sie doch Gefangene an dem Ort, den sie vor wenigen Stunden angegriffen hatten.

Viktor blickte dem Mann in die Augen und überprüfte, ob es sich vielleicht um eine List handelte, um den Versuch, sich mit ihm gut zu stellen, in der Hoffnung, verschont zu werden. Doch in diesen Augen war nichts dergleichen zu sehen. Es war ehrliche Anteilnahme und ein mehr als nur freundliches Angebot.

Viktor merkte, dass er nicht der Einzige war, den diese Geste überraschte, lehnte dankend ab und bat einen der Schutzwächter um etwas zu essen. Zu dem Gefangenen gewandt sagte er: „Danke, aber iss du. Du schaust mir aus, als könntest du es gebrauchen." Und das entsprach der Wahrheit. Ein Teil der Gefangenen war auffallend dünn. Besser genährt zwar als die Wanderer, die in letzter Zeit zu ihnen gestoßen waren, was auf Vorräte schließen ließ, doch sie wirkten weit schlechter versorgt als die Bewohner der Dorfgemeinschaft.

Schwer atmend und dankbar, endlich wieder sitzen zu dürfen, ließ Viktor sich neben Thomas auf die Holzbank fallen. Ihm gegenüber saß Walter auf einem Strohballen und sah ihn mit einem Blick an, den er nicht zu deuten vermochte. Da keiner der beiden anfing zu sprechen, fragte er schließlich ungeduldig: „So, und hat einer von denen schon was Nützliches gesagt?"

„Ob nützlich oder nicht", gab Walter zurück, „weiß ich nicht. Aber ich kann dir sagen, dass ich diese Männer und Frauen kenne. Zehn von ihnen gehören zu der Armee meines Vaters. Die anderen waren Arbeiter auf der Festung."

Walters Worte trafen Viktor wie ein dumpfer Schlag. Einen solchen Zufall hätte er nicht einmal in seinen kühnsten Träumen erwartet, und er wusste nicht, ob er es gut, schlecht oder beängstigend fand. Er schluckte, um Zeit zu schinden. „Und jetzt?", fragte er dann aber doch. „Was bedeutet das?"

Thomas schaltete sich ein. „Tja, was das nun genau für uns bedeutet, kann ich dir nicht sagen. Was wir wissen, ist, dass Friedrich vor einigen Wochen damit begonnen hat, Späher auszusenden. Auf der Suche nach anderen Siedlungen, Brauchbarem für die Festung und nach Menschen, die Fähigkeiten besitzen, die in der Festung dringend gebraucht werden. So haben sie zum Beispiel keinen Arzt. Sie entdeckten uns, und die Größe unserer Gemeinschaft in Kombination mit der Nähe zur Festung waren Grund genug für ihn, in uns eine Bedrohung zu sehen. Also ließ er uns angreifen." Er ließ seinen Blick über die Gefangenen schweifen. Ohne Groll und ohne Zorn, und dann fragte er in die Runde, ob er etwas vergessen hätte.

Eine der Frauen meldete sich zaghaft zu Wort. Ihre Stimme war zart und leicht schrill. „Vielleicht ist noch erwähnenswert", sagte sie ängstlich, „dass er etwa die Hälfte seiner Armee ausgesandt hat. Das waren vierzig Mann. Der Rest von uns waren einfache Arbeiter. Wir waren gezwungen mitzuziehen."

„Was heißt gezwungen?", hakte Walter von seinem Strohballen aus nach, auf dem er offenbar Schwierigkeiten hatte, mit seinem Bein eine angenehme Sitzposition zu finden. Während die Frau, deren Name Janine war, weitersprach, bedeutete Viktor Walter, mit ihm den Platz zu tauschen, was er aber ablehnte.

„Wir hatten die Wahl: mitgehen und kämpfen oder einer unserer Angehörigen würde getötet werden. Dazu ließ Friedrich ohne Vorwarnung je ein Kind oder eine Ehefrau oder einen Partner gefangen nehmen, um sie als Druckmittel zu verwenden."

Janines Erzählung änderte schlagartig die Sicht auf die Gefangenen, die keine Uniform trugen. Und das erging nicht nur Viktor so. Die Schutzwächter, Walter, Thomas, er selbst, sie alle betrachteten die Angreifer von der einen Sekunde auf die nächste mit anderen Augen. Der Hass gegen die gut genährten, kräftigen Soldaten hingegen war noch da, denn offenbar waren sie einfach nur dem Befehl gefolgt, wobei sich Viktor fragte, ob sie denn überhaupt eine Wahl hatten. Was er bisher von dem Alten vom Berge – wie Elias ihn mal scherzhaft genannt hatte – gehört hatte, wären auch sie aufs Schwerste bestraft, wenn nicht sogar getötet worden, hätten sie ihm einen Befehl verweigert.

Aus der hintersten Reihe brach plötzlich ein Mann in Uniform hervor und schluchzte unter Tränen: „Walter, es tut mir so leid. Ich wollte dich reinlassen. Ich wollte es wirklich, aber dann wäre ich auch dran gewesen. Und Lena, meine Frau, und unser Baby Sophie. Ich konnte nicht. Ich … es war … es war ein Fehler, wir hätten uns geschlossen gegen deinen Vater stellen müssen. Spätestens bei der Sache mit Jan. Allerspätestens, als er dich über die Mauer hat werfen lassen. Aber du hast keine Ahnung, wie fanatisch die Soldaten deines Vaters wirklich sind. Sie sind manipuliert, machtsüchtig und arrogant. Ich habe diesen Job nicht gewollt. Aber durch meinen Dienst in der Armee war es die einzige Möglichkeit, hinein in die Festung zu kommen. Und das schien mir damals wiederum der einzige Weg zu sein, meine Familie zu retten. Hätte ich nur von diesem Ort hier gewusst, dann hätte ich alles anders gemacht. Walter, glaub mir, als du vom Tor weggegangen warst, starb ein Teil in mir. Es tut mir leid." Seine Stimme war leiser geworden, je länger er sprach. Die letzten Worte waren kaum noch verständlich, weil er hemmungslos zu weinen begann. Er konnte Walter nicht ansehen, der sprach- und regungslos sitzen blieb.

Im gesamten Schuppen kehrte Stille ein. Keiner wagte es, etwas zu sagen. Die Worte des Mannes hatten die Situation auf der Festung deutlicher gemacht, als jede andere Beschreibung es hätte tun können. All der Schmerz, das Leid und der Zwang, dem sie dort ausgesetzt waren, all das lag in der Stimme und dem Weinen dieses einen Menschen. Und plötzlich fühlten sie sich einander verbunden, auch wenn sie nur wenige Stunden zuvor noch versucht hatten, einander zu töten.

46. Heldin

Lara

„UND nun führst du die Nadel nach oben, und das war's dann auch. Gute Arbeit." Der Arzt schenkte ihr ein anerkennendes Lächeln und entfernte sich vom OP-Tisch. Er hatte ihr soeben gezeigt, wie man eine große, gerissene Wunde reinigte, die Wundränder begradigte und möglichst effektiv und elegant vernähen konnte.

Sie schaute auf ihre Arbeit und musste daran denken, wie sie in der Schreckensnacht mit Nähgarn die Wunden zusammengenäht hatte, als hätte sie ein Stück Bastelfilz vor sich gehabt. Was sie gestern, was sie in jener Nacht getan hatte, hatte nicht im Geringsten etwas mit dieser faszinierenden Tätigkeit hier zu tun. In den letzten zwölf Stunden hatte sie eine Art Schnellkurs zum Thema Unfallchirurgie durchlaufen und gelernt, was ein Medizinstudent in vielleicht einem Monat lernte. Ihr Kopf war voll, ihr Herz leer. Ihre Beine und Hände zitterten vor Erschöpfung. Sie konnte nicht mehr. Langsam schleppte sie sich zum Waschtisch, der seit heute Mittag mit der Wasserleitung verbunden war, und wusch sich Blut, Jod und Desinfektionsmittel von den Händen. Sie besaßen keine Handschuhe mehr und mussten daher mit bloßen Händen arbeiten. Keine guten Voraussetzungen, selbst für einfache Platzwunden.

„Das war für heute der Letzte. Die anderen halten bis morgen durch, und wir sollten jetzt zusehen, dass wir schnell etwas zu essen und ein wenig Schlaf bekommen. Die nächsten Tage werden ebenfalls sehr hart, und dafür müssen wir fit sein."

Die Stimme des Arztes war ungewöhnlich sanft und freundlich. So langsam wurde es schwieriger für Lara, ihn zu hassen, denn im Laufe des Tages war er immer zugänglicher geworden. Vor einer halben Stunde hatte er sogar einen Witz gemacht und selbst darüber gelacht. Er schien ihr gegenüber aufzutauen, und so ein mieser Kerl, wie sie gedacht hatte, war er nicht. Er war einfach verschlossen und – das hatte Lara auch als Laie in den letzten Stunden begriffen – ein unglaublich begabter Arzt. Wenn er hier schon mit Gemüsemessern, Gartenschläuchen und Weidenrindentee als einzigem Schmerzmittel eine solche Arbeit tun konnte, was musste er dann erst für medizinische Wunder in einem modernen, gut eingerichteten Krankenhaus vollbracht haben, als es noch eine richtige Welt gab? Bisher wusste sie fast nichts Persönliches über den seltsam anmutenden Mann, abgesehen davon, dass er Chefarzt der Unfallchirurgie an einem renommierten Krankenhaus bei Nürnberg war. Das erklärte auch seine überaus beachtenswerte Begabung. Mehr konnte sie ihrem neuen Lehrer nicht entlocken. Das Einzige, das sie noch erahnen konnte, war, dass seiner Familie etwas Grausames zugestoßen sein musste, denn als sie ihn danach fragte, wies er sie scharf an, sich um ihren eigenen Kram zu kümmern, und ließ sie stehen.

Mit bleischweren Gliedern schleppte sie sich in ihre notdürftig eingerichtete Stube und schloss die Tür hinter sich. Eigentlich hätte sie sich etwas zu essen holen müssen, doch dazu war sie zu müde. Als die Tür mit einem sanften Klicken ins Schloss fiel, ließ sie sich dagegen und dann auf den Boden sinken. Seit zwei Tagen war sie nicht mehr allein gewesen, hatte keine Möglichkeit gehabt, um über das Geschehene nachzudenken. Seit zwei Tagen hatte sie Thomas nicht mehr gesehen. Er fehlte ihr so sehr, doch war es für sie alle eine Ausnahmesituation, und sie wusste, er würde zu ihr kommen, sobald es möglich war.

Erschöpft ließ sie in Gedanken den Tag Revue passieren und musste an einen Moment denken, in dem der Arzt wütend geworden war. So richtig wütend. Sie hatte mal wieder einen der Schutzwächter nach Thomas gefragt. Und mal wieder bestätigte dieser, dass es Thomas gut ging. Mal wieder hörte sie den Satz: „Er ist ein Held." Gespräche wie dieses hatte Lara den Tag über mit fast jedem Schutzwächter geführt, den sie behandelt hatten. Zwischendurch hatte der Arzt sie halb im Ernst, halb im Spaß dazu aufgefordert, nicht jeden mit ihrer Romanze zu nerven, doch Lara hatte nicht damit aufhören können. Und plötzlich, bei diesem einen Patienten, war ihm der Kragen geplatzt. Entnervt hatte er das Wundbesteck in die Edelstahlpfanne geworfen, sich den Mundschutz runtergerissen und ihr geradewegs in die Augen geblickt. Nach einem Moment, in dem er sie nur stumm angestarrt hatte, sagte er: „Es reicht mir jetzt. Wenn ich noch einmal hören muss, dass Thomas ein Held ist, dann raste ich aus. Schon mal darüber nachgedacht, wer an diesem Abend noch ein Held gewesen ist?"

Lara war erschrocken zwei Schritte zurückgewichen. Sie konnte seine Reaktion nicht verstehen und hatte zudem keine Ahnung, worauf er hinauswollte. Sie hatte ihren Blick senken wollen, erinnerte sich aber daran, dass sie keinen Fehler begangen hatte, und sah ihm deshalb geradewegs zurück in die Augen. Auch etwas, bei dem sie sich gefragt hatte, woher der plötzliche Mut kam. Als sie ihn nur anstarrte, statt etwas zu erwidern, fuhr der Arzt fort: „Weißt du, Lara, an diesem Abend hast zum Beispiel du, ohne es zu können, völlig traumatisiert und entkräftet, unzählige Menschen versorgt und ihnen das Leben gerettet, während Thomas Leben beendete. Lara, *du* bist die Heldin!"

Während sie an diese Situation dachte, ließ sie ihren Kopf gegen die gefließte Wand neben der Tür sinken. Die Fliesen waren angenehm kühl, und sie fühlte eine der Fugen auf ihrer Wange. Eine Kleinigkeit, die auf seltsame Weise unglaublich viel Normalität vermittelte. Gerade als sie entschied, jetzt einfach genau hier einzuschlafen, drang durch die schwere Eichentür plötzlich ohrenbetäubender Lärm. Die ganze Krankenstation war offenbar in Aufruhr. Lara war sofort auf den Beinen und fürchtete einen neuen Angriff, bevor sie begriff, dass es sich um eindeutig freudige Ausrufe handelte.

Ein erneuter Stimmungswechsel ergriff sie. Mit zum Zerreißen angespannten Nerven öffnete sie die Tür und sah am Ende des Ganges, direkt vor der provisorischen Kantine der Krankenstation, einige ihrer Patienten zu einer Traube zusammenstehen. Sie jubelten und klatschten, und andere Patienten steckten ihre Köpfe aus den Türen, um zu erfahren, was los war. Diejenigen unter ihnen, die etwas sehen konnten, fingen ebenfalls an zu jubeln. Zumindest diejenigen, die zu den Schutzwächtern gehörten oder aus anderen Gründen unmittelbar an der Front gestanden hatten.

Ohne ihr bewusstes Zutun setzte sich Lara in Bewegung, magisch angezogen vom Zentrum der Aufregung. Etwas in ihr wusste, dass sie dort finden würde, was sie in diesem Moment so dringend brauchte. Mit jedem Schritt, den sie ging, wurde sie ruhiger und aufgeregter zugleich. Ihr Verstand wollte die Männer und Frauen dazu anhalten, sich zu beruhigen und zurück auf ihre Zimmer zu gehen, doch stattdessen richtete sie ihren Blick fest auf die Menschentraube, aus der sich jetzt eine Gestalt mit abwehrend erhobenen Händen löste. Und auch wenn sie es geahnt, gehofft, ersehnt hatte, machte ihr Herz einen Sprung, als auch die letzte Zelle ihres ermüdeten Selbst begriff, dass es wirklich ihr Thomas war. In diesem Moment ließ Lara alles los. Genau in diesem Moment war sie nicht das Mädchen, unter dessen Händen Menschen gestorben waren, die Wundflüssigkeiten ableiten und Wunden vernähen musste. Sie war einfach Lara. Lara, die diesen Mann dort unendlich liebte.

Sie schrie vor Freude auf und rannte auf ihn zu. Kurz bevor sie sich in seine Arme warf, bemerkte sie noch, dass er einen besseren Stand suchte, und spürte im ersten Moment der Umarmung seine fest angespannten Muskeln, doch sofort wurde sein Körper weich, und er drückte sie fest an sich. Ihre Nase füllte sich mit seinem Duft, und es war ihr egal, dass um sie herum spöttische Witzeleien stattfanden. Auch dass inzwischen der Arzt da war und über den Tumult hinwegbrüllte, ob alle den Verstand verloren hätten, interessierte sie nicht. Sie war erfüllt von diesem Moment und zutiefst dankbar.

„Wo schläfst du?", flüsterte er fragend in ihr Ohr, und sie deutete mit dem Kopf zu ihrer Zimmertür. Sie wurde hochgehoben und Thomas trug sie auf seinen Armen den Flur entlang, als würde sie kaum mehr wiegen als eine Fliege. In ihrem Zimmer angekommen, ließ er sie sanft zu Boden gleiten und schloss die Tür, ohne sie auch nur eine Sekunde loszulassen. Dann küsste er sie so tief, so innig, dass alles, was sich in den finsteren Ecken ihres Ichs in den letzten Stunden festgesetzt hatte, jede Angst, jeder Schmerz und jede Traurigkeit, sich in dem Zauber des Augenblicks verlor.

Langsam, ohne voneinander abzulassen, bewegten sie sich in Richtung ihres spartanischen Bettes. Doch gerade, als Thomas sie sanft in die Kissen drücken wollte, schob sie ihn ein kleines Stück fort von sich. Er hielt inne und blickte ihr fragend in die Augen. Lara sah die intensive Lust darin, doch so sehr sie sich auch wünschte, sich ihm in diesem Moment voll und ganz hinzugeben, so wenig wollte sie, dass es hier geschah.

„Komm mit mir", flüsterte sie ihm ins Ohr, nahm ihre Decke und kletterte aus dem Fenster hinaus in die kühle Nacht. Leise schlichen sie hinüber zu dem alten Baumhaus, in dem Lara sich bei ihrem Streit vor Thomas versteckt hatte. Oben angelangt, drehte sie sich zu ihm um, legte ihre Hände in seinen Nacken und zog ihn zu sich herunter. Der Kuss, den sie ihm gab, war anders. Intensiver. Tiefer. Noch nie hatte sie sich so wohlgefühlt, noch nie erschien ihr die Welt perfekter. Es kam ihr vor, als wären sie unter einer Glaskuppel, die sie beide vor allem Bösen dort draußen beschützte. Langsam, ohne voneinander abzulassen, ließen sie sich auf die Decke sinken. Sie spürte seine rauen Hände über ihren Körper wandern, ließ seine Haare durch ihre Finger gleiten und fühlte seine starken Muskeln unter seiner warmen Haut. Lara öffnete ihre Augen, sie sah ihn, sie sah die Nacht, sie sah die Sterne. Keine Facette dieses kostbaren Augenblicks würde sie je vergessen, tief in ihrem Herzen wollte sie jeden einzelnen Moment für immer bewahren. Als Liebende schenkten sie sich einen wertvollen Schatz, der in der Grausamkeit der Finsterzeit kostbarer war als alles andere auf der Welt.

47. Einsamkeit

Walter

WALTER ließ sich erschöpft auf sein Bett sinken. Er fühlte den mit Spitze besetzten Saum der Bettdecke unter seinen Fingern. Seit zwei Tagen war er nicht mehr in seiner Unterkunft gewesen und hatte sich nach den Anstrengungen sehnlichst etwas Zeit für sich gewünscht. Doch jetzt, endlich allein, wünschte er sich zurück in Gesellschaft, fühlte sich plötzlich unendlich einsam. Die Geschehnisse der Schreckensnacht wüteten durch seinen Kopf, und die Erkenntnisse aus der Garage der Gefangenen fegten durch ihn hindurch wie kleine Tornados. Er brauchte einen vertrauten Menschen zum Reden. Jemanden, der ihn verstand und liebte. Thomas war sofort zu Lara gerannt, und es freute Walter, dass es ihn so sehr zu seiner Liebe zog. Thomas war der Einzige hier, der ihn wirklich kannte, der richtige Gesprächspartner wäre er jetzt trotzdem nicht. Walter brauchte einen Seelenverwandten, er brauchte seine Frau. Drückend und schwer legten sich erneut Sorge, Angst und Wut um sein Herz. Und schlagartig hielt er es in der Stille der kleinen Kammer nicht mehr aus, die ersehnte Ruhe würde er hier sowieso nicht finden.

Er schaufelte sich schnell ein wenig von dem leicht abgestandenen Wasser aus seiner Waschschüssel ins

Gesicht, kämmte sich die Haare und wechselte seine Kleidung. Kaum eine Sekunde später war er zur Tür raus und schlug unmotiviert irgendeine Richtung ein. Ihm kamen Menschen entgegen, deren Namen er nur teilweise kannte. Einige von ihnen waren nach wie vor in zerrissener, blutiger oder dreckiger Kleidung unterwegs. Sie hatten offenbar wie er selbst die letzten zwei Tage nicht in ihren Stuben, sondern irgendwo dort verbracht, wo man sie gebraucht hatte. Andere wiederum waren frisch gekleidet und zogen den angenehmen Lavendelduft von Laras selbst gemachter Seife hinter sich her. Und so unterschiedlich all diese Menschen auch waren, er fühlte sich mit ihnen zutiefst verbunden. Sie hatten etwas Schreckliches überlebt und zusammen durchgestanden. Man lächelte ihn an und wünschte ihm eine angenehme Nacht. Vor dem Überfall hatte er höchstens mal ein Nicken und ganz selten einen Gruß bekommen, wenn er eine Runde über das Gelände gedreht hatte. In der alten Welt war er ein geselliger Mensch gewesen, hatte viele Freunde und war in etlichen Vereinen aktiv, doch hier hatte er bis jetzt keinen richtigen Anschluss finden können. Nur bei Viktor und seiner Frau Hilde hatte er eine Verbindung gespürt. Und nun, da er durch das Dorf strich, wünschte er sich, er hätte sich den Leuten hier ein wenig mehr geöffnet, weil er dann neben seinem Sohn und dessen Freundin jetzt noch jemanden hätte, der nach ihm schaute oder zu dem er gehen könnte. Er wusste zwar, dass Viktor ihm niemals ein Gespräch verwehren würde, doch wollte er ihn nicht stören. Er und seine Frau sollten endlich Zeit miteinander haben, so wie Thomas und Lara. Also schlenderte er weiter, atmete den feucht-frischen Duft des Waldes ein und versuchte, sich selbst nahe zu sein, während er sich noch immer so einsam fühlte wie nie zuvor in seinem Leben.

48. Trauer

Viktor

STILLE. Eine unendliche, alles verschluckende Stille umgab Viktor, als er auf den kleinen Karren stieg, der mit Blumen und Blättern zu einer Art Rednerpult umfunktioniert worden war. Vor ihm auf der Lichtung standen alle Bewohner der Gemeinschaft und sahen zu ihm auf. Viktor schloss die Augen, hörte das sanfte Rauschen des Waldes hinter sich, als der Wind durch die majestätischen Baumwipfel strich. Darüber hinaus herrschte diese fast greifbare Stille. Selbst die Vögel schienen heute zu trauern, denn auch sie waren verstummt.

Hinter Viktor waren die einundzwanzig Gräber ausgehoben worden und warteten darauf, den verstorbenen Mitgliedern der Gemeinschaft als letzte Ruhestätte zu dienen. Schlichte Holzkreuze standen dahinter, jedes einzelne davon trug einen Namen. Den Namen eines Menschen, den Viktor gekannt hatte. Menschen, die ihm vertraut hatten. Menschen, die er nicht hatte beschützen können. Die Trauer, die in diesem Moment nach seinem Herzen griff, war kaum zu ertragen.

Er senkte seinen Blick und schluckte schwer. In diesem Moment kam Hilde zu ihm hinauf, nahm seine große und durch die schwere Arbeit schwielig gewordene Hand und schenkte ihm mit dieser kleinen Geste so unendlich viel Kraft, dass er es nun schaffte, seine Leute anzusehen. Er blickte nicht nur in verweinte Augen, nein, es waren auch viele dabei, die wütend vor sich hinstarrten. Und viele, deren Blicke ganz starr auf ihn gerichtet waren. Viktor kannte diese starren Blicke von Lukas' Beerdigung. Man konzentrierte sich so sehr darauf, nicht mit dem Weinen zu beginnen, dass man fast schon einfror. Denn würde man mit dem Weinen beginnen, könnte man vielleicht nie wieder damit aufhören.

Noch einen Moment lang ließ er seinen Blick über die Gemeinschaft gleiten, die sich auf der kleinen Lichtung versammelt hatte, von der aus sie angegriffen worden waren. Nur der Arzt war bei den Verletzten in der Krankenstation geblieben. Diese Lichtung war in einem Gemeinschaftsbeschluss als Friedhof auserwählt worden. Sie war der Ort des Schreckens und sollte nun ein Mahnmal werden. Noch einmal atmete er tief ein und begann dann mit der Trauerrede, die er zusammen mit Hilde in der letzten Nacht geschrieben hatte.

„Niemals wird es der richtige Tag sein. Niemals der richtige Moment. Für immer wird es zu früh sein, und niemals wird man alles gesagt haben. Doch sind da all die schönen Stunden, Gedanken, Erinnerungen, die in unseren Herzen bleiben. Momente, die unvergessen sind. Diese Momente, Augenblicke, Stunden müssen wir fest in unsere Herzen schließen. Wir müssen sie bewahren. Denn so tragen wir die Seelen der Verstorbenen weiter. So gedenken wir ihrer und ehren, für was sie hatten sterben müssen."

Viktor blickte hinter sich auf die leeren Gräber und bedeutete den Männern, die daneben Stellung bezogen hatten, mit einem Kopfnicken, dass nun die Beisetzung beginnen sollte. Viktor wollte, dass jeder einzeln beigesetzt wurde. Jedem sollten wie bei einer natürlichen Todesursache die Ehrung und aller Respekt zuteilwerden. Die Angehörigen sollten Abschied nehmen können. Und so brachten die sechs Männer die erste Verstorbene.

Helen. Ihren Nachnamen hatte er, wie bei fast allen Verstorbenen, erst noch erfragen müssen. Nachnamen hatten seit Anbruch der Finsterzeit keine Bedeutung mehr, doch sollten sie auf dem Kreuz stehen. Viktor sagte einige Worte über Helen. Er sprach über ihr Leben und ihre Interessen vor dem Zusammenbruch und ihr Wesen danach. Anschließend ließen die Männer sie so würdevoll in das ausgehobene Grab gleiten, wie es mit den einfachen ihnen zur Verfügung stehenden Mitteln möglich war. Gemeinsam mit Hilde ging er zu dem Grab, er warf Erde hinein und Hilde eine Blume zu Helen hinunter. Und inständig hoffte Viktor, sie würde ihre Ruhe finden und ihm vergeben.

So gingen sie bei jedem Einzelnen vor. Name für Name, Grab für Grab, Mensch für Mensch. Erst als sie alle Gräber ihrer Bestimmung zugeführt hatten, schlossen sich die Dorfbewohner an und gaben ihren Verstorbenen Erde und Blumen.

49. Heimatlos

Lara

FASSUNGSLOSIGKEIT und Unglauben. Gleichzeitig Hass und Wut. Aber auch Verzweiflung und Angst. Es kamen einfach zu viele Gefühle auf, während Lara Thomas' Erzählungen lauschte und erfuhr, wer sie angegriffen hatte. All die Gefühle türmten sich höher und höher auf, und gerade als sie drohten, sie zu überfluten, spannten sich Thomas' starke Arme, die sanft um ihre Schultern lagen, und zogen sie noch näher an seine Brust. Etwas explodierte in ihrem Magen, es kribbelte hinauf bis in ihre Schläfen, während sie seinen Duft tief in die Nase einsog, und alle negativen Gefühle waren mit einem Schlag verflogen. Bei Thomas war sie in Sicherheit. Er war Sicherheit. Ihre Geborgenheit und ihr Fels in jeder Brandung. Es war der Moment, ein Gefühl, eine Idee, mehr nicht, das wusste Lara ganz genau. Gewissheiten gab es nicht mehr. Und bei genauerem Überlegen gab es sie nie, weder vor noch nach Beginn der Finsterzeit. Trotzdem war es erschreckend, dass mit einem Schlag alle Pläne eines jeden einzelnen Menschen und das womöglich auf der ganzen Welt zunichtegemacht worden waren, als der Strom verschwunden war. Buddha, Gott, Allah oder sonst wer saß bestimmt gerade irgendwo mit einem Bier in der Hand herum und lachte sich über jedes

Vorhaben, das der dumme Mensch je ersonnen hatte, kaputt. Vielleicht saßen sie auch alle beisammen und machten sich über die Wesen hier unten, die krampfhaft versuchten, irgendwie zu überleben, gemeinsam lustig. Lara stellte sich die drei vor, wie sie dasaßen und sich amüsierten. Sie wünschte ihnen viel Spaß und zeigte ihnen in Gedanken den Mittelfinger.

Ein sanfter Kuss, liebevoll auf ihrer Schläfe platziert, holte sie ins Hier und Jetzt zurück. Nach ihrer wunderschönen Zweisamkeit hatten sie noch lange im Baumhaus gelegen und den Sternenhimmel bewundert, doch war die Nacht zu kühl gewesen, um sie draußen zu verbringen. Und so hatten sie den wunderschönen Ort verlassen und waren zurück in Laras Unterkunft geschlichen, um sich hier aneinanderzuschmiegen, und Lara hatte das erste Mal seit Langem wieder richtig schlafen können. Solange Thomas da war, war das Leben für sie lebenswert. So hart, anstrengend und voller Entbehrung es auch sein mochte.

„Und was habt ihr jetzt mit den Gefangenen vor?", fragte sie, während sie mit dem Zeigefinger unsichtbare Kreise auf seiner Brust zeichnete.

„Das ist eine gute Frage. Sie durchzufüttern, steht außer Frage, denn wir haben für uns kaum genug zu essen, und ohne das, was durch die Flammen zerstört worden ist, wird es noch härter werden, alle zu versorgen. Sie einfach gehen lassen können wir auch nicht, sie könnten meinem Großvater haarklein über alles, was hier passiert, Bericht erstatten. Noch einen Angriff, der gegebenenfalls all unsere Schwachpunkte berücksichtigt, dürfen wir auf keinen Fall riskieren. Ich weiß nicht, was wir mit ihnen machen sollen."

Thomas atmete schwer auf und schloss seine Augen. Lara sah die Müdigkeit und die Erschöpfung auf seinem Gesicht. Er war müde von den Entscheidungen, die es derzeit zu treffen gab. Er hatte in den letzten Tagen von jetzt auf gleich Louis' Stellung einnehmen müssen. Zwar folgten ihm die Schutzwächter bedingungslos, denn sie vertrauten ihm dank seines Mutes und der Weitsicht in jener Nacht, doch war es für Thomas alles andere als leicht, diese Aufgaben zu erfüllen.

„Was sagen denn Louis und Viktor dazu?", frage sie, während sie seine Verzweiflung so deutlich spüren konnte.

„Viktor ist genauso ratlos wie ich. Und Louis ist gestern Abend in ein Koma gefallen. Hat der Doc dir das nicht erzählt? Ich dachte, du wüsstest das, so als zweite Ärztin hier." Bei dem letzten Satz knuffte er sie leicht in die Seite, um sie zu necken.

Lara war überrascht, davon hatte sie nichts gewusst. Sie würde lügen, wenn sie sagen würde, dass Louis ihr am Herzen lag. Er machte ihr vielmehr ein wenig Angst, doch schätzte sie ihn für seine Arbeit hier im Dorf und wollte keinesfalls, dass er verstarb. Nicht zuletzt, weil sie sich sorgte, dass Thomas dann ewig diesen Job würde erledigen müssen. Wieder einmal klopften in ihrem Kopf die Fragen danach an, warum Thomas konnte, was er konnte, und wusste, was er wusste. In gewisser Weise hatte sie keine Ahnung, wer er überhaupt war. Und wie jedes Mal schob sie den Gedanken wieder weg. Es war nicht wichtig, woher er kam. Oder woher sie kam. Wichtig war nur, welchen Weg sie von nun an gemeinsam gehen würden. Doch trotz dieser Feststellung hatte sich die Frage nach Thomas'

Vergangenheit schon vor einer Weile in ihr festgesetzt, und auch jetzt nagte sie an ihr.

Thomas wollte gerade weitersprechen, als die Glocke erklang, die alle Bewohner im Dorf wecken sollte. Und kaum eine Sekunde später klopfte es heftig an ihrer Tür. Die Stimme des Arztes drang dumpf und genervt durch die schwere Holztür zu ihnen herein und forderte Lara auf, endlich ihrem Tagwerk nachzugehen. Sie seufzte. Sie wollte die wunderbare Glaskuppel noch nicht verlassen. Thomas aber hatte bereits seinen Arm unter ihren Schultern hervorgezogen und sich aufgesetzt. Müde strich er sich die inzwischen viel zu langen Haare aus der Stirn, blickte ihr über seine Schulter hinweg noch einmal tief in die Augen und war dann, von einer auf die andere Sekunde, wieder ein anderer. Vor einer Minute noch war er der sanfte, liebevolle Freund, jetzt wirkte er härter, strenger, stärker. Lara fand das überaus verführerisch und wollte ihn wieder ins Bett ziehen. Nur noch für ein paar Minuten. Doch er hielt sie an den Handgelenken fest, als sie mit ihren Händen sein Bein hochglitt, schüttelte sanft den Kopf und wandte sich ab, um sich fertig zu machen. Er hatte eine neue Aufgabe. Und mit Louis' Koma war sie näher und realer denn je.

50. Neue Zeiten

Viktor

„HEREIN!" Viktor erschrak über seine eigene Stimme. So heiser und geschafft hatte er sich selbst noch nie hören müssen. Als es eben an der Tür klopfte, saßen Elias und er gerade über den Plänen für die Wintermonate. Und es sah nicht gut aus. Durch die Feuer beim Angriff hatten sie große Teile der erwarteten Ernte eingebüßt, zudem auch einen kleineren Lagerraum mit wichtigen Vorräten verloren. Sie würden die vielen Menschen nicht oder nur sehr schlecht versorgen können. Und die einzelnen Bereiche trugen ihnen weitere Mängel zu: Die Jäger hatten kaum Munition, die Schutzwächter entsprechend ebenso. Man stritt sich, wer das größere Anrecht darauf hatte, was letztlich egal war, da beide Bereiche unabdingbar Patronen brauchten. Die Krankenstation hatte keine Medikamente mehr, auch geeignetes Verband- und Nahtmaterial neigte sich dem Ende zu. Der Küche fehlten Lebensmittel, der Wäschekammer Material, um Kleidung zu flicken, und diese Zustände zogen sich durch das gesamte Dorf, durch jeden Bereich bis hin zum Vieh, dem es an Futter fehlte. Elias und Viktor hatten vor jener Nacht einen Plan erarbeitet, der sie durch den Winter gebracht hätte. Es war nicht üppig, aber es hätte funktionieren können. Doch nach dem Angriff war dieser Plan gänzlich hinfällig, und es fehlte ihnen an Ideen und Lösungen. Als es an der Tür klopfte, stand Elias kurz vor einem Wutanfall, geboren aus der puren Verzweiflung, und Viktor fühlte sich kaum besser.

Durch die Tür schob sich Thomas' schlanke Gestalt. Erneut fiel Viktor die Veränderung auf, die der junge Mann in den letzten Stunden durchlaufen hatte. Er wirkte erwachsener und viel reifer als noch ein paar Tage zuvor. Seine Augen blickten strenger und hatten das jungenhaft Freche verloren. Alles an ihm strahlte Kraft und Autorität aus. Ein besorgniserregender Wandel, der aber durch Thomas' neue Aufgabe als Leitung der Schutzwächter unumgänglich war. Einen Jungen würden die Männer und Frauen nicht lange ernst nehmen, trotz seiner Heldentat. Einen Mann, wie er es jetzt war, beziehungsweise sein musste, schon.

„Habt ihr einen Moment?", fragte er und ließ sich, ohne eine Antwort abzuwarten, auf den freien Sessel vor ihnen fallen. Für Viktor war es eine willkommene Abwechslung. Elias hingegen sagte genervt und eine Spur zu hart: „Eigentlich nicht, es sei denn, du willst im Winter verhungern." Viktor wusste, dass sein Sohn den harten Tonfall nicht persönlich meinte, Thomas war ein Ventil für ihn. Er war verzweifelt.

Thomas' Schultern strafften sich kurz, und er öffnete seinen Mund, um etwas zu erwidern, schien dann aber zu dem gleichen Schluss zu kommen wie Viktor, denn er lächelte nur kurz und lehnte sich wieder in den Sessel. „Harter Tag, was?", sagte er nur und wandte sich dann an Viktor: „Tatsächlich möchte ich nicht verhungern, und ich habe eine Lösung. Ich habe sie euch schon einmal vorgetragen, und unsere Chancen stehen nun besser denn je. Ich werde auf jeden Fall zur Festung ziehen, und ich weiß, dass es Freiwillige gibt, die mich begleiten werden. Es tut mir leid, dass ich diesen Stein hinter eurem Rücken ins Rollen gebracht habe, aber es ist geschehen." Offen, ehrlich, direkt. Kein Mann vieler Worte. So kannte Viktor Thomas. Und so schätzte er ihn.

Sein Sohn hingegen kam mit dieser Art weniger zurecht. „Wie kannst du es wagen ...", zischte er, wurde von Thomas aber unterbrochen, der ungerührt fortfuhr: „Ich werde meine Familie retten. Das ist mein erstes Ziel. Darüber hinaus hoffe ich darauf, etwas für unsere Gemeinschaft erreichen zu können, denn eure Planerei dort", er tippte auf die Pläne, die über den gesamten Tisch verteilt lagen, bevor er weitersprach, „ist ohnehin sinnfrei. Ihr wisst es, ich weiß es, und die Bewohner wissen es im Großen und Ganzen auch. Wir schaffen den Winter nicht. Und je länger ihr euch selbst und alle anderen da draußen belügt", er machte eine ausholende Geste zum Fenster hinüber, „umso schlimmer wird es."

Viktor ließ Stift und Block fallen, lehnte sich seufzend in seinem Sessel zurück und schloss einen Moment die Augen. „Ich weiß", sagte er dann.

Thomas nickte ihm stumm zu, Elias schwieg.

„Was ist dein Plan? Wer sind die Freiwilligen, von denen du sprichst?"

Thomas deutete ein Lächeln an. Kein arrogantes Lächeln, kein gewinnendes. Auch nicht sehr breit. Nur ein kleines Lächeln als Zeichen der Zustimmung, als wolle er Viktor noch einmal ermutigen, sich seinem Vorhaben anzuschließen. „Wir nehmen die Festung ein", sagte er.

„Oder besser gesagt, wir entheben meinen Großvater seiner Position." Er machte eine kurze Pause, bevor er weitersprach. „Das sichert uns das Überleben. Und was die Freiwilligen angeht: Die Arbeiter, die uns angegriffen haben, drei meiner Schutzwächter und du."

Viktors Herz setzte für einen Schlag aus. Er? Er sollte diese Mission begleiten? Nein. Er würde ganz sicher nicht von hier fortgehen. Er würde weder seine Hilde noch Elias zurücklassen. Er straffte seine Schultern. „Ich werde dich auf gar keinen Fall begleiten", erklärte er mit aller Deutlichkeit, die er aufbringen konnte.

Thomas blickte ihn traurig an, auch wenn er dabei leicht lächelte. „Doch, das wirst du. Du willst, dass deine Familie überlebt. Und deswegen wirst du mit uns gehen. Du weißt genau, dass es unsere einzige Chance ist."

51. Erneuter Verlust

Walter

„UND du bist dir ganz sicher, dass du das tun willst?" Walters Herz war begraben unter Traurigkeit und Angst. Neben ihm saß Lara und weinte bitterlich.

„Ja", erwiderte Thomas unumwunden. „Ich habe lange genug gewartet. Das Schicksal brachte uns diese schreckliche Nacht, eröffnete damit aber Chancen, und wir wären Narren, würden wir sie nicht nutzen."

Walter nickte langsam. Sein Kopf arbeitete unermüdlich, ohne auch nur einen einzigen klaren Gedanken fassen zu können. Sein Herz wollte es Thomas ausreden. Sein Verstand hingegen pflichtete seinem Sohn bei. Die Chancen standen nie besser, und sie hatten Mathilda und seine Mädchen schon viel zu lange allein lassen müssen. Aber wollte er seinen Sohn auch noch verlieren? Schon die Vorstellung ließ sein Herz in tausend Stücke zerbrechen. „Sollte ich dich nicht begleiten? Immerhin hatte ich einen sehr guten Draht zu den Bewohnern."

Laras Schluchzen wurde lauter. Wollte sie etwa, dass wenigstens er hierblieb? War er ihr so wichtig? Dieser Gedanke wärmte Walters geschundenes Herz.

„Nein. Ich habe darüber lange nachgedacht. Aber ich denke, dass Großvater ohnehin argwöhnisch sein wird. Und wenn du dabei bist, wird er es umso mehr sein. Zudem wird er dich auch gar nicht einlassen und uns dann wahrscheinlich ebenso wenig. Deshalb habe ich Viktor gebeten, mich zu begleiten. Er wird dort mit seiner Art ebenfalls viel erreichen können."

Walter gefiel das nicht. Er wusste, dass Thomas recht hatte, aber als Vater war es schwer, die Zügel aus der Hand zu geben. Als Vater beschützte man seine Familie. Ein Kind sollte diese Aufgabe keinesfalls erfüllen müssen. Thomas jedoch war kein Kind mehr. Schon lange nicht mehr. Und obwohl Walter das wusste, sah er ihn immer noch mit den gleichen Augen wie damals, als er sich beim Radfahren die Knie aufgeschürft oder ausprobiert hatte, ob ein Sandkuchen aus dem Sandkasten besser schmeckte, wenn man Wasser drüber schüttete. Dieser junge Mann hier war sein Sohn. Ein Teil von ihm. Der letzte Teil seiner Familie, den er noch hatte. Die Hilflosigkeit, die er in diesem Moment empfand, war größer, als Worte sie je hätten beschreiben können. Er fühlte sich bereits jetzt unendlich einsam.

In diesem Moment zog Lara alles andere als damenhaft ihre Nase hoch und wischte sich mit dem Ärmel die Tränen aus dem Gesicht. Doch es kamen sofort neue Tränen, und Walter legte in einer väterlichen Geste den Arm um sie. In diesem Augenblick begriff er, dass fortan auch sie seine Familie war und damit ein fester, wichtiger Teil seines Lebens.

52. Der Boden unter den Füßen

Lara

WÄHREND Thomas damit begann, seine Welt wieder zu vergrößern, indem er Vorkehrungen traf und Pläne ausarbeitete, wurde Laras Welt sehr klein. Schlafen, Essen, Patienten, Zeit mit Thomas in ihrer kleinen Schlafkammer und alles wieder von vorn. Sie kam kaum aus der Krankenstation heraus. Und wenn, dann nur, weil sie einen Patienten beim Spazierengehen begleitete oder etwas aus dem Versorgungslager holen musste. Vom Öffnen bis zum Schließen ihrer Augen war sie nur am Arbeiten. Und am Lernen. Unablässig trichterte der Arzt ihr sein Wissen ein. Auch solches, das sie in ihrer Tätigkeit aktuell gar nicht brauchten. „Man weiß ja nicht, was noch kommt. Das sollst du jetzt einfach wissen", sagte er dann nur und fuhr fort, ihr zu erklären, wie man einen Blinddarm entfernte oder eine Geburt unterstützte. Sie schienen jeden Bereich des menschlichen Körpers in allen unglücklichen Lagen zu besprechen, und allmählich fühlte sich Lara wirklich wie eine Medizinstudentin. Und auch wenn es ihr manchmal zu viele Informationen waren und sich ihr Kopf anfühlte wie eine Regentonne, die gleich überschwappen würde, so liebte sie ihre neue Aufgabe. Sie war wissbegierig und hatte eine hervorragende Auffassungsgabe. Und sie war zutiefst fasziniert von der Medizin. Hinzu kam, dass der Arzt sich ihr gegenüber sehr öffnete. Auch ihn schien es zu begeistern, eine Schülerin zu haben, und er sagte ihr oft, dass er sich im Krankenhaus immer eine Assistenzärztin wie sie gewünscht hätte. Fleißig, strebsam, intelligent und vor allem schweigsam. Denn wenn sie arbeiteten, sagte Lara kaum ein Wort, fokussierte sämtliche Aufmerksamkeit auf ihre Patienten und blendete den Rest um sich herum aus. Nur abends, wenn Thomas wieder in ihre kleine Schlafkammer kam, legte sie den Lernmodus zur Seite und tauchte ein in ihr eigenes Ich. Es war seltsam, aber noch nie in ihrem Leben hatte sie so sehr in sich geruht wie hier in dieser Gemeinschaft. Und diese Tatsache wurde ihr erst jetzt bewusst, wo sie den gesamten Tag über für ihre Patienten Sorge trug. Sie wusste, was sie zu tun und wo sie zu sein hatte, wer sie hier war und welche Stellung sie in der Gemeinschaft innehatte. Man respektierte sie. Vor der Finsterzeit hatte sie sich immer ein wenig verloren und einsam gefühlt. Sie war sich ihrer Fähigkeiten nicht bewusst gewesen und ahnte nicht im Geringsten, wozu sie in der Lage war. Die intensive Ausbildung und die schnellen Lernerfolge in der Krankenstation gaben ihr Selbstvertrauen, die Zuneigung der Mitmenschen schenkten ihr Sicherheit, und Thomas' Liebe verlieh ihr Zuversicht. Es war ein hartes Leben, das sie führten. Doch Lara war glücklich. Bis zu dem Abend, an dem Thomas ihr sagte, dass sie das Dorf verlassen sollte, um mit ihm zu gehen.

Der Regen prasselte leise gegen das kleine vergitterte Fenster, und vom Flur her drangen die Geräusche der Patienten in ihr Zimmer. Gespräche wurden geführt, hier und da gehustet. Irgendwer schien ein Spiel zu spielen, denn sie hörte das vertraute Klackern der Würfel auf einem Holztisch. Wahrscheinlich wurde wieder geknobelt. Dieses Spiel war zurzeit sehr beliebt unter den Patienten, die irgendwie versuchten, ihre Zeit totzuschlagen. Die Geräusche ließen vermuten, dass alles ganz normal war, alles beim Alten in ihrer neuen Welt, in der sie sich so wohlfühlte. Doch Thomas' Worte hatten sie soeben aus dieser Welt herausgerissen, und es war, als hätte man ihr den Boden unter den Füßen weggezogen. Mit einem Schlag fühlte sie sich wieder heimatlos, ängstlich und unsicher, und Thomas' Aufforderung stieß sie in einen tiefen Zwiespalt. Auf der einen Seite wollte sie bei ihm sein, auf der anderen aber ihr Leben hier nicht aufgeben.

Auf ihre Frage hin, warum sie ihn nun begleiten sollte, nachdem er genau das neulich noch vehement abgelehnt hatte, antworte er ziemlich trocken: „Der Arzt hat genug Wissen in dich hineingeprügelt, um dich meinem Großvater als angehende Ärztin zu präsentieren. Und die Festung braucht dringend einen Arzt. Du kannst also bei den Patienten unseren Plan unterstützen und Vertrauen aufbauen, was unsere Erfolgschancen erhöht. Zudem muss ich irgendwie glaubhaft machen, warum ich nicht schon früher gekommen bin." Anscheinend merkte er, wie hart es sie traf, lediglich als Hilfsmittel zur Vollendung seines Planes zu dienen, und er wurde weicher. „Außerdem, und das hätte ich wohl zuerst sagen sollen, weil es der Hauptgrund für meine Bitte ist: Ich will nicht ohne dich sein. Dich in meiner Nähe zu wissen, gibt mir die Kraft zu tun, was getan werden muss. Und ich kann dich nicht beschützen, wenn du hierbleibst." Während er sprach, blickte er ihr tief in die Augen, und ein wohliger Schauer lief über Laras Rücken. Und doch hallte der erste Teil seiner Erklärung noch immer in ihren Eingeweiden nach und nistete sich dort ein wie ein giftiger Parasit.

53. Abschied

Viktor

ES war ein angenehmer Herbsttag, als Viktor, Thomas und Lara auf die Lichtung an der Südseite traten, um sich mit ihren Wegbegleitern zu sammeln. Vor sich sahen sie die Gräber, deren Kreuze mahnend und weiß vor dem Waldrand hervorstachen. Mit dem ersten Herbstlaub darauf wirkten sie, als seien sie schon immer hier gewesen. Als wäre dies ein ganz gewöhnlicher Friedhof, so wie er in der alten Welt gang und gäbe gewesen war.

Viktor hatte Hilde und Elias gebeten, ihn nicht zum Abschied hierherzubegleiten, zu sehr fürchtete er die Tränen in ihren Augen, die ihn womöglich dazu gebracht hätten, seine Entscheidung rückgängig zu machen. Es war wichtig, dass er die kleine Gruppe begleitete. Für sich, für Hilde und Elias und für alle anderen Bewohner der kleinen Gemeinschaft. Er hatte niemals beabsichtigt, für so viele Seelen die Verantwortung zu tragen, aber das Leben hatte ihm diese Karte zugeteilt, und die Gruppe jetzt zur Festung zu begleiten, war eine weitere Folge dieser ausgespielten Karte. Er hatte eingesehen, dass er ein Talent besaß, das unabdingbar war, um die Festung zu befreien und ihnen das Überleben zu sichern. Eine Gabe, derer er sich vor der Finsterzeit nie wirklich bewusst gewesen war. Erst hier in dieser neuen Welt erkannte er, dass er Menschen führen und leiten konnte. Er war imstande, sie zu überzeugen und zu lenken. Und genau das würden die Bewohner der Festung brauchen, sowohl in der Zeit, bevor sie Friedrich stürzten, aber auch, um danach die Ruhe schnell wieder herstellen zu können. Die Angst zu versagen war trotzdem groß, und so gewichtig spürte er die Sorge um seine Familie.

Laras Stimme holte ihn aus seinen Gedanken. „Können wir noch mal alles ganz genau durchgehen? Also unsere Geschichte?"

Viktor blickte die junge Frau zu seiner Rechten an. Sie zitterte am ganzen Körper und hatte eindeutig panische Angst. Ihre Augen waren noch immer rot vom tränenreichen Abschied von ihrem Seelenhund Katze, den sie schweren Herzens bei Walter ließ. Zu groß war das Risiko, dass der Hund nicht mit in die Festung durfte. Sie war ein wandelndes Nervenbündel, und noch einmal die Geschichte durchzugehen, die sie Friedrich präsentieren wollten, würde diese Angst und die Trauer nicht wegwischen, doch schaden konnte es auch nicht.

Thomas atmete tief ein, sichtlich genervt von seiner im Moment eher nervenschwachen Freundin. Viktor spürte den intensiven Drang, das Mädchen vor dieser Reaktion zu beschützen, und legte ihr aufmunternd den Arm um die Schultern. Er war nicht im Geringsten damit einverstanden, dass Thomas sie mitnahm, und hatte deshalb bereits hitzig mit ihm diskutiert, ohne ihn jedoch von seiner Entscheidung abbringen zu können. In der Zeit, die sie hier gemeinsam verbracht hatten, war Lara schon fast so etwas wie eine Tochter für ihn geworden, ein Teil seiner Familie, so seltsam das auch sein mochte. Und seine Familie beschützte er bis aufs Blut.

Thomas drehte sich zu ihr um. „Wir sind das doch schon tausendmal durchgegangen. Muss das wirklich noch mal sein? Jetzt?"

Viktor fand die Art, wie Thomas mit Lara umging, fast schon beleidigend. Er behandelte sie wie jemanden, der dumm war, doch genau das war Lara nicht. Umgehend wollte er sie aus dieser Situation retten und setzte zu einer Antwort an, doch kam er nicht dazu. Lara setzte sich selbst zur Wehr, indem sie Thomas' ungeduldigem Blick mit erhobenem Kopf begegnete. „Ja", sagte sie laut und deutlich. „Das muss sein. Und ich finde, dass dies genau der richtige Augenblick dafür ist!" Ihre bebenden Schultern und ihre roten Augen trübten ein wenig die Wirkung ihrer Worte, doch Viktor war trotzdem stolz auf sie. Noch vor einigen Wochen wäre sie nicht imstande gewesen, sich auf diese Art und Weise zu behaupten.

Wütende Blicke von Thomas trafen sie, und er öffnete schon den Mund für eine entsprechende Antwort, doch kamen genau in diesem Moment die Schutzwächter mit den Gefangenen auf sie zu. Mit den ehemals Gefangenen, denn ab sofort waren sie Verbündete, und sie würden sich allesamt Seite an Seite beistehen müssen. Viktor hoffte inständig, dass sie sie richtig eingeschätzt hatten und ihnen zu Recht ihr Vertrauen schenkten.

„Na gut", zischte Thomas nur und wartete, bis die anderen in Hörweite waren, bevor er mit verändertem und zunächst weitaus freundlicherem Tonfall fortfuhr: „Hier noch mal für alle unsere Story in Kurzfassung: Lara und ich sind sofort nach dem Zusammenbruch aufgebrochen. Wir trafen hier auf diese Gruppe von Menschen, die uns gefangen nahmen, nachdem sie erfahren hatten, dass Lara Assistenzärztin ist. Mich steckten sie in ein Gefängnis und zwangen mich zu harter Arbeit, und zwar unter Androhung, Lara zu töten, sollte ich mich weigern. Dort traf ich auf Viktor, dem ein ähnliches Schicksal zuteilgeworden war. Er wurde hier festgehalten, weil man hoffte, ihn als ehemaligen hochrangigen Offizier eines Tages als Druckmittel einsetzen zu können. Er begleitet uns, weil sein Wissen über Kriegsstrategie und Führungsfunktionen wichtig für die Festung ist. Unsere Schutzwächter hier sind ehemalige Soldaten in seinem Dienst und für ihn unverzichtbar. Als ihr das Dorf angegriffen habt, seid ihr in einen Hinterhalt gelockt und gefangen genommen worden. Alle anderen sind, soweit wir wissen, tot oder vielleicht noch in Gefangenschaft. Uns ist die Flucht gelungen, und wir sind glücklich und dankbar, dass wir zur Festung zurückkommen können, um Friedrich mit Informationen über diesen Feind hier", Thomas deutete auf das Dorf, „zu versorgen. Dass uns das Schicksal hier zusammentreffen ließ, ist ein Gottesgeschenk, und wir sind alle fromme Christen. Dankeschön fürs Zuhören und jetzt los."

Während dieser Rede war Thomas' Tonfall immer genervter und zorniger geworden und endete nun in boshaftem Sarkasmus. Viktor verstand nicht, was mit dem sonst so freundlichen Jungen passiert war. Er wusste nur, dass dieser Thomas, der jetzt vor ihm stand, nicht der war, den er damals auf der Lichtung im Wald kennengelernt hatte, nachdem seine Freundin vom Baum gefallen war. Viktor fürchtete diese Version von ihm und hoffte inständig, dass die Wandlung nur dem Stress und der Angst vor der bevorstehenden Aufgabe zuzuschreiben war.

Nach seiner kurzen Ansprache drehte sich Thomas um und zog, ohne sich noch einmal umzuschauen, Richtung Süden los. Die Schutzwächter und die ehemaligen Gefangenen setzten sich ebenfalls unvermittelt in Bewegung. Lediglich Lara und Viktor drehten sich noch einmal um und ließen einen vielleicht letzten Blick über die Siedlung schweifen. Viktors Herz war bei Hilde und seinem Sohn. Seine Gedanken und seine Hoffnung bei allen Bewohnern. Er betete, dass er sie wiedersehen würde. Und noch mehr betete er, dass er keine leeren Hände haben würde, wenn es so weit war.

- Ende Teil 1 -

Es geht weiter...

Die Festung - Finsterzeit 2

Die dramatische Fortsetzung der Finsterzeit-Trilogie.

Lara, Thomas und ihre Freunde machen sich auf den Weg zur Festung. Herausgerissen aus der Sicherheit des Dorfes, sind sie den Gefahren der neuen Zeit schutzlos ausgeliefert.

Und auch als sie die Festung erreichen, sind sie noch lange nicht in Sicherheit. Denn fast alles ist dort anders, als erwartet. Friedrich herrscht mit harter und grausamer Hand. Das Leben in der Festung wird von Tag zu Tag schwieriger, Friedrichs Verhalten immer gewaltsamer. Lara und Thomas stehen vor der gefährlichen Aufgabe, die Festung und ihre Bewohner von ihrem Herrscher zu befreien und für alle ein lebenswertes Dasein zu schaffen. Auch ihre zurückgelassenen Freunde im Dorf brauchen ihre Hilfe. Doch Thomas verändert sich, ein düsterer Schleier legt sich über ihn, und er wird immer skrupelloser.

Und so stellt sich bei dem gefährlichen Spiel um Leben und Tod die Frage, ob Lara und Thomas es schaffen werden, ihre Liebsten zu retten und als Paar in dieser Zeit zu bestehen.

Eine kleine Bitte zum Schluss ...

Wir hoffen, Ihnen hat dieses Buch gefallen ...

Der schnellste Weg, andere Leser da draußen an Ihren Erfahrungen mit diesem Buch teilhaben zu lassen, ist eine Rezension im Online-Buch-Shop. Ihr Feedback hilft nicht nur anderen Lesern, Neues zu entdecken, sondern auch dem Autor, zu verstehen, was aus Lesersicht in diesem Buch gut und weniger gut ist. So kann sich der Autor weiterentwickeln und Ihnen sowie anderen Lesern in Zukunft noch schönere Geschichten präsentieren. Außerdem sind Ihre Erfahrungen, Erkenntnisse und Eindrücke als ehrliches Leser-Feedback eine enorme Wertschätzung vieler liebevoller Arbeitsstunden, die in dieses Buch geflossen sind.

Danke also schon im Voraus, wenn Sie sich zwei bis drei Minuten Zeit nehmen und eine kleine Bewertung zum Buch z.B. auf Amazon veröffentlichen.

Mehr zum Autor finden Sie auf
www.facebook.com/Autorin-Sandra-Toth und
www.feuerwerkeverlag.de/sandra-toth/

Abonnieren Sie auch unseren Verlags- und Autoren-Newsletter und erfahren Sie so als Erster von unseren **Neuerscheinungen, Autorennews** und exklusiven **Buch-Gewinnspielen**: www.feuerwerkeverlag.de/newsletter

Weitere Bücher des Verlages

Immer noch wir

Elja Janus

Über fünfundzwanzig Jahre ist es her, dass Lina und Joe ihre bepinselten Händchen gegeneinander drückten, um eine neue Farbe zu erschaffen - so einzigartig wie ihre Freundschaft. Als sie sich nun unerwartet auf einer Party wieder gegenüberstehen, wissen beide schnell: Dieses Mal ist es so viel mehr. Doch mit den Gefühlen füreinander wächst auch Joes Impuls zu fliehen. Kann Lina ihn davon überzeugen, dass es für die Liebe immer eine zweite Chance gibt?

Die Zeit der vergessenen Kinder

Charlotte Kliemann

»Eigentlich hatte ich doch nur einen Wunsch: Diese Frau, die da auf der Straße stand und mit einer Hand das Haar gegen den Wind im Nacken zusammenhielt, diese blonde Frau möge auf mich warten.« Martin, Sohn einer Romni, hat sich in Claudia verliebt. Als auch sie sich zu ihm hingezogen fühlt, könnte das Glück vollkommen sein - wären da nicht die unheilvollen Erinnerungen an seine Kindheit und der ständige Kampf mit einer Vergangenheit, die ihn nicht loslässt

Wenn das Meer leuchtet

Jessica Koch

Was, wenn dein Leben am neuen College von Ausgrenzung und Ablehnung bestimmt ist? Was, wenn du eigentlich handeln müsstest, aber deine Angst vorm Scheitern dich wieder einmal lähmt? Was, wenn deine letzte Zuflucht eine Kunst ist, für die man dich jedoch verachtet? Und was, wenn der einzige Mensch, der dir plötzlich noch zur Seite steht, derjenige ist, von dem bislang die größte Gefahr ausging? Vertraust du ihm?

Die vorletzte Reise der Ewa Kalinowski

Regina W. Egger

Ewa ist krank, todkrank. Für sie jedoch kein Grund, Trübsal zu blasen. Ganz im Gegenteil! Sie verkauft ihre Wohnung und begibt sich gemeinsam mit ihrem guten Freund Lukas und ihrem Yorkshire-Terrier Zizou auf eine Reise quer durch Europa. Der Wohnmobil-Roadtrip ist geprägt von Ewas Erinnerungen an ein langes, erfülltes Leben und alles, was sie je geliebt hat. Ihr Humor, ihre Lebensweisheiten sowie die Geschichten aus ihrer Heimat Polen begleiten das ungleiche Trio auf diesem großen Abenteuer. Für Lukas wird Ewas vorletzte Reise schließlich zur schwersten Herausforderung seines Lebens. Und für Ewa wird es Zeit, sich vom letzten, großen Geheimnis ihres Lebens zu befreien